AF303465

Rebecca Lehners studierte Anglistik und Geschichte. Nach dem Studium lebte sie ihre Leidenschaft fürs Schreiben zunächst als Werbetexterin aus und machte nebenbei per Fernstudium ihr Diplom als PR-Referentin. Ihre ersten Schreibversuche machte sie bereits in der Grundschule. In ihren Geschichten dreht sich alles um die Liebe, Schauplatz sind verschiedene fiktive und reale Orte im Land zwischen den Meeren. Rebecca Lehners lebt mit ihren Mann und ihren beiden Söhnen in der Nähe von Kiel.

REBECCA
LEHNERS

Die kleine Pension Küstentraum

Erstausgabe September 2022

Copyright © 2022 dp Verlag, ein Imprint der
dp DIGITAL PUBLISHERS GmbH
Made in Stuttgart with ♥
Alle Rechte vorbehalten

Die kleine Pension Küstentraum

ISBN 978-3-96087-979-7
E-Book-ISBN 978-3-96087-912-4

Covergestaltung: Anne Gebhardt
Umschlaggestaltung: ARTC.ore Design
Unter Verwendung von Abbildungen von
shutterstock.com: © s_oleg
stock.adobe.com: © helmutvogler, © Iriana Shiyan, © refresh(PIX)
elements.envato.com: © PixelSquid360
Lektorat: Astrid Rahlfs
Satz: dp DIGITAL PUBLISHERS GmbH
Druck und Bindung: Books on Demand GmbH, Norderstedt

Das Werk darf – auch teilweise – nur mit
Genehmigung des Verlages wiedergegeben werden.

Sämtliche Personen und Ereignisse dieses Werks sind frei
erfunden. Etwaige Ähnlichkeiten mit real existierenden Personen,
ob lebend oder tot, wären rein zufällig.

Julia

Fassungslos blickte ich zu Boden und starrte sie an. Oder zumindest das, was von ihr übrig war. Sie war hinüber, nicht mehr zu retten. Und ich hatte sie auf dem Gewissen. Ausgerechnet! Dabei war es meine Lieblingstasse gewesen. Doch wenn der eigene Freund und Vater des gemeinsamen Kindes einem mitteilt, dass er ausziehen wird, weil er sich in seine Kollegin verliebt hat, dann kann einem schon mal etwas aus der Hand rutschen. Da lag sie nun, in eintausend Teile zerbrochen. Genau wie mein Herz. Nach einem kurzen Moment wurde mir klar, dass Clemens mich ansah und offenbar eine Reaktion von mir erwartete.

»Dann nehme ich an, dass du während der letzten Wochen nicht wirklich Überstunden gemacht hast, oder?« So langsam ergab sich ein klares Bild für mich: das ständige zu späte Nachhausekommen, seine Unzufriedenheit, die er oft an mir und sogar an Leon ausgelassen hatte. Wie hatte ich nur so blind sein können?

»Nein, es tut mir leid, Julia. Ich habe in den letzten Monaten einfach festgestellt, dass wir zwei doch nicht so gut zueinander passen, wie ich dachte.« Mitleidig sah er mich mit seinen blauen Augen an, die mir früher so liebevoll entgegengestrahlt hatten.

»Ach, und das fällt dir nach sieben Jahren ein? Nachdem wir ein Kind zusammen bekommen haben?« Hätte ich doch nur eine weitere Tasse in der Hand, die ich ihm an den Kopf werfen könnte! Na ja, bei meinem Glück würde ich eh danebenzielen und stattdessen die Fensterscheibe treffen.

»Versteh mich doch, das Leben in diesem Kaff hier, mit all den neugierigen Leuten ... das ist einfach nicht meins, verstehst du?«

»Nein, ich verstehe dich überhaupt nicht! Du wusstest doch, worauf du dich einlässt, als wir den alten Hof gekauft haben.« Ich hatte noch lebhaft im Ohr, wie begeistert er damals von dem Haus und den dazugehörigen Gebäuden gesprochen hatte. *So günstig kommen wir nie wieder an ein Eigenheim, und du kannst endlich deine eigene Pension eröffnen.* Tja, von seinem Enthusiasmus war offenbar nicht viel übrig geblieben.

Mein wässriger Blick schweifte durch den Raum und blieb an dem hübsch gedeckten Frühstückstisch hängen, mit dem ich ihn eigentlich hatte überraschen wollen. Dabei hatte er heute nur freigenommen, um mir in Ruhe *seine* Überraschung zu servieren. Kurzerhand fing ich an, den Tisch abzuräumen, damit er mir nicht länger meine eigene Naivität unter die Nase rieb.

»Jetzt werd' nicht ungerecht, Julia. Du bist schließlich hier aufgewachsen, ich bin ein Stadtkind. Hier gibt es ja noch nicht mal vernünftiges Internet. Auf so ein Leben am Ende der Welt war ich nicht vorbereitet. Das hättest du eigentlich wissen müssen.«

Das war er. Der Moment, in dem die Pferde mit mir durchgingen. Zu Clemens' Unglück hielt ich gerade das Schälchen mit Erdbeerkonfitüre in der Hand. Den Inhalt klatschte ich ihm mit voller Wucht ins Gesicht! Er sah aus wie Sissy Spacek in *Carrie*, nachdem man sie mit Schweineblut übergossen hatte. Im selben Moment noch tat es mir leid. Die Marmelade meiner Oma Magda war wirklich lecker und an Clemens absolut verschwendet. Leider hatte auch die Wand etwas abbekommen.

»Sag mal, spinnst du oder was?« Seine Augen funkelten wütend aus dem Marmeladengesicht hervor.

Wortlos reichte ich ihm die Küchenrolle von der Anrichte. Er säuberte sich grob und starrte mich finster an. »Mir reicht's, ich packe jetzt meine Koffer.«

Damit verließ er die Küche. Ich hörte, wie er seine Reisetasche aus dem Kleiderschrank hievte und ließ mich auf einem Stuhl nieder. Wie sollte ich das nur Leon beibringen?

Sebastian

Missmutig starrte ich auf meine zur Faust geballte Hand, in der sich ein zerknüllter Brief befand. Meine Fingerknöchel traten weiß hervor.

»Du siehst aus, als wolltest du jemanden umbringen.«

Ich saß bei meinem Kumpel Stefan auf dem Sofa. »Tja, bin leider schon zu spät dran«, brummte ich.

Mein Vater war vor zwei Tagen gestorben. Vom Garten hinterm Haus drang das Gelächter von Paul und Clara herein, die mit ihrer Mutter eine Wasserschlacht veranstalteten. Eddie, der Golden Retriever der Familie, mischte kräftig mit.

»Tut mir leid, dass ich euch den Sonntag versaue. Ich haue ab.« Ich wollte mich erheben, da drückte Stefan mich wieder sanft auf das Sofa.

»Red keinen Blödsinn. Dein Vater ist gestorben, ist doch klar, dass dich das mitnimmt.« Er nahm neben mir Platz und seufzte tief. »Also, weißt du schon, was du tun wirst?«

Ich zuckte nur mit den Schultern. »Nein, keine Ahnung. Meine Mutter glaubt, ich würde es bereuen, nicht zur Beerdigung zu gehen.«

«Glaubst du das auch?« Er lehnte sich zurück und reichte mir wortlos ein Bier.

»Warum sollte ich? Er war ein absoluter Versager. Als Vater und als Ehemann. Ein egoistisches Arschloch, das sich nie für mich interessiert hat. Ich sollte keinen einzigen Gedanken an ihn verschwenden.«

»Nicht so laut, Mann! Paul bringt schon genug Schimpfwörter aus der Kita mit, da musst du ihm nicht auch noch welche beibringen.« Stefan warf einen besorgten Blick Richtung Garten. Aber bei dem Lärmpegel, den die drei veranstalteten, würden sie wahrscheinlich nicht mal mitbekommen, wenn hier drinnen der Rauchmelder losginge.

»'Tschuldige«, brummte ich. Manchmal musste man eben Dampf ablassen. Es nervte mich, dass sich in meinem Kopf alles nur um ihn drehte, seit ich den Brief erhalten hatte. Das wollte ich gar nicht.

»Weißt du, wenn ich daran denke, wie ich als Kind um seine Gunst gebettelt habe, wird mir heute noch schlecht.«

Stefan klopfte mir auf die Schulter. »Nun mach mal einen Punkt. Das ist nichts, wofür du dich schämen musst. Jedes Kind sehnt sich nach der Aufmerksamkeit seiner Eltern. Das ist doch völlig normal.«

»Kann sein.« Ich zuckte mit den Schultern. Als Teenager hatte ich mir manchmal vorgestellt, ihm wiederzubegegnen und ihm die Meinung zu geigen. In meiner Vorstellung hatte ich viele nicht jugendfreie Worte verwendet.

»Ihr sitzt da wie zwei Hühner auf der Stange.« Meike rettete sich ins Wohnzimmer und ließ sich lachend in den Sessel fallen. Sie strich sich eine nasse Strähne ihres blonden Haares aus dem Gesicht.

Ich bemühte mich, meine grimmige Laune zu verstecken. »Na, wer hat die Schlacht gewonnen?«, fragte ich betont locker.

»Das ist noch nicht raus. Ich habe mir mit dem Angebot, Eis zu holen, nur einen Waffenstillstand erkauft.«

»Dann besorge ich der Meute mal ihr Eis«, bot Stefan großzügig an und marschierte in Richtung Küche.

Meike nahm mich ins Visier. »Das ist unter den Umständen vermutlich eine blöde Frage, aber ... wie geht es dir?«

Ich zuckte mit den Schultern. »Es ging mir schon besser. Ich weiß einfach nicht, ob ich zur Beerdigung gehen soll oder nicht.«

»Ich weiß nicht, ob dich meine Ansicht dazu interessiert, aber ich sage sie dir trotzdem.«

»War ja klar.« Ich lachte. Meike hielt selten mit ihrer Meinung hinterm Berg.

»Stefan hat mir von der komplizierten Beziehung zwischen dir und deinem Vater erzählt. Ich kann verstehen, dass du den Kontakt abgebrochen hast. Aber das hier ist jetzt deine letzte Chance, wirklich mit ihm abzuschließen.«

Ich schnaubte nur. »Wie denn? Er ist tot. Ich kann wohl kaum an seinem Grab eine Szene machen.«

»Sicher, du kannst dich nicht mehr mit ihm aussprechen. Aber du könntest ihm einen Brief schreiben. Mit all den unausgesprochenen Dingen, die dich belasten. Du könntest ihn mit ins Grab legen.«

Ich atmete einmal schwer aus und ließ mich in die Kissen zurücksinken. Begeistert war ich von der Idee nicht.

»Außerdem solltest du hingehen, weil es das Richtige ist. Weil du dann das Richtige tust und dir nichts vorwerfen musst. Das wird dir helfen, glaub mir.«

Zum Glück enterten Paul und Clara in diesem Moment unter lautem Gebrüll das Wohnzimmer, gefolgt von Eddi.

»Mami, wo bleibt das Eis?«, fragte der gefürchtete Pirat Paul mit tiefer Stimme. Clara zielte mit ihrer Wasserpistole auf ihre Mutter.

»Los, Eis her, oder du gehst über die Tanke!«, drohte sie.

Wir kringelten uns auf unseren Sitzen. Clara verzog ihr Gesicht zu einer wütenden Grimasse. Sie sah mit ihren drei Jahren, ihren blonden Löckchen und ihren blauen Kulleraugen zu goldig aus.

»Das heißt Planke«, ermahnte ihr großer Bruder sie genervt. Zum Glück nahte die Rettung in Form von Stefan. »Wer will ein Eis?«

Sofort stürmten die beiden Rabauken auf ihn zu. Bei dem Anblick ergriff mich ein ganz eigenartiges Gefühl. Ich beschloss, mich an einem anderen Tag um meine Probleme zu kümmern, und zog nach dem Eis essen in den Kampf gegen die fiesen kleinen Piraten. Ich bekam die Abreibung meines Lebens. Am Ende hatte ich das Wasser sogar in den Schuhen, sodass ich bei jeder Bewegung lustige Quietschgeräusche machte. Die Kinder amüsierten sich prächtig. Genau wie ich.

Freitagabend. Clemens war weg. Ausgezogen. Vor zwei Monaten, einer Woche, drei Tagen und etwa acht Stunden. Ich saß im Wohnzimmer in meinem grauen Lieblingsohrensessel am Fenster und schaute gedankenversunken in den Garten. Die Arme hatte ich um die Knie geschlungen. Draußen goss es in Strömen. Der Regen prasselte lautstark gegen die Fensterscheiben des alten Bauernhauses. Hoffentlich würde der Lärm Leon nicht wecken. Seit Clemens' Auszug hatte er Probleme mit dem Einschlafen. Er fragte immer wieder, warum Papa denn nicht mehr bei uns wohnte und ob er irgendetwas falsch gemacht hätte. Bei dem Gedanken an den traurigen Ausdruck in seinem kleinen Gesicht zog sich mein Herz schmerzhaft zusammen. Und die Wut auf Clemens kroch wieder aus dem hintersten Winkel meines Bauches. Wie konnte er uns und vor allem Leon nur derartig im Stich lassen? Wir waren nicht verheiratet, hatten aber das gemeinsame Sorgerecht. Doch offenbar hatte Clemens kaum noch Interesse an unserem Sohn. Bis auf ein paar Anrufe und etwa drei Besuche hatte er sich in den letzten Wochen ziemlich rar gemacht. Wieder einmal stiegen mir die Tränen in die Augen. Ich ließ ihnen freien Lauf. Tagsüber hatte ich kaum Zeit, über die ganze Misere nachzudenken. Zum Glück. Ich kümmerte mich um Leon und um die Pension. Und welcher Gast fühlte sich schon wohl, wenn die Gastgeberin ständig mit Trauermiene herumlief? Außerdem musste ich versuchen, stark zu sein. Für Leon. Die Situation war ohnehin schwer genug für ihn. Weshalb ich ihn momentan mit Liebe überschüttete. Und nicht nur ich. Auch meine Oma Magda kam täglich vorbei, brachte ständig etwas zum Naschen mit und unternahm mit ihm Ausflüge in den Tierpark oder zum Eis essen. Und meine Schwester Sarah erst! Sie verwöhnte ihn in letzter Zeit noch mehr, als sie es ohnehin schon tat. Bei ihrem letzten Besuch vor zwei Tagen hatte sie ihm ein ferngesteuertes Auto mitgebracht. Normalerweise hätte ich dem einen Riegel vorgeschoben. Doch wie könnte ich ihm derzeit etwas abschlagen? Ich wollte nur, dass es ihm besserging.

Natürlich ging die Trennung auch an mir nicht spurlos vorbei. Mit seinem Betrug hatte Clemens mir einen schweren Schlag versetzt. Ich fühlte mich abgelehnt – als Mensch und als Frau. Doch mit dieser fünfundzwanzigjährigen Blondine konnte ich nicht mithalten.

Einem inneren Impuls folgend stand ich auf und tappte auf meinen rosafarbenen Kuschelsocken Richtung Schlafzimmer. Vor dem großen Spiegel machte ich Halt, stellte mich im Profil davor und zog meinen Schlabberpullover aus, sodass ich nur in Top und Leggins dastand. Selbstkritisch betrachtete ich mein Spiegelbild. Bisher war ich mit mir immer ganz zufrieden gewesen. Gut, mein Körbchengröße-B-Busen war nach fast einem Jahr Stillen nicht mehr so fest wie früher. Mein Po war durchschnittlich und am Bund meiner Leggings blitzte ein winzig kleines Bäuchlein hervor. Clemens hatte immer betont, dass er jeden Zentimeter an mir liebte. Bis ihm dann diese Janine über den Weg lief. Leider war sie dabei gewesen, als er vor einer Weile seine letzten Kisten abgeholt hatte. Ich hasste sie inniglich, aber eines musste ich zugeben: Sie war ziemlich attraktiv. Ihre Brüste waren prall, rund und fest (dank ihres eng anliegenden Shirts mit V-Ausschnitt konnte ich das gut beurteilen) und ihr Hintern kam in der knallengen Jeans sehr sexy rüber. Kurzum: Sie war jung und knackig. Ich dagegen war ... nun ja ... mit meinen vierunddreißig Jahren weniger jung und ungefähr so knackig wie ein Wiener Würstchen aus der Konserve.

Seufzend ließ ich mich auf mein Bett fallen. Spätestens seit der Begegnung mit *ihr* hatte sich mein Selbstbewusstsein in Luft aufgelöst. Es war nicht der erste Liebeskummer meines Lebens, aber mit Sicherheit der Schmerzhafteste. Verlassen wegen einer anderen Frau ... vermutlich würde ich nun für immer alleine bleiben. Das Thema Männer war bis auf Weiteres für mich erledigt. Als alleinerziehende Mutter waren die Aussichten ohnehin eher trüb.

In diesem Moment fielen mir die Worte meiner Mutter ein. *Ich habe die schönsten Töchter der Welt*, hatte sie meiner Schwester und mir immer versichert. Okay, als unsere Mutter war sie verpflichtet, das zu sagen. Trotzdem tat es uns immer gut, es mal zu hören. Meine Mama ... ich vermisste sie so schrecklich – ihre Umarmungen, ihre tröstlichen Worte, ihren Beistand. Sie war schon vier Jahre fort, doch ich erinnerte mich noch an den Moment, in dem sie uns ihre Diagnose mitteilte: Brustkrebs. Leider hatte sie den Knoten zu spät bemerkt, sodass der Krebs bereits hatte streuen können.

Zwei Monate später hatte sie den Kampf gegen die Krankheit verloren.

Zum Glück riss das Telefon mich aus meinen dunklen Gedanken.

»Hallo«, krächzte ich in den Hörer.

»Hey Liebes, ich wollte nur mal wissen, wie es dir geht. Aber ich hör schon, an deinem Zustand hat sich nichts geändert.« Es war meine beste Freundin Frederike.

Ich schnaubte nur. »Was erwartest du denn? Mein Leben ist von einem auf den anderen Tag den Bach runtergegangen. Das stecke ich nicht innerhalb von ein paar Wochen einfach so weg.«

Frederike atmete einmal schwer aus. »Hör auf, so einen Quatsch zu reden«, fuhr sie mich streng an. »Ja, dein Mann hat dich verlassen und ja, das ist beschissen. Aber du hast Leon, eine tolle Familie, ein ganzes Dorf, das hinter dir steht! Du hast deine Pension, deinen absoluten Traum, weißt du noch? Dein Leben geht auch ohne Clemens weiter.«

Nun war ich diejenige, die nach Luft schnappte. »Fredi, aber ...«, wollte ich widersprechen, doch sie schnitt mir das Wort ab.

»Nichts aber. Seit Wochen suhlst du dich in Selbstmitleid. Das muss endlich mal ein Ende haben! Deshalb gehen wir morgen Abend aus. Sarah ist auch mit dabei. Magda hat schon zugesagt, auf Leon aufzupassen.«

Ich stöhnte. Nach Gesellschaft stand mir überhaupt nicht der Sinn. Außerdem war ich nicht begeistert, dass Sarah und Fredi hinter meinem Rücken, über meinen Kopf hinweg, Entscheidungen für mich trafen. Sogar meine Oma steckte mit den beiden unter einer Decke.

»Fredi, das ist sicher lieb gemeint, aber ich bin noch nicht so weit«, versuchte ich es in versöhnlicherem Ton. »Ich würde euch mit meiner Laune nur den Abend verderben.«

Mein leiser Protest wurde im Keim erstickt. Genau wie ich erwartet hatte. »Wir sind bereit, dieses Risiko einzugehen. Also ... morgen Abend um acht Uhr stehen wir bei dir auf der Matte. Und mach dich schick! Bis morgen dann, Süße.«

»Bis morgen«, seufzte ich wenig begeistert.

Mir war überhaupt nicht danach, unter Menschen zu gehen. Die mitleidigen Blicke, aufmunternden Worte und gut gemeinten Ratschläge der Appenkuhler genügten mir bereits. Zum Beispiel Hinnerk, der die Fleischerei im Ort betrieb. Seit herum war, dass Clemens mich verlassen hatte, packte er mir bei jedem Einkauf etwas extra ein. Meinen Einwand, dass das nicht nötig sei, tat er mit einer wegwerfenden Geste ab. Und Wilma vom Blumenladen hatte mir neulich die Telefonnummer vom Sohn irgendeiner Freundin vom Skatabend untergeschoben und mir dabei zugezwinkert. So unrecht hatte Clemens nicht. Ich liebte Appenkuhl, ich war hier aufgewachsen. Die meisten seiner Bewohner kannte ich schon seit Kindertagen. Kein Wunder, dass sie sich alle um mich sorgten. Doch manchmal empfand ich ihre Fürsorge als erdrückend. Sarah und Frederike waren da bisher die Ausnahme. Und nun wollten sie mich zwingen, aus meinem Schneckenhaus zu kriechen. Widerstand war zwecklos. Gegen die beiden zusammen hatte ich keine Chance. Außerdem wollte ich mir nicht vorwerfen lassen, nicht alles dafür getan zu haben, dass es wieder bergauf ging. Das war ich Leon schuldig. Und mir selbst.

»Muss das wirklich sein?« Genervt rollte ich mit den Augen.

»Und ob, Kumpel. Das Trübsal blasen muss langsam mal ein Ende haben. Wird Zeit, dass du dich wieder den positiven Seiten des Lebens zuwendest.«

Widerwillig ergab ich mich meinem Schicksal und ließ mich von Stefan in eine etwas ruhigere Ecke der Bar drängen. Es war eines dieser modernen Lokale mit unbequemen Lounge-Möbeln, gedimmtem Licht, Lampen in Form von riesigen Kugeln, die viel zu weit von der Decke herabhingen, und anstrengender Jazzmusik im Hintergrund. Wieso hatte Stefan sich ausgerechnet diesen Laden hier ausgesucht? Doch beim Anblick der anderen Gäste ging mir langsam ein Licht auf: Hier waren auffallend viele Frauen anwesend, die genüsslich aus ihren Cocktailgläsern schlürften, sich angeregt unterhielten und jedem halbwegs attraktiven Mann verstohlene Blicke hinterherwarfen. Ich sah ihn genervt an. Er wusste genau, worum es ging.

»Sag mal, ist das dein Ernst?«

»Was?«, fragte er betont unschuldig.

»Ich dachte, wir gehen irgendwo gemütlich ein Bier trinken. Stattdessen schleppst du mich in diesen Frauenschuppen. Ich komme mir vor wie beim Bachelor!«

Stefan schnaubte nur. »Sei nicht albern. Meike hat mir die Bar empfohlen. Angeblich haben die richtig guten Whisky. Außerdem ist mir klar, dass wir die Frau für dich sowieso erst backen müssten.«

»Das stimmt doch so überhaupt nicht. Es hat nur nicht jeder so viel Glück in der Liebe wie du.«

Er und Meike waren seit dem Studium zusammen. Das war schon über zehn Jahre her und die beiden schienen verliebt wie am ersten Tag. Als Scheidungsanwalt wusste ich aber, dass das eher die Ausnahme als die Regel war.

»Da hast du sicherlich recht. Trotzdem hast du viel zu hohe Ansprüche. Da brauchst du gar nicht so zu gucken«, sagte er, als ich seine Worte mit einer Hand abtun wollte. »Es stimmt. Du hast es doch noch nie länger als ein Jahr mit irgendeiner Frau ausgehalten. Du bist sechsunddreißig und hast bisher erst einmal mit jemandem zusammen gewohnt.«

»Einspruch«, setzte ich sofort zur Verteidigung an.

Er sah mich schief an. »Abgelehnt. Unsere Studenten-WG zählt nicht.«

Mist. Ich fühlte mich in die Ecke gedrängt. Stefan hatte nicht unrecht. Ich hatte es noch nie besonders lange mit einer Frau ausgehalten. Dafür hatte das Single-Leben einfach zu viele Vorteile. Außerdem musste man in einer Beziehung zu häufig Kompromisse eingehen. Und das war keine meiner Stärken. Ich bevorzugte unverbindliche, lockere Affären. Stefan deutete mein Schweigen als Einladung, seinen Vortrag fortzuführen. Leider.

»Jetzt mal im Ernst, Basti: Ich weiß, dass du gerade ein ziemliches Päckchen mit dir herumträgst. Und ich kann dir aus Erfahrung sagen, zu zweit lassen sich Probleme leichter lösen.«

Ich zuckte nur mit den Schultern. »Dafür löst man dann zu zweit Probleme, die man alleine gar nicht hätte«, konterte ich.

Stefan schüttelte nur den Kopf. »Du bist wirklich ein hoffnungsloser Fall.« Er schnalzte missbilligend mit der Zunge und wechselte dann endlich das Thema. »Also gut, ich besorge uns jetzt erst einmal unseren Whisky. Und nicht weglaufen!«

»Haha …«, antwortete ich lahm.

Stefan war mein bester Freund, aber manchmal benahm er sich wie meine Mutter. Er bahnte sich seinen Weg zum Tresen. Mittlerweile waren kaum noch Plätze frei. Genervt ließ ich meinen Blick durch den Raum schweifen. Und dann sah ich sie. Mit ihrem niedergeschlagenen Ausdruck und ihren traurigen Augen stach sie aus der Menge der gut gelaunten Gäste hervor. Ihr schulterlanges dunkelblondes Haar war zu einem schlichten Pferdeschwanz gebunden. Sie saß mit zwei weiteren Frauen an einem Tisch. Das Cocktailglas, das sie in der Hand hielt, war randvoll. Sie nippte nicht einmal daran. Die beiden anderen sprachen sie immer wieder an, aber sie reagierte nur mit einem Nicken oder einem Kopfschütteln. Sie wollte genauso wenig hier sein wie ich.

<h1 style="text-align:center">Julia</h1>

»Ist es nicht toll hier?«, fragte Sarah in die kleine Runde. Ich nickte aus reiner Höflichkeit. Mir war es zu voll, die Möbel fand ich unbequem, und die Musik ging mir etwas auf die Nerven. Um uns herum gab es viel Gelächter, alle schienen sich gut zu amüsieren. Unter all diesen scheinbar glücklichen Menschen fühlte ich mich einsamer denn je.

Frederike stieß mich mit dem Ellbogen an. Ich hatte gar nicht wahrgenommen, dass jemand uns die Cocktails gebracht hatte. Unmotiviert griff ich nach meinem Caipirinha.

»Also Mädels, auf einen schönen Abend«, sagte Frederike und stieß mit uns an.

Ich zwang meine Mundwinkel, sich zu einer Art Lächeln zu verziehen, was mir fast schon Schmerzen bereitete. Als hätten meine Lippen das bereits verlernt. Kein Wunder, wann hatte ich das letzte Mal gelacht? Ich setzte mich etwas aufrechter hin und gab mir Mühe, mich am Gespräch zu beteiligen, ohne dabei in trübe Gedanken abzuschweifen.

»Also, Sarah: Was gibt es bei dir Neues? Irgendwelche Kerle in Sicht?«, fragte Frederike frei heraus.

Meine Schwester war bisher nur an Männer geraten, die es nicht ernst mit ihr meinten oder sie betrogen und belogen. Auf der Suche nach dem Richtigen hatte sie wirklich keine Möglichkeit ausgelassen. Von Dating-

Apps über Speed Dating und Blind-Dates hatte sie schon alles durch – bisher vergebens. Deshalb wunderte es mich nicht, dass sie nur die Augen verdrehte.

»Frag lieber nicht. Ich hatte mich letzte Woche mit einem Typen getroffen, den ich bei Tinder kennengelernt hatte. Sein Name ist Axel, Anfang dreißig, von Beruf Bankkaufmann.«

»Das hört sich doch eigentlich ganz vielversprechend an.« Sarah nahm einen Schluck ihres Cocktails, bevor sie fortfuhr. »Ja, das fand ich auch. Wir hatten uns zum Essen getroffen. Ich dachte mir, wow, der sieht ja eigentlich ganz schnuckelig aus. Anfangs lief es auch gut, bis wir dann auf unsere Hobbys zu sprechen kamen. Er spielt *World of Warcraft* und veranstaltet regelmäßig Lan-Partys bei sich zu Hause«, berichtete sie naserümpfend.

»Hm, klingt nach unreifem Nerd«, meinte Frederike. Sarah nickte nur mit bekümmerter Miene.

»Und? Wie ging es weiter?«

»Na ja, als wir fertig waren und aufbrachen, hat er direkt gefragt, ob wir uns wiedersehen. Ich habe ihm dann erklärt, dass er zwar ein netter Kerl sei, ich aber das Gefühl hätte, es würde irgendwie nicht passen.« Sie zuckte mit den Schultern. »Er war natürlich ein wenig geknickt, aber er hat mir alles Gute gewünscht und sich dann schnell verabschiedet.«

Der Arme. Ich konnte seine Enttäuschung nachvollziehen. Frederike schien weniger Mitleid zu haben.

»Richtig so, so sparst du dir und ihm eine Menge Zeit.« Nachdem Sarahs letztes Date-Desaster abgehakt war, wandten die beiden sich mir zu. Mist ...

»Du siehst wirklich hübsch aus, Liebes.«

Sarah nickte bekräftigend. »Ja, richtig schick!«

»Danke.« Emotionslos nahm ich das Kompliment entgegen. Normalerweise verzichtete ich auf Make-up. Ich mochte es lieber natürlich. Aber als ich vorhin einen Blick in den Spiegel geworfen hatte, war ich vor mir selbst erschrocken. Ich sah aus wie ein Statist aus einem Zombiefilm. Damit die Leute bei meinem Anblick nicht in Panik gerieten, hatte ich meine Augenringe sorgfältig überschminkt (na ja, so gut es eben ging) und mich dann für Smokey Eyes mit dunklem Lidschatten – passend zu meiner Laune – entschieden. Frederike sah mich tadelnd an.

»Julia, kannst du nicht wenigstens so tun, als würdest du dich ein bisschen amüsieren? Wir wollen später schließlich noch tanzen gehen.«

»Tut mir leid. Ich hab doch gesagt, dass ich euch nur den Spaß verderben würde«, erinnerte ich sie. Ich war nie gut darin, meine Gefühle zu verbergen und anderen etwas vorzuspielen. Meine Mutter sagte früher immer, in meinem Gesicht könnte man lesen wie in einem offenen Buch.

»Wir meinen es ja nur gut mit dir.« Aufmunternd lächelte Sarah mir zu. »Weißt du, du darfst dich nicht so gehen lassen. Clemens ist ein Arsch! Der ist deine Tränen doch überhaupt nicht wert.«

Frederike nickte bekräftigend.

Ich schluckte. Die beiden hatten sicherlich recht. Nur leider änderte das nichts an meinen Gefühlen. Es war nicht einmal so, dass ich Clemens vermisste. Nicht mehr. Aber ich war wütend auf ihn. Weil er mich so hintergangen hatte. Weil er sich kaum noch um Leon kümmerte. Und ich war wütend auf mich selbst. Ich hätte es kommen sehen müssen. »Ich weiß, und ihr könnt mir glauben, ich gebe mir wirklich Mühe.«

»Das wissen wir doch, Liebes.« Beruhigend streichelte Frederike mir über den Rücken. Aus ihren rehbraunen Augen sprach echte Sorge. »Es wird Zeit für dich, nach vorne zu blicken. Du wirst auch ohne Clemens ein tolles Leben haben. Er ist ein absoluter Idiot, dass er eine so tolle Frau wie dich verlässt.«

»Tja, so toll bin ich offenbar gar nicht«, sagte ich mehr zu mir selbst. Dafür erntete ich sofort Widerspruch.

»Lass dir ja nichts einreden, du bist großartig, genau so, wie du bist«, widersprach Sarah energisch.

»Genau, Clemens ist hier der Arsch, nicht du.«

»So einfach ist das nicht«, erwiderte ich, aber Fredi ließ mich nicht ausreden.

»Äh, doch, so einfach ist das. Er hat dich betrogen, schon vergessen?«

»Natürlich nicht. Aber er war anscheinend ziemlich unglücklich in Appenkuhl. Das hätte ich spüren müssen. Außerdem habe ich ihn mit Marmelade beworfen. Das war vollkommen unreif.«

Obwohl es sich in dem Moment ziemlich gut angefühlt hatte. »Stellt euch mal vor, Wilma hätte das beobachtet. Sie hätte wahrscheinlich gedacht, dass ich Clemens massakriere und die Polizei auf mich gehetzt.« Wilma war *die* Klatschtante in Appenkuhl. Vor ihr könnte wahrscheinlich nicht einmal die CIA etwas geheim halten.

»Quatsch«, schnaubte Sarah sofort. »Du bist schließlich eine Appenkuhlerin – und die halten zusammen. Eher hätte sie dir geholfen, die Leiche zu entsorgen.«

Frederike prustete in ihren Cocktail. »Da ist was dran. Eure Dorfgemeinschaft ist schon sehr speziell.«

»Vermutlich habt ihr recht.« Ich seufzte einmal tief.

»Aber jetzt mal zurück zum Thema …« Frederike schaute wieder ernst. »Du gibst dir doch wohl nicht selbst die Schuld an Clemens' Verhalten?«

»Zum Ende einer Beziehung gehören doch immer zwei. Ich war damals so euphorisch über das Angebot, den alten Hansenhof zu kaufen, dass ich gar nicht daran gedacht hatte, was Clemens möchte.«

»Hat er denn damals sein Veto eingelegt?«, fragte Frederike.

»Nein«, sagte ich nach einigem Überlegen. Er hatte es damals selbst als einmalig günstige Chance betrachtet, sich ein Eigenheim zuzulegen. Und auch mit den Plänen für die Pension hatte er mich immer unterstützt. Wobei … als unser Wohnhaus fertig renoviert war, hatte er sich mehr seinen Hobbys gewidmet, während ich den Umbau der Scheune koordiniert hatte.

Sarah riss mich wieder aus meinen Gedanken. »Siehst du! Er hat sich nie beschwert. Und eine eigene Pension zu haben, ist doch immer dein Traum gewesen.«

»Genau, es war *mein* Traum, nicht seiner. Und ich glaube, er hatte keine Ahnung davon, wie einsam und ruhig es auf dem Land sein kann. Er hatte eher so eine romantische Bullerbü-Vorstellung von unserem Leben.«

»Das ist sein Problem. Er ist erwachsen, er hätte eben seinen Mund aufmachen müssen.« Frederike und Sarah schauten mich mit ernsten Mienen an.

Dieses Gespräch wurde mir langsam zu anstrengend. »Wisst ihr was? Ich hole mir mal ein Wasser. Kann ich euch etwas mitbringen?«

Beide schüttelten unisono den Kopf. Ich erhob mich schnell und genoss den kleinen Augenblick Ruhe, in dem ich mich an den Sitzgruppen vorbei zum Tresen schlängelte.

Sebastian

»Wie läuft es denn in der Kanzlei?«, fragte Stefan, nachdem wir angestoßen hatten. Der Whisky lief mir angenehm heiß die Kehle hinunter. Überrascht hob ich eine Braue. Es war wirklich ein guter Tropfen. Hätte ich dem Laden hier gar nicht zugetraut. »Hervorragend. Richard hat mir in letzter Zeit alle wichtigen Fälle übertragen. Er weiß eben, dass ich das beste Pferd im Stall bin.«

»Und das Bescheidenste«, warf Stefan schmunzelnd ein.

Ich zuckte mit den Schultern. »Falsche Bescheidenheit ist hier fehl am Platz. Ich will schließlich Partner werden.« Das war schon mein Traum, seit ich vor fünf Jahren in der Kanzlei angefangen hatte. Ich hatte mir wirklich den Hintern dafür aufgerissen.

»Na ja, bei deiner Erfolgsquote dürfte der Posten dir sicher sein, oder?« Stefan lehrte sein Glas in einem Zug.

»Sollte man meinen. Aber Markus ist auch ganz scharf auf die Partnerschaft. Er schleimt gerade, wo er nur kann. Zum Glück beißt er da bei Richard auf Granit. Als Anwalt ist er auch nicht übel. Ich denke zwar, dass ich die besseren Karten habe, aber ich sollte ihn nicht unterschätzen.«

Stefan seufzte einmal tief. »Warum bist du da eigentlich so versessen drauf? Ich meine ... mehr Geld brauchst du doch wirklich nicht.«

»Es geht mir nicht ums Geld, es geht mir um meine Möglichkeiten. Als Partner habe ich viel mehr Einfluss auf die Zukunft der Kanzlei. Ich könnte zum Beispiel einen Sozialtarif für Menschen ohne Rechtsschutzversicherung anbieten.«

Stefan nickte anerkennend. »Ja, das wäre eine feine Sache.« Diese Idee verfolgte ich schon lange. Als meine Eltern sich scheiden ließen, hatte meine Mutter sich keinen eigenen Anwalt leisten können. Mein Vater hingegen hatte ein richtiges Schlitzohr engagiert. Der Unterhalt, den er für mich zahlen musste, war ein Witz. Für meine Mutter hatte er überhaupt nichts gezahlt. Sie hatte zwei Jobs annehmen müssen, um uns über Wasser zu halten. So etwas wollte ich anderen Müttern und ihren Kindern gerne ersparen.

Mit Blick auf unsere Gläser erhob ich mich. »Ich besorg uns noch 'ne Runde.«

Perfektes Timing, wie ich feststellte. Die traurige Schönheit marschierte ebenfalls Richtung Tresen. Sofort nahm ich die Verfolgung auf. Hoffentlich bog sie nicht zur Damentoilette ab. Doch ich hatte Glück. Sie stellte sich an den Tresen und wartete auf den Barmann, der gerade dabei war, Kurze für eine Gruppe junger Frauen zu servieren. Auf ihren T-Shirts stand die Aufschrift »SWAT – sexy Weiber auf Tour.« Vermutlich ein Junggesellinnenabschied.

Ich stellte mich neben sie und tat so, als würde ich ebenfalls darauf warten, bedient zu werden. Unauffällig ließ ich meinen Blick zu ihr schweifen. Dunkler Lidschatten umrahmte ihre tiefgrünen Augen, ihre Wangen waren von einem zarten Rosa überzogen, das ihre weichen Gesichtszüge betonte. Ein angenehmer Duft drang in meine Nase. Irgendetwas dezent Fruchtiges. Gefiel mir gut. Ich kam mir auf einmal ziemlich blöd vor. Normalerweise hatte ich keine Probleme damit, Frauen anzusprechen. Und nun stand ich hier und hatte keine Ahnung, was ich zu ihr sagen sollte. Jeder Anmachspruch, der mir einfiel, schien unpassend. Also sagte ich das Erste, das mir in den Sinn kam.

»Sie sehen nicht so aus, als würden Sie sich gut amüsieren.« Es verging ein Moment, bevor sie sich mir mit gerunzelter Stirn zuwandte. »Verzeihung, haben Sie etwas gesagt? Ich war gerade in Gedanken.«

Ihre grünen Augen blickten direkt in meine. Ich hätte mich darin verlieren können. In diesem Moment passierte etwas mit mir. Es war, als ob ein Blitz in meinen Körper eingeschlagen wäre. Ein Kribbeln erfasste meine Arme und Beine. War das ein Herzinfarkt? Ich fasste mir kurz an die Brust. Alles in Ordnung. Irritiert versuchte ich, dieses merkwürdige Gefühl zu ignorieren.

»Ich sagte nur, dass Sie nicht so wirken, als würden Sie sich amüsieren«, wiederholte ich.

Sie hob die Schultern. »Na ja, ich wurde mehr oder weniger gegen meinen Willen hierher verschleppt.«

»Verstehe. Dann sitzen wir ja im selben Boot. Mein bester Freund hat mich auch regelrecht hierher gezwungen.«

Skeptisch sah sie mich an.

Ich ließ mich davon nicht beirren und versuchte, das Gespräch am Laufen zu halten. »Woran liegt's bei Ihnen?«

Ich hörte sie leise seufzen. Kein gutes Zeichen. Unser Gespräch wurde vom Barmann unterbrochen, der uns nach unseren Getränkewünschen fragte. Sie bestellte sich ein Wasser. Ich dachte schon, sie würde damit gleich wieder zu ihren Begleiterinnen verschwinden. Aber ich hatte mich getäuscht.

»Sie zuerst«, forderte sie mich auf.

Ich lächelte, obwohl mir gerade gar nicht danach war. Der Tod meines Vaters war sicher kein Thema, das für eine prickelnde Stimmung sorgen würde. Andererseits hatte ich mit der Fragerei angefangen. Daher gab ich mir einen Ruck.

»Ich habe vor ein paar Wochen meinen Vater verloren. Wir hatten über Jahre keinen Kontakt mehr und trotzdem hat mich das ziemlich aus der Bahn geworfen. Seitdem scheine ich wohl irgendwie nicht mehr der Alte zu sein. Deshalb hat mein bester Freund beschlossen, dass ich mal wieder unter die Leute muss.« Die Sätze sprudelten nur so aus mir heraus. Ich konnte sie nicht ansehen, während ich sprach. Stattdessen schaute ich die ganze Zeit in das Whiskyglas, das der Barmann inzwischen vor mir abgestellt hatte, und dachte kurz an die Beerdigung. Ich hatte lange mit mir gerungen, doch letztendlich war ich froh, dort gewesen zu sein. Es half mir dabei, mit dem Kapitel abzuschließen. Es waren nur wenige Gäste anwesend gewesen. Die meisten wussten nicht einmal, wer ich war. Aber jetzt war nicht die Zeit für diese unangenehmen Erinnerungen. Zum Glück versprach dieser Abend etwas Ablenkung.

»Tut mir leid, das mit Ihrem Vater. Dagegen ist mein Grund wohl ziemlich banal: Ich wurde vor kurzem von meinem Ex-Lebensgefährten für eine Jüngere verlassen.«

»Tut mir leid. Dann scheint Ihr Ex ja ein ziemlicher Idiot zu sein.«

Zum ersten Mal an diesem Abend umspielte ein zaghaftes Lächeln ihren Mund. Ein Lächeln, das meinen Bauch zum Kribbeln brachte. Ich konnte mich nicht erinnern, wann mir das zuletzt passiert war.

»Ich bin Sebastian.« Ich reichte ihr meine Hand.

Zögernd legte sie ihre Hand in meine, was für weiteren Tumult in meinem Körper sorgte.

»Julia.«

Julia

»Freut mich, dich kennenzulernen.« Um seine schokoladenbraunen Augen bildeten sich kleine Lachfältchen. Sein Lächeln war warm und leicht verschmitzt.

Meine Arme überzogen sich mit Gänsehaut, sodass ich meine schwarze Strickjacke fester um mich zog. Wann hatte mich ein Mann zuletzt so angesehen?

»Freut mich ebenfalls, Sebastian.« Gott, was nun? Ich hatte keine Ahnung, was ich sagen sollte. Außerdem wunderten sich Sarah und Frederike bestimmt schon, wo ich blieb.

»Du möchtest sicher zurück zu deinen Begleiterinnen, oder?« In seiner Stimme lag leichtes Bedauern.

»Eigentlich nicht.«

Augenblicklich wurde sein Lächeln wieder breiter. Oh Gott, hatte ich das wirklich gesagt? Ich unterdrückte den Impuls, mir die Hand vor den Mund zu schlagen. Was sollte er denn von mir denken? Außerdem hatte ich sofort ein schlechtes Gewissen. Frederike und Sarah meinten es ja schließlich nur gut mit mir. Ich kam mir so undankbar vor.

»Verstehe mich bitte nicht falsch«, stammelte ich. »Es ist nur, dass ich momentan eigentlich keine große Lust auf Gesellschaft habe.« Oh nein, hoffentlich bezog er das jetzt nicht auf sich!

»Ja, kann ich nachvollziehen. Das ging mir in den letzten Wochen genauso«, nickte er verständnisvoll. »Hast du vielleicht Lust, woanders hinzugehen? Am Bootshafen findet heute ein kleines Dixieland-Jazz-Festival statt.«

Die Idee war verlockend. »Gerne, aber was ist mit deinem Freund?« Ich stellte mich näher zu ihm heran, da sich eine junge Frau neben mich an die Bar drängte. Sofort nahm ich seinen Duft wahr. Er roch unwiderstehlich. Irgendwie frisch, würzig und einfach zum Anbeißen.

»Das lass mal meine Sorge sein.« Frech zwinkerte er mir zu.

»Was ist mit deinen Freundinnen?«

»Die stehen nicht so auf Jazz«, sagte ich voller Überzeugung. Die Wahrheit war, dass ich gerne mit ihm allein sein wollte. Das sah mir überhaupt nicht ähnlich. Männer waren nicht gerade mein Spezialgebiet. Von One-Night-Stands ganz zu schweigen. Würde das hier einer werden?

»Okay, ich sag Stefan Bescheid, und dann hole ich dich ab.«

»Gut, bis gleich.«

Ich machte mich zurück auf den Weg zu unserem Tisch. Ein Kribbeln erfasste meinen Körper. Wohin würde dieser Abend führen? Ich wusste es nicht. Aber irgendwie hatte er etwas an sich, das mir guttat.

»Mensch, Julia. Wie lange dauert es denn, ein Wasser zu holen? Wir wollten gerade einen Suchtrupp losschicken«, sagte Frederike vorwurfsvoll.

»Entschuldigt bitte.« Ich stellte das inzwischen halb leer getrunkene Glas auf dem Tisch ab und griff nach meiner Handtasche.

»Äh, was soll das denn werden? Willst du etwa gehen?«, fragte Sarah scharf.

Ich atmete einmal schwer aus. »Hört zu, es ist so: Ich habe eben am Tresen jemanden kennengelernt. Wir wollen zum Bootshafen. Ich hoffe, das ist okay für euch? Tut mir leid, dass ich euch hängen lasse.«

Die beiden warfen sich skeptische Blicke zu.

»Also, damit ich das richtig verstehe: Du hast eben jemanden kennengelernt und möchtest dich mit ihm aus dem Staub machen?« Sarahs ungläubige Miene brachte mich beinahe zum Lachen. Ich konnte es ja selbst kaum glauben. So etwas hatte ich schließlich noch nie gemacht. Ich war immer die Vernünftige, die sich nie auf irgendetwas Unverbindliches einließ. Bisher jedenfalls.

In diesem Moment tauchte Sebastian hinter mir auf. »Hallo zusammen«, sagte er in die Runde, bevor er sich direkt an mich wandte. »Wollen wir?«

»Ihr habt doch nichts dagegen, oder?« Sarah und Frederike starrten Sebastian an, als wäre er ein Wesen von einem anderen Stern. »Oder?«, wiederholte ich etwas lauter.

Sarah erwachte als Erste aus ihrer Trance. »Moment mal. Vorher schaust du bitte einmal direkt in die Kamera.« Blitzschnell schnappte sie sich ihr Handy und nahm Sebastian ins Visier. Nach einem leisen *Klicken* steckte sie es mit grimmiger Miene wieder in ihre Tasche.

»Hast du mich gerade fotografiert?«, fragte Sebastian halb belustigt, halb verwundert.

»Ja, falls meine Schwester also bis morgen nicht wieder zurück ist, wird die Polizei genau wissen, wie du aussiehst, Freundchen.«

»Sarah!«, zischte ich. »Entschuldige bitte, sie meint das nicht so.«

Doch Sebastian lachte nur. »Keine Sorge, Julia ist bei mir in den besten Händen. Aber ich find's toll, wie du auf deine Schwester aufpasst.«

Ich warf den beiden einen letzten entschuldigenden Blick zu und verließ mit Sebastian die Bar. Ich spürte förmlich, wie Sarah und Frederike uns hinterherblickten.

Draußen wehte uns eine leichte Brise um die Nase, aber es war noch angenehm warm. Zum Bootshafen würden wir etwa zehn Minuten brauchen. So unauffällig wie möglich wischte ich mir die Hände an meiner Jeans ab. Ich war seit Ewigkeiten nicht mehr so nervös gewesen. Eine leise Stimme in meinem Kopf flüsterte mir zu: *Bist du wahnsinnig? Der Typ könnte ein Psychopath sein. Oder ein notorischer Aufreißer auf der Suche nach der nächsten Kerbe im Bettpfosten.* Es war die Stimme der Vernunft. Aber ich hatte keine Lust, vernünftig zu sein. Wenn Clemens sich mit seiner Kollegin vergnügen konnte, warum sollte ich mir den Spaß dann verkneifen? Hatte ich nicht auch das Recht auf ein bisschen Geborgenheit? Etwas Ablenkung würde mir sicher guttun. Mir und meinem geschundenen Selbstwertgefühl, das sich gerade fragte, was dieser attraktive Mann ausgerechnet von *mir* wollte: der Durchschnittlichkeit in Person. Seit der Sache mit Clemens war mein Selbstbewusstsein auf die Größe einer Erbse geschrumpft.

Sebastian

»Ist alles in Ordnung?« Julia schien etwas nervös zu sein. Ich hatte den Eindruck, dass die Situation ihr ein bisschen unheimlich vorkam.

»Ja, danke. Was hat dein Freund eigentlich dazu gesagt, dass du ihn sitzen lässt? Ich hoffe, er ist jetzt nicht sauer auf dich.«

»Ach was, Stefan ist …«, *so was von mir gewohnt,* hätte ich beinahe gesagt, doch ich biss mir noch rechtzeitig auf die Zunge. Das würde sicher nicht gut ankommen. »Er ist ganz locker drauf, weißt du. Außerdem hat er mich auch schon oft genug versetzt. Aber er ist ja Familienvater. Da funkt einem öfter mal etwas dazwischen.«

Ihr Lächeln wirkte auf einmal verkrampft. Verdammt! Hatte ich was Falsches gesagt?

»Ja, das stimmt wohl. Ich habe ebenfalls ein Kind, weißt du.« Ich schluckte kurz. Ich hatte noch nie was mit einer Mutter. Also … nicht dass ich wüsste. Bisher hatte ich nie sonderlich tiefgründige Gespräche mit meinen Bekanntschaften geführt. Ich war eher Profi auf der nonverbalen Ebene. Aber Julia war eben nicht wie die anderen Frauen, die ich normalerweise kennenlernte.

»Erzähl mir von ihm«, beeilte ich mich zu sagen. »Wie heißt er und wie alt ist er?«

»Sein Name ist Leon und er ist jetzt fünf.«

»Du sagtest, dein Freund hätte sich von dir getrennt. Ist er Leons Vater?«

Sie nickte nur. Das war offenbar kein Thema, das sie weiter vertiefen wollte.

»Hör zu, wenn du einen guten Anwalt brauchst, dann sag einfach Bescheid. Ich kenne mich mit solchen Fällen aus.«

Sie machte große Augen. »Du bist Anwalt? Tatsächlich?«

Ich lächelte amüsiert. »Ja, bin ich. Ist das irgendwie ein Problem?«

»Nein, natürlich nicht. Du wirkst irgendwie nur nicht wie einer.«

»Wieso? Wie sind Anwälte denn?«

»Keine Ahnung. Vielleicht irgendwie ein bisschen langweiliger?«

An dieser Stelle war es um mich geschehen. Ich konnte mir das Lachen nicht mehr länger verkneifen. Leider kam das nicht so gut bei ihr an. Beschwichtigend hob ich meine Hände. »Tut mir leid. Mir ist nur schon lange niemand mehr begegnet, der so erfrischend ehrlich ist.«

»Na gut, das nehme ich mal als Kompliment.« Ihre hübschen Gesichtszüge entspannten sich wieder.

»Unbedingt!« Ich wischte mir eine Lachträne aus dem Auge und wurde dann wieder ernst. »Spaß beiseite, mein Angebot war ernst gemeint.«

»Das ist wirklich lieb von dir, aber nicht nötig. Zwischen meinem Ex und mir ist alles geklärt.«

Inzwischen waren wir am Bootshafen angekommen. Die Dixie-Band stand auf der kleinen Tribüne im Wasser und sorgte für ordentlich Stimmung.

»Möchtest du auch tanzen? Oder soll ich uns lieber erst mal was zu trinken besorgen?«

»Ja, gerne. Ich nehme einen Weißwein, bitte. Ich such dann schon mal einen Platz auf den Treppen.«

»Okay.«

Ich stellte mich in die Schlange vor dem Getränkepavillon und dachte nach. Das mit Julia war irgendwie komplizierter als geplant. Sie war Mutter, relativ frisch getrennt und definitiv niemand für eine Nacht. Normalerweise machte ich einen großen Bogen um solche Frauen. Eigentlich sollte ich sie schnell wieder abservieren. Eigentlich. Nur wollte ich das aus irgendeinem Grund nicht.

»Was darf's sein?« Die Bedienung unterbrach meine Grübeleien.

»Ein Bier und einen Weißwein, bitte.«

Einen Moment später suchte ich die beinahe voll besetzten Stufen rund um den Kleinen Kiel ab. Ich fand Julia schließlich auf einer der hinteren Bänke rechts von der Tribüne.

»Bitte sehr.« Vorsichtig reichte ich ihr den Weißweinbecher.

»Danke. Na dann ...« Wir stießen an und hörten eine Weile der Band zu, während die Sonne langsam unterging. Hin und wieder warfen wir uns ein Lächeln zu. Ihre Füße wippten im Takt der Musik.

»Lass uns tanzen«, forderte ich sie schließlich auf. Ich nahm ihre Hand und wir gesellten uns zu den anderen Tanzwütigen.

»Oh Gott, ich kann eigentlich gar nicht tanzen«, lachte sie.

»Das kriegen wir schon hin.« Ich zog sie etwas näher zu mir heran und wir bewegten uns recht schnell im Takt der Musik. Es machte wirklich eine Menge Spaß.

»Du tanzt doch hervorragend«, flüsterte ich ihr ins Ohr. Ich musste mich beherrschen, nicht an ihrem Ohrläppchen zu knabbern. Sie duftete einfach zum Anbeißen. Fast die ganze Zeit über blickten wir uns in die Augen. Als die Band eine Pause einlegte, lösten wir uns voneinander. Das Publikum applaudierte.

Ihre Augen strahlten mich an. Sanft strich ich ihr eine Strähne hinters Ohr. Ihr Blick veränderte sich schlagartig und ich spürte, wie ihre Atmung schneller wurde. Sie sah so bezaubernd aus. Ich legte meine Hand in ihren Nacken und küsste sie.

Als Sebastian seine vollen, weichen Lippen auf meine legte, entfuhr meiner Kehle ein wohliger Seufzer. Vorsichtig öffnete ich meinen Mund, um seiner Zunge Einlass zu gewähren. Dieser Kuss fühlte sich einfach himmlisch an. Noch nie war ich so von einem Mann geküsst worden. Er war zärtlich und doch leidenschaftlich. Hätte mir jemand vor ein paar Stunden gesagt, wie dieser Abend sich entwickeln würde, hätte ich ihn für verrückt erklärt. Und nun stand ich hier und knutschte mit einem Mann, den ich kaum kannte. Das war völlig untypisch für mich. Woher sollte ich wissen, ob ich ihm vertrauen konnte? Doch ich schob diesen Gedanken beiseite, da ich die Zeit mit ihm viel zu sehr genoss. Seine Hand glitt meinen Rücken hinab und landete schließlich auf meinem Po. Oh Gott, es fühlte sich so gut an. So richtig. Irgendwann mussten wir Luft holen.

»Ich wohne am Exerzierplatz. Möchtest du noch mit zu mir?«, raunte er mir verführerisch ins Ohr, bevor er sanft an meinem Ohrläppchen knabberte.

Bei dem Gedanken, die Nacht mit ihm zu verbringen, wurden meine Hände feucht. Ich kam mir so unendlich unerfahren vor. Wie ein Teenager. Ich wusste nicht, ob es an meinem gebrochenen Herzen lag, das sich nach Zuwendung sehnte, oder an Sebastians warmer Stimme und seinen wunderschönen Augen, die mich liebevoll anblickten. Als sei ich etwas Besonderes. Aber ich fühlte mich zu ihm hingezogen. Sehr sogar.

»Ja«, hauchte ich nur.

Er lächelte mich an, griff nach meiner Hand und zog mich mit sich. Händchenhaltend und uns immer wieder küssend, liefen wir durch die Nacht. Und so sehr ich den Augenblick genoss, es gab einen Teil in mir, der sich nicht auf Sebastian einlassen wollte. Immerhin war ich noch nicht lange von Clemens getrennt und hatte keine Lust, gleich ins nächste Drama zu schlittern. Außerdem zitterte ich beinahe vor Aufregung, denn diese Situation war absolutes Neuland für mich. Es war mir wichtig, das zu klären. Als wir gerade an seiner Haustür ankamen und er seinen Schlüssel hervorholte, ergriff ich die Chance.

»Warte.« Ich hielt seine Hand fest, in der er den Schlüssel umklammert hielt. »Hör zu, Sebastian. Ich will ehrlich zu dir sein. Der Abend hat mir sehr gut gefallen und ich mag dich. Auch wenn ich dich nicht wirklich kenne. Aber der Gedanke daran, wo das heute noch hinführen könnte, macht mich unglaublich nervös. Ich weiß, Frauen sagen das ständig, aber ich habe so etwas wirklich noch nie gemacht und ...«

Ich holte kurz Luft, da ich bisher ohne Punkt und Komma geredet hatte.

»Weißt du, die letzten Wochen waren sehr hart für mich, und ich glaube, deine Aufmerksamkeit tut mir einfach gut. Gleichzeitig habe ich Angst, mich darauf einzulassen. Andererseits denke ich, wenn Clemens sich mit seiner Kollegin amüsieren kann, dann habe ich doch auch das Recht auf ein bisschen Spaß, oder?«

An dieser Stelle schlug ich die Hände vors Gesicht und schüttelte den Kopf. Was brabbelte ich hier eigentlich?

»Oh Gott, du musst mich für eine komplett Irre halten. Es tut mir leid, am besten, ich …«

Meine Stimme wurde in einem Kuss erstickt. Ich bekam eine Gänsehaut, was definitiv nicht an der Temperatur lag. Viel zu schnell löste er sich wieder von mir.

»Julia, ich fand den Abend auch schön. Sehr sogar. Aber ich möchte dich in keiner Weise unter Druck setzen oder dir ein ungutes Gefühl geben. Ja, ich würde mich freuen, wenn du noch mit zu mir kommst. Aber nur, weil ich nicht möchte, dass dieser Abend schon endet. Wir können auch einfach nur reden.« Eindringlich sah er mich an. In mir tobte ein Kampf zwischen Kopf und Bauch.

»Ich fahre dich auch gerne nach Hause, wenn du das möchtest.« Das war der Moment, in dem mein Bauch siegte. Fast zumindest. »Ich bleibe. Eine Bedingung habe ich aber: Ich möchte, dass das heute eine einmalige Sache ist. Wir tauschen keine Nummern, wir nennen keine Nachnamen. Ist das für dich in Ordnung?«

Ich hatte kurz das Gefühl, Enttäuschung in seinen Augen aufflackern zu sehen. Doch schon küsste er mich wieder und trug mich über die Schwelle.

Es waren mittlerweile zwei Monate vergangen. Ich war gerade dabei, mit meiner Tante Esther den Menüplan für die Woche zu erstellen, als es an der Haustür klingelte. Es war Dörte, unsere Postbotin.

»Hallo, Dörte, komm doch rein. Möchtest du einen Kaffee?«

»Nee, min Deern, lass mal. Ich habe hier nur ein Einschreiben für dich.«

Stirnrunzelnd nahm ich den Brief aus ihrer wettergegerbten Hand entgegen und gab ihr meine Unterschrift.

Sie nickte mir noch einmal zu und schwang sich dann wieder auf ihr Rad, das sie vor der Haustür abgestellt hatte.

Der Brief trug den Stempel einer Anwaltskanzlei. Höltner & Partner. Nie gehört. Für einen kurzen Moment dachte ich an Sebastian, während ich stirnrunzelnd zurück in die Küche ging.

»Eine Anwaltskanzlei? Was wollen die denn von dir?« Esther warf einen neugierigen Blick auf den Umschlag.

»Das erfahren wir gleich«, sagte ich mit fester Stimme. Schnell riss ich den Brief auf und las das Schreiben. Mit jeder Zeile stieg mein Puls. Als ich fertig war, hätte ich dieses blöde Stück Papier am liebsten in den Müll geworfen.

»Das kann doch wohl nicht wahr sein, dieser Mistkerl!«, entfuhr es Esther, die mitgelesen hatte. Sie sprach genau das aus, was ich dachte.

Ich pfefferte den Brief auf den Tisch und griff sofort nach dem Handy in meiner Hosentasche. Meine Finger flogen über das Display. Während des Freizeichens versuchte ich, meinen Atem ruhig zu halten. Ein und aus. Ein und aus. Endlich nahm er ab.

»Julia, was gibt es ...«

»Sag mal, was soll dieses Anwaltsschreiben? Geht's noch? Du vergnügst dich mit deiner Kollegin, kümmerst dich kaum noch um unseren Sohn, und jetzt willst du uns auch noch unser Zuhause wegnehmen?«

Stille in der Leitung.

»Clemens, bist du noch da?«

»Ja, Julia. Aber so muss ich wirklich nicht mit mir reden lassen. Vielleicht beruhigst du dich erst mal«, sagte er in oberlehrerhaften Ton.

Meine Sicherungen gingen durch. »Ich soll mich beruhigen?!« Meine Wangen glühten vor Zorn.

»Ja, so schlimm ist das doch alles nicht. Ich möchte nur, dass du mich auszahlst und mir meinen Anteil des Hauses gibst. Ich habe schließlich auch Geld in die Renovierung gesteckt.«

Ich atmete einmal schwer aus und schluckte all die Verwünschungen herunter, die mir auf der Zunge lagen. Verzweiflung machte sich in mir breit.

»Clemens, du willst 150.000 Euro von mir haben! Wo soll ich die bitte hernehmen?«

»Du könntest das Haus doch verkaufen.«

Mein Mund klappte herunter. Das konnte doch nicht sein Ernst sein! »Und wo wohnen Leon und ich dann? Hast du darüber mal nachgedacht? Abgesehen davon, dass ich hier eine Pension führe! Ich verdiene hier unseren Lebensunterhalt!«, bellte ich ins Telefon.

»Für dich und Leon reicht doch auch eine Wohnung. Und vielleicht könntest du dich ja mit dem Käufer einigen, dass du die Pension weiterführen kannst. Oder du nimmst noch einen weiteren Kredit auf.«

Tränen der Wut liefen an meinen Wangen herunter. Wie hatte ich mich je in diesen egoistischen Arsch verlieben können?

»Vergiss es, Clemens, ich werde das Haus sicher nicht verkaufen. Und einen weiteren Kredit bekomme ich als alleinerziehende Selbstständige garantiert nicht, das weißt du selbst. Das meiste Geld, was hier drinsteckt, stammt aus meinem Erbe. Du siehst von mir keinen Cent!«

Damit beendete ich den Anruf und widerstand der Versuchung, mein Handy gegen die Wand zu donnern. Ein Neues würde ich mir vorerst nicht mehr leisten können. Ich ließ es stattdessen wieder in meiner Hosentasche verschwinden. Das Atmen fiel mir plötzlich schwer. Ich begann, haltlos zu schluchzen, und vergrub mein Gesicht voller Verzweiflung in den Händen.

»Ach Julia, Kopf hoch, alles wird wieder gut.« Esther nahm mich sofort in den Arm und streichelte sanft meinen Rücken. »Uns fällt schon irgendeine Lösung ein. Wir lassen uns doch von diesem Idioten nicht unterkriegen, hm?«

Ich löste mich aus ihrer Umarmung und wischte mir einmal über die Augen. Zum Glück hatte ich kein Mascara verwendet, sonst hätte ich sicher wie ein Panda ausgesehen.

»Ja, du hast recht, Esther. Uns wird schon etwas einfallen.« Es fiel mir extrem schwer, aber ich versuchte, positiv zu denken. Ich würde sicher nicht zulassen, dass Leon neben seinem Vater auch noch sein Zuhause verlor. Von der Pension mal ganz abgesehen.

»Pass auf, du setzt dich jetzt erst einmal und ich koche dir einen Tee, einverstanden?«

Ich nickte geistesabwesend und ließ mich von Esther auf einen Stuhl drücken. Schnell ging ich im Kopf meine Möglichkeiten durch. Einen weiteren Kredit würde ich nicht bekommen. Ich hatte zwar durch mein Erbe einen recht hohen Eigenanteil leisten können, aber der Umbau der Scheune hatte ein kleines Vermögen verschlungen. Es war schon jetzt nicht immer leicht, die monatliche Darlehensrate zu leisten. Immerhin zahlte ich nun alles allein. Auch Magda hatte mir schon mit einer nicht gerade kleinen Summe unter die Arme gegriffen, daher wollte ich sie nicht fragen. Mal abgesehen davon, dass ihre Rente nicht besonders üppig ausfiel. Vielleicht könnte mein Vater mir aushelfen? Sarah verdiente zwar nicht schlecht, aber das Leben in Hamburg war teuer, sodass sie kaum etwas zurücklegen konnte.

Esther stellte meine rot-weiß gepunktete Tasse vor mir ab, aus der heißer Dampf aufstieg. Der Duft von Himbeeren und Vanille verbreitete sich in der urigen Landhausküche. Sie nahm sich selbst eine Tasse, setzte sich mir gegenüber und nickte mir aufmunternd zu. »Hör zu, ich kümmere mich um den Menüplan und um alles Weitere, was die Pension angeht. Und du rufst sofort deine Rechtsschutzversicherung an und bestehst auf einen Anwalt, der den Fall übernimmt. Einverstanden?«

Und genau so machten wir es.

Das Thema beschäftigte mich den ganzen Tag. Auch als ich Leon abends ins Bett brachte. Natürlich sagte ich ihm kein Wort von meinen Sorgen. Er hatte es im Moment schwer genug.

»So, mein Schatz. Jetzt wird geschlafen. Morgen geht es wieder in den Kindergarten.«

»Och Mann, können wir nicht noch ein Kapitel lesen?«, fragte er mit zuckersüßer Miene.

Ich schüttelte lächelnd den Kopf. »Wir haben schon zwei Kapitel gelesen, Süßer. Morgen geht's weiter.«

Ich nahm eine von Leons Fußballsammelkarten als Lesezeichen und legte die *Drei??? Kids* auf den blauen kleinen Nachtschrank neben dem Bett.

»Können wir noch ein bisschen kuscheln, Mami?«

»Klar, mein Hase.« Ich schmiegte mich an seinen Rücken und sog den süßen Kinderduft ganz tief ein. Bei dem Gedanken daran, dass wir möglicherweise unsere Sachen packen mussten, wurde mir so schwer ums Herz, dass ich Leon fester an mich zog. »Aua, Mama, nicht so doll.«

»Entschuldige, Leon.« Nach etwa zwei Minuten löste ich ihn aus meinem Arm und stand auf.

»Mama, bleib doch noch ein bisschen.« Seine blauen Augen lugten unschuldig zu mir auf. Seine blonden Haare standen in alle Richtungen ab. Wie immer.

»Das geht leider nicht, mein Schatz. Frederike und Tante Sarah besuchen mich gleich noch.«

Sofort war er wieder hellwach. »Oh ja, Tante Sarah! Ich möchte auch aufstehen.«

Ich seufzte einen Moment. »Tut mir leid, aber für dich ist jetzt Schlafenszeit.«

»Ich will aber nicht«, quengelte er.

»Keine Diskussion«, antwortete ich streng, bevor ich das Licht löschte.

Anschließend holte ich eine Flasche Wein aus dem Kühlschrank und stellte sie zusammen mit drei Gläsern auf ein Tablett. So bepackt, ging ich hinaus auf die Terrasse. Wir hatten Mitte August, aber gegen Abend wehte eine angenehme Brise. Vom Lavendel, den ich in kleinen Körben auf der Terrasse verteilt hatte, drang das Summen emsiger Bienen. Ich goss mir etwas Wein ein, nahm einen Schluck und lehnte mich mit geschlossenen Augen in meinem Stuhl zurück. Das Gespräch mit der Rechtsschutzversicherung war ernüchternd gewesen. Da Clemens ebenfalls im Grundbuch eingetragen war, würde ich um eine Auszahlung nicht herumkommen. Strittig war nur die Höhe. Man hatte mir eine nette Anwältin aus Kiel empfohlen, die ich bereits kontaktiert hatte. Warum hatte ich Sebastians Angebot nicht angenommen? Doch jetzt war es zu spät. Vielleicht konnte ich ihn ja googeln. Aber ohne Nachnamen dürfte das ewig dauern.

Sebastian. Ich dachte unwillkürlich an den Abend mit ihm. Als wir in seiner Wohnung angekommen waren, hatten wir etwas Wein getrunken. Er hatte Musik angemacht. Im Radio lief *The First Cut is the deepest* von Rod Stewart. Bei der Erinnerung stahl sich ein Lächeln auf mein Gesicht. Irgendwann hatten wir eng umschlungen dazu getanzt und dann ...

»Mami, warum grinst du so komisch?«

Ich schreckte hoch und stieß mit dem Knie gegen den Tisch, sodass das Weinglas gefährlich wackelte. »Leon, du sollst doch schlafen!«

»Ich will aber noch Tante Sarah sehen.« Trotzig stampfte er mit dem Fuß auf und zog eine Schnute. Sein Lieblingskuschelschaf Mäh hatte er dabei fest im Arm.

Wie aufs Stichwort hörten wir in dem Moment ein Auto ankommen. Ich seufzte resigniert. »Aber nur noch fünf Minuten.«

Sofort hellte sich Leons Miene wieder auf.

»Halloo«, rief Sarah gut gelaunt, als sie ihren Kopf um die Hausecke steckte.

»Tante Sarah!« Leon sprang ihr mit Anlauf in die Arme und wurde umgehend abgeknutscht.

»Hallo, mein Süßer! Na, musst du noch gar nicht ins Bett? Hi«, sagte sie an mich gewandt und drückte mir einen Kuss auf die Wange.

»Nein, du sollst mir bitte noch vorlesen.« Bei ihr hatte er es nicht einmal nötig, seinen Hundeblick aufzusetzen.

»Na klar, mein Hase. Auf geht's.«

Und weg waren sie.

Zwei Minuten später schneite Frederike herein. »Hallo, Liebes. Wo ist denn Sarah? Ist das nicht ihr Golf da vorne?«

»Jap, sie liest Leon gerade noch vor«, sagte ich mit einem gewissen Unterton.

Frederike lachte nur. »Ja, kann ich mir vorstellen. Er ist Meister darin, sie um den kleinen Finger zu wickeln.«

Zu unserer großen Überraschung stieß Sarah aber zehn Minuten später wieder zu uns.

»Wow, das ging ja schnell«, staunte ich.

»Er möchte sich jetzt lieber die Toniefigur vom *Grüffelo* anhören.«

»Aber die haben wir doch gar nicht.«

Sarah sah mich mit einem frechen Grinsen an, und dann fiel endlich der Groschen. »Mensch, du sollst ihm nicht ständig irgendetwas mitbringen«, schimpfte ich. Völlig umsonst, wie mir bewusst war.

»Ach, dafür sind Tanten doch da. So, jetzt erzähl mal: Wie geht es dir? Und was genau will Clemens nun?«

Damit waren wir beim eigentlichen Thema des Treffens. Seufzend schenkte ich den beiden Wein ein. »Er möchte, dass ich ihn auszahle. Schließlich wohnt er ja nicht mehr hier, steht aber im Grundbuch. Er will 150.000 Euro.« Es laut auszusprechen, machte das Problem realer und bedrohlicher.

»Scheiße, dieser Mistkerl!«, zischte Sarah.

»Das ist eine Stange Geld. Ich nehme nicht an, dass du so viel auf der hohen Kante hast.« So ist Frederike. Immer direkt und auf den Punkt.

Ich schüttelte nur den Kopf.

»Hast du dir schon einen Anwalt genommen?«

»Ja, ich habe gleich mit meiner Rechtsschutzversicherung telefoniert und man hat mir eine Anwältin aus Kiel empfohlen. Monika Wölmer heißt sie. Ich habe Anfang nächster Woche einen Termin bei ihr.«

»Und wie schätzt sie deine Chancen ein?«

»Leider nicht so gut. Auszahlen muss ich ihn auf jeden Fall, das Haus gehört laut Grundbuch ja zur Hälfte ihm. Nur an der Höhe lässt sich eventuell noch etwas machen.«

»Stell dir das nicht zu leicht vor. Matthias musste damals auch ordentlich Geld an seine Ex-Frau zahlen, obwohl er das meiste ins Haus gesteckt hatte. Allerdings waren die beiden auch verheiratet, da mag es vielleicht anders aussehen.« Matthias war Frederikes Lebensgefährte. Die beiden waren schon seit sechs Jahren ein Paar. Ich erinnerte mich dunkel an den Rosenkrieg mit seiner Ex damals. Und ich bezweifelte, dass ich die Kraft für so etwas aufbringen könnte. Zumal ich dazu neigte, Konflikten aus dem Weg zu gehen.

»Ich weiß, dass es nicht leicht wird. Zum Glück sind wir nicht verheiratet. Wir haben noch nicht mal ein gemeinsames Konto. Laut Frau Wölmer ist das gut, da ich dann eindeutig nachweisen kann, dass der Großteil der Handwerkerkosten und so von meinem Konto abgebucht wurde. Nur für den Fall, dass Clemens behauptet, hier so wahnsinnig viel reingesteckt zu haben.«

»Hm, schade, dass du nicht den Kontakt zu diesem Sebastian hast«, sagte Sarah mit einem anzüglichen Grinsen und strich sich dabei einmal durch ihr blondes Haar. »Der würde Clemens für dich bestimmt gerne zur Schnecke machen.«

»Allerdings, ich kapiere immer noch nicht, weshalb du diese blöde Regel aufgestellt hast: keine Nachnamen und keine Nummer.« Kopfschüttelnd nippte Frederike an ihrem Weinglas. Ich verdrehte nur die Augen. »Das habe ich euch doch schon erklärt: Ich habe gerade erst eine langjährige Beziehung hinter mir, da stürze ich mich nicht gleich ins nächste Abenteuer.«

»Also, ohne dir zu nahe treten zu wollen, Liebes, aber was Männer angeht, hast du dich noch nie ins Abenteuer gestürzt. Du hättest dich ja nicht mal den Sprung vom Ein-Meter-Block getraut«, stichelte Frederike. Dass beste Freundinnen so gemein sein konnten.

»Haha. Außerdem, wenn wir Nummern getauscht hätten, würde ich den ganzen Tag auf mein Handy starren und auf eine Nachricht oder seinen Anruf warten. Oder, schlimmer noch, ihn mit Nachrichten bombardieren. Ihr kennt mich doch.«

Da nickten beide unisono mit betretenen Gesichtern.

»Ja, das stimmt leider«, murmelte Sarah.

Ich ging umgehend zum Gegenangriff über. »Das ist mir lieber, als ständig irgendwelche Blind Dates mit Fröschen zu haben. So wie der Typ letzten Monat, der seine Mutter mit zur Verabredung gebracht hatte.«

»Ja, das war wirklich der Knaller«, lachte Frederike.

Die Erinnerung daran war Sarah sichtlich unangenehm. Sie wurde rot wie eine Tomate. Und kleinlaut. »Okay, der Punkt geht an dich. Aber du weißt doch, wo er wohnt. Fahr doch einfach mal hin.«

»Damit er mich für eine verrückte Stalkerin hält? Sicher nicht.« Obwohl ich selbst schon darüber nachgedacht hatte. Für eine Minute oder so. Aber das erwähnte ich nicht. Leider hatte Frederike mit ihrer Einschätzung bezüglich meiner Wenigkeit und Männern nicht unrecht.

»Okay, vielleicht sollten wir jetzt das Thema wechseln«, schlug ich versöhnlich vor.

Den Rest des Abends zogen wir weiter über Clemens her. Das tat mir ausgesprochen gut. Zwischendurch dachte ich immer mal wieder an Sebastian. Und wünschte mir heimlich, ihn noch einmal wiederzusehen.

»Guten Morgen, Frau Brinkhaus«, begrüßte ich unsere Empfangsdame, als ich am Montagmorgen in die Kanzlei trat.

»Guten Morgen, Herr Christiansen.« Lächelnd fischte sie gleich einen kleinen Stapel Briefe aus der Ablage. »Bitte sehr, Ihre Post vom Wochenende.«

Dankend nahm ich sie entgegen und spazierte Richtung Büro. Nachdem ich meine Jacke an den Garderobenständer gehängt hatte, ließ ich mich ächzend in meinen Stuhl fallen, fuhr den Rechner hoch und öffnete die Briefe. Darunter einer von Monika Wölmer von der Kanzlei Harms & Harms. Schnell riss ich den Brief auf. Richard hatte mir diesen Fall persönlich übertragen. Eigentlich keine große Sache. Mein Mandant, Clemens Reimann, hatte sich von seiner Lebensgefährtin getrennt und wollte nun ausbezahlt werden. Er und seine Ex waren zwar nicht verheiratet, aber sie standen beide im Grundbuch des gemeinsamen Hauses. Das würde fast schon zu einfach werden. Der Kerl war mir zwar nicht sonderlich sympathisch, doch es war Richard scheinbar wichtig, dass ich die Sache übernahm. Bei dem Gedanken an die Ex-Partnerin, die nun auch noch alleinerziehend war, regte sich für einen Moment mein schlechtes Gewissen. Als Scheidungskind wusste ich schließlich selbst, wie beschissen diese Situation gerade für Kinder ist. Aber ich wollte unbedingt als Partner einsteigen, also sprang ich über meinen Schatten. Wenn ich mein Ziel erst erreicht hätte, könnte ich mir meine Mandanten und Fälle aussuchen. Immerhin konnte sich diese Frau Sommerfeld auch eine Anwältin leisten.

Gegen 12:30 Uhr schnappte ich mir meine Sachen und brach Richtung Einkaufszentrum Sophienhof auf. Stefan und ich trafen uns dort zum Mittagessen. Er wartete in der Fressmeile auf mich.

»Hey, Basti, worauf hast du heute Lust? Döner, Burger, Pizza, chinesisch oder was Gesundes?«

»Hey, wie wäre es mal mit was Gesundem? Ich nehme heute einen Salat.«

»Na schön, dann besorge ich mir ein Stück Pizza. Meike zwingt mich zu Hause ständig, Gemüse und neumodischen Kram wie Quinoa zu futtern. Ich brauche mal was Richtiges«, jammerte er.

Ich lachte nur. »Alles klar, dann bis gleich.«

Ein paar Minuten später balancierte ich ein Tablett in der Hand und suchte im dichten Gedränge nach einem freien Platz. Es war wie üblich voll. Viele Büroangestellte, die wie wir ihre Mittagspause hier verbrachten, Schüler und ältere Damen, die sich zum Kaffeeklatsch verabredeten. Ich liebte es, die Leute zu beobachten. Aber niemand erregte meine Aufmerksamkeit. So wie Julia damals in der Bar. Ich ärgerte mich inzwischen, dass ich sie nicht doch nach ihrer Nummer gefragt hatte. One-Night-Stands waren mir nicht fremd, doch Julia war die erste Frau, die ich danach nicht mehr aus dem Kopf bekam. Vielleicht hatte ihre sichtbare Zerbrechlichkeit in mir den Beschützerinstinkt geweckt?

Wir hatten in den paar Stunden unseres Zusammenseins wirklich viel Spaß miteinander. Nicht nur im Bett. Bei dem Gedanken an ihren nackten Körper unter mir wurde mir heiß. Schnell konzentrierte ich mich darauf, einen Platz zu finden und Stefan ausfindig zu machen. Als sich ein älteres Paar erhob, ergriff ich die Gelegenheit und schnappte mir den Tisch. Als ich Stefan nahe des Pizzastandes entdeckte, winkte ich ihm sofort zu. Er nickte und bahnte sich seinen Weg durch die Menschenmenge. Unterwegs biss er ein Stück von seiner Pizza ab und bekleckerte sich seine Krawatte mit Tomatensauce. Typisch. Als er sich zu mir setzte, reichte ich ihm gleich eine Serviette.

»So ein Mist, das war ja klar«, brummte er. »Na ja, was soll's ... zum Glück habe ich noch eine Ersatzkrawatte in der Schublade.«

Ich zog anerkennend eine Augenbraue hoch. »Echt? Nicht schlecht. Du bist ja auf alles vorbereitet.«

»Ja, das bringt das Vatersein so mit sich. Solltest du auch mal ausprobieren«, sagte er mit einem vielsagenden Blick.

»Du weißt ja, wie ich zu dem Thema stehe.« Demonstrativ steckte ich mir eine Cocktailtomate in den Mund und erklärte die aufkeimende Diskussion damit für beendet. Glaubte ich zumindest.

»Ach, und ich dachte schon, diese Julia hätte dich auf den Geschmack gebracht.«

Ich winkte nur ab. Stefan hatte mich gleich am nächsten Tag angerufen und über den Abend ausgequetscht. Zumal er etwas sauer gewesen war, dass ich ihn einfach so sitzen gelassen hatte. Andererseits wollte er ja, dass ich zu meinem alten Ich zurückfand.

»Ich gebe es ja zu: Das mit Julia war schon irgendwie besonders. Aber letztlich war es doch nur eine einmalige Sache.« Schulterzuckend machte ich mich wieder über meinen Salat her.

»Daran bist du selbst schuld. Du und deine Beziehungsphobie«, murrte er vorwurfsvoll.

»Das stimmt nicht. *Sie* bestand darauf, keine Nummern zu tauschen.«

»Okay okay, ich sage ja schon nichts mehr.« Beschwichtigend hob Stefan seine Hände. »Wie läuft es denn in der Kanzlei? Darfst du dich schon Partner nennen?«

»Noch nicht, aber ich denke, ich hab das Ding in der Tasche. Richard hat mir letzte Woche persönlich einen Fall übertragen. Ich muss jetzt einen Kerl vertreten, der von seiner Ex-Partnerin Geld fürs Haus haben möchte. Das wird 'ne einfache Nummer. Obwohl mir das ein bisschen gegen den Strich geht. Der Typ hat mir gegenüber selbst zugegeben, dass er eigentlich gar nicht so viel investiert hatte. Es geht ihm uns Prinzip.«

Nun war es an Stefan, mit den Schultern zu zucken. »Da hat er ja irgendwo recht. So ist das nun mal mit der Vermögensaufteilung.«

»Kann sein. Aber die beiden haben immerhin ein Kind zusammen. Und welche Alleinstehende hat schon so viel Erspartes, dass sie ihren Ex auszahlen könnte. Stell dir vor, es ginge um Meike und die Kids.«

Stefan kaute nachdenklich auf seiner Pizza herum. »Hast recht. Ist schon nicht die feine englische Art. Ich würde jedenfalls nicht wollen, dass Paul und Clara ihr Zuhause verlieren. Aber rein juristisch betrachtet, ist die Sache eindeutig.«

»Ich weiß. Das hat ja auch was Gutes, zumindest für mich. Wenn ich der Partnerschaft damit einen Schritt näher komme, dann soll's mir recht sein. Ich habe mich nun mit der Anwältin der Gegenseite darauf geeinigt, dass sich alle Beteiligten noch mal an einen Tisch setzen. Der Termin ist am Mittwoch.«

»Na dann hoffe ich, dass die beiden sich irgendwie einigen können.«

Den Rest der Mittagspause unterhielten wir uns über Fußball, die Kinder und Stefans Job. Zwischendurch schweiften meine Gedanken immer wieder zu Julia. Verdammt. Ich würde sie sowieso nie wiedersehen, also konnte ich sie mir genauso gut aus dem Kopf schlagen. Es gab im Moment ohnehin nichts Wichtigeres als meine Zukunft in der Kanzlei.

An besagtem Mittwoch hatte ich zunächst zehn Minuten damit verbracht, einen Parkplatz zu finden. Anschließend marschierte ich energischen Schrittes Richtung Kanzlei Harms & Harms. Clemens Reimann wartete vor der Haustür auf mich. Er war in Begleitung einer jungen Frau: blond, enge Jeans und figurbetonter Blazer. Ihre Sonnenbrille hatte sie sich lässig ins Haar geschoben.

»Guten Tag.« Höflich distanziert gab ich ihm die Hand.

»Moin, Herr Christiansen«, antwortete er gut gelaunt. »Darf ich vorstellen? Das ist meine Lebensgefährtin Janine Mertens.« Sie setzte ein Lächeln auf und zeigte dabei ihre strahlend weißen Zähne. Dann reichte sie mir ihre perfekt manikürte Hand. »Hallo, Herr Christiansen.«

Ich nickte ihr nur höflich zu und wandte mich dann
wieder an meinen Mandanten. »Wir haben noch fünf
Minuten. Wir sollten langsam reingehen.«

»In Ordnung. Wartest du solange im Café gegenüber?«, fragte er seine Begleiterin.

»Okay, Schatz. Und lass dich nicht über den Tisch ziehen, ja?« Zum Abschied knutschten sie noch ungeniert
eine gefühlte Ewigkeit. Meine Anwesenheit störte sie
offenbar überhaupt nicht. Dann stöckelte sie auf ihren
High Heels davon. Clemens sah ihr für einen Moment
verliebt hinterher. Ich würde mein Gehalt darauf ver-
wetten, dass der Barbie-Verschnitt der Trennungs-
grund war. Na ja, was ging es mich an?

»Wollen wir?«

Schweigend fuhren wir mit dem Fahrstuhl in den
dritten Stock. Kaum hatten wir geklingelt, öffnete Monika uns die Tür.

»Guten Tag, die Herrschaften. Kommen Sie bitte herein. Frau Sommerfeld wartet bereits im kleinen Konferenzraum. Kann ich Ihnen etwas anbieten? Kaffee,
Wasser?«

Nachdem wir beide verneinten, führte sie uns in das
besagte Besprechungszimmer. Frau Sommerfeld stand
am Fenster und blickte hinaus. Sie kam mir sofort bekannt vor. Und dann drehte sie sich um. Vor Überraschung fiel mir die Aktentasche aus der Hand.

Julia

Ich konnte es nicht fassen. Ungläubig starrte ich Sebastian an, der meinen Blick nicht minder irritiert erwiderte. Keiner von uns beiden rührte sich. Er trug einen dunkelblauen Anzug mit Krawatte und wirkte dadurch so anders als damals in der Bar. Der Schock sorgte dafür, dass ich nicht sofort begriff. Doch dann half Clemens mir auf die Sprünge.

»Hallo, Julia, das ist mein Anwalt, Sebastian Christiansen«, sagte er großspurig. Seine Stimme holte mich ins Hier und Jetzt zurück.

Sebastian erstarrte aus seiner Trance, hob seine Aktentasche auf und reichte mir seine Hand. »Hallo.«

Ich nickte, zu überrascht, um etwas zu erwidern. Schon vor dem Termin war ich unheimlich nervös gewesen. Jetzt war die Anspannung schier unerträglich. Übelkeit stieg in mir auf.

»Nehmen Sie doch bitte Platz.« Frau Wölmer saß zu meiner Rechten und kam ohne Umschweife zur Sache.

»Schön, dass Sie es für heute einrichten konnten. Herr Reimann, Sie verlangen 150.000 Euro von meiner Mandantin.«

»Das ist richtig, das ist die Hälfte des damaligen Kaufpreises. Damit komme ich dir schon sehr entgegen, Julia.«

Ich schnaubte. »Danke vielmals.«

Clemens wollte gerade etwas auf meine sarkastische Bemerkung erwidern, als Sebastian dazwischenging. »Was Herr Reimann sagen wollte, ist, dass der Verkehrswert der Immobilie seit dem Kauf erheblich gestiegen ist. Das Wohnhaus wurde komplett renoviert und die Scheune zu einer Pension umgebaut. Uns liegt zwar noch kein Gutachten eines Sachverständigen vor, aber bei dem derzeitigen Immobilienmarkt dürfte so ein Grundstück in der Lage und in diesem Zustand mindestens 550.000 Euro wert sein.«

Entsetzt sah ich Sebastian an. Es war, als hätte er mir eben ein Messer in den Rücken gerammt. Mit Anlauf.

In diesem Moment bereute ich unsere gemeinsame Nacht zutiefst. Er hatte damals so witzig und warmherzig gewirkt. Und nun saß ein berechnender Eisklotz vor mir. Wie hatte ich nur auf ihn reinfallen können!

»Es ist richtig, dass das Grundstück durch die Renovierung eine beträchtliche Wertsteigerung erfahren hat. Allerdings hat Frau Sommerfeld einen Eigenanteil von 70.000 Euro geleistet, bestehend aus dem Erbe ihrer verstorbenen Mutter sowie einem Bausparvertrag, und sie hat besonders die Arbeiten an der Pension ohne Hilfe von Herrn Reimers geleistet beziehungsweise organisiert. Auf Wunsch kann ich Ihnen die Nachweise über die Rechnungszahlungen vorlegen, die alle von Frau Sommerfelds Konto abgebucht wurden.« Frau Wölmer blieb ganz sachlich und ruhig.

Aber an Clemens Schläfe pochte es verdächtig. Sebastian fasste ihm beschwichtigend am Arm. »Wer wie viel Eigenkapital investiert hat, ist in diesem Fall unerheblich, da kein Partnerschaftsvertrag geschlossen wurde und der Eintrag im Grundbuch beiden Parteien je die Hälfte zuspricht.«

»Für Frau Sommerfeld steht aber auch die berufliche Existenz auf dem Spiel. Außerdem ist es sicherlich auch in Ihrem Interesse, Herr Reimann, dass Ihr gemeinsamer Sohn sein Zuhause und seine vertraute Umgebung nicht verliert. Zudem müssen Sie bedenken, dass Frau Sommerfeld bei der Eigentumsübertragung auch noch einmal eine Grunderwerbssteuer zahlen muss.«

»Ja schon, aber das Geld steht mir zu. Was willst du eigentlich von mir, Julia?«, blaffte Clemens mich an.

Meine Geduld war am Ende. »Ich will ...«

»Ganz ruhig.« Frau Wölmer tätschelte mir beruhigend den Rücken. Zum Glück, sonst hätte ich wahrscheinlich Dinge gesagt, die ich hinterher bereut hätte. Oder wäre gleich über den Tisch gesprungen, um Clemens zu erwürgen.

»Herr Reimann, wir möchten Sie nur bitten, sich noch einmal Gedanken über die Höhe der Auszahlung zu machen. Im Gegenzug würde Frau Sommerfeld Ihnen auch bezüglich des Kindesunterhaltes für Leon entgegenkommen.«

»Na schön«, brummte er, während er mir giftige Blicke zuwarf.

»Danke.« Ich fühlte zwar eher Wut als Dankbarkeit, aber ich war hier auf Clemens' guten Willen angewiesen. Ganz abgesehen davon, dass wir irgendwie einen Weg finden mussten, miteinander auszukommen. Leon zuliebe.

»In Ordnung. Ich werde mich mit meinem Mandanten beraten und schlage vor, dass wir uns in zwei Wochen noch einmal sprechen«, sagte Sebastian an Frau

Wölmer gewandt. Meinen Blick mied er tunlichst, was mir nur recht war. Beim Reden machte er viele Gesten mit seinen Händen. Seinen wunderbaren Händen, mit denen er unglaubliche Dinge anstellen konnte. Bei dem Gedanken daran überkam mich eine Gänsehaut. *Schluss jetzt damit, Julia. Reiß dich zusammen.*

»Sehr schön. Dann sehen wir uns in zwei Wochen wieder. Ich bringe Sie noch zur Tür«, bot Frau Wölmer gut gelaunt an. Die dicke Luft ignorierte sie offenbar. Trotzdem war ich froh, endlich hier weg zu können. Ich griff nach meiner Handtasche und verließ fluchtartig die Kanzlei.

»Entschuldigen Sie, ich hab's eilig«, rief ich der verdutzten Anwältin über die Schulter hinweg zu, bevor ich aus der Kanzlei stürmte und die Treppe hinunterlief. Offenbar war ich nicht die Einzige, die schnell hier wegwollte.

»Frau Sommerfeld, warten Sie!« Das war Sebastian, plötzlich ganz förmlich.

In Lichtgeschwindigkeit sauste ich die Treppe hinunter. Auf keinen Fall wollte ich mit ihm sprechen. Am liebsten hätte ich ihn nie wiedergesehen. Ich verließ das Gebäude und rannte zu meinem Auto, das zum Glück nicht weit entfernt stand. In Windeseile startete ich den Motor und fuhr los. Im Rückspiegel sah ich noch, wie Sebastian sich nach mir umsah, dann aber von Clemens angesprochen wurde. Der wunderte sich wahrscheinlich, woher wir uns kannten.

Okay, tief einatmen. Meine zitternden Hände klammerten sich ans Lenkrad. Wie unfassbar gemein konnte das Schicksal sein? Da träumte ich seit Wochen davon, Sebastian wiederzusehen. Und dann begegnete ich ihm ausgerechnet hier! Er war der Mann, der Clemens dabei half, mir mein Zuhause und die Pension wegzunehmen. Meinem Herz war das aber offenbar egal, denn es hatte bei Sebastians Anblick einen freudigen Hüpfer gemacht. Und als er mir so gegenübersaß, musste ich ständig an unsere gemeinsame Nacht denken. Daran, wie unglaublich gut er küsste und was für ein einfühlsamer Liebhaber er war. *Sicher hat er Übung*, dachte ich verbittert. Dabei bin ich gar nicht der eifersüchtige Typ.

Reiß dich zusammen, sagte ich zu mir selbst. Ja, es war ein Schlag in die Magengrube. Damals, am Bootshafen, hatte er so verständnisvoll gewirkt. Er hatte mir zugehört, sich sogar für Leon interessiert. Jetzt war er plötzlich mein Gegner. Okay, das war vielleicht übertrieben. Aber als Clemens' Anwalt vertrat er dessen Interessen, die leider gegen mich gingen. Unter diesen Umständen sah ich definitiv keine Zukunft für uns. Gott, wo kamen diese Gedanken denn plötzlich her? Wäre er nicht sein Anwalt, hätte ich ihn sowieso nie wiedergesehen. Das beruhigte mich ein wenig.

Dennoch wollte ich nicht sofort nach Hause fahren. Esther und Magda warteten sicher schon ungeduldig auf mich. Aber ich brauchte jetzt eine kurze Auszeit, um meine Gedanken zu sortieren. Meine Sorgen waren leider nicht weniger geworden. Selbst wenn Clemens weniger Geld verlangen würde, hatte ich keine Zehntausende von Euros auf der hohen Kante. Mittlerweile war ich fast in Appenkuhl angekommen. Kurzentschlossen bog ich vor dem Ortsschild Richtung Friedhof ab.

Auf dem Parkplatz stand kein einziges Auto, was mir nur recht war. Ich drückte die Klinke des alten schmiedeeisernen Tores der Hauptpforte herunter, das quietschend zur Seite sprang. Der graue Kies knirschte unter meinen Schuhen.

»Hallo, Mama.« Das Grab meiner Mutter lag im Schatten einer Birke. *Brigitte Sommerfeld* stand in weißen Buchstaben auf dem sandsteinfarbenen Granitstein. Abgesehen vom Vogelgezwitscher und dem leisen Rauschen der Blätter war es sprichwörtlich totenstill. Ich setzte mich im Schneidersitz vor das Grab und zupfte einzelne Grashalme aus dem Rasen.

»Ich vermisse dich so, Mama«, flüsterte ich, da ich spürte, wie mir die Tränen hochstiegen. Schnell wischte ich mir über die Augen und räusperte mich. »Du weißt ja sicher schon, dass ich heute den Anwaltstermin mit Clemens hatte. Er benimmt sich wirklich furchtbar. Wahrscheinlich überrascht dich das nicht. Du konntest ihn ja damals schon nicht leiden.« Meine Mutter hatte nie ein böses Wort über Clemens verloren. Aber wer sie gut kannte, so wie ich, hatte an ihrem Verhalten ihm gegenüber gespürt, dass sie ihn nicht sonderlich sympathisch fand. Sie war zu ihm nie so herzlich gewesen wie etwa zu Ole, unserem damaligen Nachbarsjungen und Enkel von Hinnerk. Während Clemens, mich eingeschlossen, mit seinem Charme schnell viele Menschen in seinen Bann zog, schien meine Mutter dagegen immun gewesen zu sein. Offenbar hatte sie eine gute Menschenkenntnis gehabt.

Ich hätte niemals gedacht, dass er und ich einmal so auseinandergehen würden. Kennengelernt hatten wir uns auf dem Flohmarkt. Seine Großmutter war kurz zuvor verstorben, und er hatte seiner Familie geholfen, den Haushalt aufzulösen, indem er einige ihrer Möbel und Haushaltsgegenstände verkaufte. Darunter eine alte Kommode, die mir gut gefiel (und die heute frisch lackiert im Zimmer *Strandperle* steht). Auf meine Frage, was er dafür haben wollte, hatte er frech geantwortet: »Deine Telefonnummer und ein Date.« Dabei hatte er spitzbübisch gegrinst und seine weißen geraden Zähne gezeigt. Ich war einen Moment sprachlos gewesen und hatte dann zurückgelächelt. Er wirkte so frech, geradeheraus und mutig. Ich hätte mich das an seiner Stelle nie getraut. Das imponierte mir damals. Er war das genaue Gegenteil von mir, der kleinen grauen Maus, die nur ihre Hotelfachschule und den Traum vom eigenen Hotel im Kopf hatte. Und ja, wir hatten schöne Zeiten zusammen. Seine unbekümmerte Art, das Leben leicht zu nehmen, tat mir gut. Wenngleich ich meine Ziele trotzdem nicht aus den Augen verlor. Schließlich hatte ich es ja geschafft: Meine Pension *Küstentraum* war Wirklichkeit geworden. Und ich hatte viele Gäste, die uns immer wieder besuchten. Was mir mein Problem wieder deutlich vor Augen führte.

»Mama, ich verliere vielleicht meine Pension und unser Haus. Clemens möchte ausgezahlt werden. Aber so viel Geld habe ich nicht, und die Bank möchte mir keinen weiteren Kredit mehr geben.« Nun kamen die Tränen doch wieder zurück. »Aber eigentlich spielt das auch keine Rolle, denn ich könnte mir noch höhere monatliche Raten sowieso nicht leisten«, schniefte ich. »Die Pension läuft zwar im Moment sehr gut, aber in der Wintersaison sieht es ja immer etwas schlechter aus. Abgesehen davon ist Leon ziemlich traurig, weil er

Clemens so selten sieht. Und dann ist da noch dieser Mann, mit dem ich eine Nacht verbracht habe. Ja, ich weiß, das sieht mir nicht ähnlich.« Schuldbewusst blickte ich zum Grabstein. »Aber ich war so am Boden zerstört, und Sebastian hat mich meine Probleme für eine Weile vergessen lassen. Und stell dir vor: Er vertritt Clemens gegen mich! Da habe ich mich also schon wieder in einem Mann geirrt. Scheint mein Schicksal zu sein. Ich wünschte nur, du wärst jetzt hier und könntest mich einmal in den Arm nehmen.«

Jetzt gab es kein Halten mehr. Die ganzen Sorgen bahnten sich ihren Weg nach draußen, und ich schluchzte haltlos. Ich kramte ein Taschentuch aus meiner Handtasche und schnäuzte mich ausgiebig. Die Sonne brach für einen Moment aus den Wolken hervor und schien durch die Blätter der Birke hindurch. Sie kitzelte meine Nase und wärmte mein Gesicht. Es war, als würde jemand sacht über meine Wange streicheln. »Danke, Mama«, murmelte ich leise und machte mich wieder auf den Weg.

Julia war fluchtartig zu ihrem Auto gestürmt. Ich hatte keine Chance gehabt, mit ihr zu reden. Stattdessen jammerte dieser Reimann mir die Ohren voll. »Das war ja nicht sehr erfolgreich. Ich dachte, Sie gehören zu den Besten? Sagen Sie mal, kennen Sie meine Ex-Lebensgefährtin von irgendwoher? Sie hatten es so eilig, ihr hinterherzurennen.«

Scheiße! Mein Gehirn arbeitete auf Hochtouren, um irgendwie wieder aus dieser Nummer herauszukommen. »Nein, ich wollte nur kurz mit ihr unter vier Augen reden, ohne dass ihre Anwältin dazwischenfunken konnte. Ich wollte sie dazu bewegen, uns noch einmal mit dem Kindesunterhalt entgegenzukommen.« Ich schluckte. Sein skeptischer Blick wirkte wie eine Infrarotlampe auf mich. Ich spürte, wie kleine Schweißperlen an meiner Schläfe herunterrannen.

»Aha, verstehe. Na dann.» Verdammt, richtig überzeugt wirkte er nicht. Aber zum Glück bohrte er nicht weiter nach.

Wir machten einen Termin aus, um das weitere Vorgehen zu besprechen, und verabschiedeten uns endlich.

Kaum war ich wieder in meinem Büro, wühlte ich in den Akten nach Julias Adresse und tippte sie in mein Handy. Ein Blick auf die Uhr ließ mich kurz aufschrecken. Bald hatte ich das nächste Meeting mit einem

Mandanten. Sowieso war mein Terminkalender für heute voll. Vor dem späten Nachmittag würde ich es nicht nach Appenkuhl schaffen. Laut Internet dauerte die Fahrt etwa fünfundzwanzig Minuten. Zögernd drehte ich einen Stift in den Händen. Vielleicht war es eine Schnapsidee, zu ihr zu fahren. Ich wusste ja nicht einmal, was ich ihr sagen sollte. Wir hatten nur einen One-Night-Stand gehabt, mehr nicht. Doch so einfach war die Sache nicht. Für mich nicht und offenbar nicht für Julia, sonst hätte sie nicht so reagiert. Ich wollte ihr sagen, dass es mir leidtat. Wenn ich nur geahnt hätte, dass es bei diesem Fall um sie ging ... Sicher hielt sie mich jetzt für das letzte Arschloch. Da wäre sie zwar möglicherweise nicht die Erste, aber trotzdem nervte mich die Vorstellung. Sie spukte mir den ganzen Tag im Kopf herum. »Ach, scheiß drauf.« Ich packte meine Sachen zusammen, schnappte mir den Zettel mit ihrer Adresse und machte mich auf den Weg nach Appenkuhl.

»Frau Brinkmann, bitte sagen Sie den Termin mit Frau Lübbert ab. Mir ist etwas Wichtiges dazwischengekommen. In spätestens zwei Stunden bin ich wieder da.«

»Wie Sie wünschen, Herr Christiansen.« Verdattert starrte sie mir hinterher.

»Nach 500 Metern sind Sie am Ziel«, informierte mich mein Navi. Gott, ich war so nervös wie damals bei meinem ersten Fall vor Gericht. Mindestens. Ich landete vor einem schönen Grundstück mit großem Garten. Schien so eine Art Hof gewesen zu sein. Das komplette Gelände war von einem weiß gestrichenen Lattenzaun

umgeben. Zu meiner Linken befand sich ein hübsches Backsteinhaus, dessen Vorderseite mit Efeu übersät war. Links davon erstreckte sich ein großer Garten mit altem Baumbestand. Die Auffahrt befand sich gleich rechts neben dem Haupthaus und war mit Kopfsteinpflaster ausgestattet. Der Weg wurde von Rasen und üppigen Blumenarrangements gesäumt. Daneben befand sich ein imposantes Nebengebäude. Von außen sah es aus wie eine Scheune, aber es besaß mehrere neue Fenster und war von einem kleinen Friesenwall umgeben. Das musste also die Pension sein. Meine Mutter wäre hin und weg von dem Anblick. Ich seufzte einmal schwer und lenkte meinen BMW auf den Gästeparkplatz. Aber meine Beine bewegten sich keinen Zentimeter. Ich war immer noch unentschlossen. Bestimmt würde Julia mir sofort die Tür vor der Nase zuknallen. Abgesehen davon war diese Aktion hier in beruflicher Hinsicht völliges Harakiri. Wie würde das denn aussehen, wenn Richard oder dieser Reimann dahinterkämen? Die könnten mir den Besuch glatt als Berufsrechtsverstoß auslegen. Ohne Wissen ihrer Anwältin dürfte ich Julia gar nicht kontaktieren. Auch wenn ich sie aus rein privaten Gründen sprechen wollte.

»Was mache ich hier eigentlich? Wenn das rauskommt, kann ich die Partnerschaft vergessen.« Oh Gott, jetzt führte ich schon Selbstgespräche. Ich wollte gerade wieder den Motor starten, da trat jemand aus der gläsernen Doppeltür der Pension. Es war Julia, die sich mit einem älteren Ehepaar unterhielt und ihnen zwei Flyer in die Hand drückte. Jetzt bloß nicht bewegen. Vielleicht beachtete sie mich gar nicht. Doch als ihre Gäste Hand in Hand davonschlenderten, drehte sie sich genau in meine Richtung. Ihr Lächeln erstarb augenblicklich. Sie machte ein Gesicht, als hätte sie Zahnschmerzen. Dann hatte sie mich wohl doch gesehen. Scheiße! Jetzt gab es kein Zurück mehr. Schnell stieg ich aus dem Wagen.

»Hallo, Julia, kann ich kurz mit dir sprechen?« Ich versuchte, eine zerknirschte Miene aufzusetzen.

»Nein!« Und damit marschierte sie schnell Richtung Haus.

»Julia, warte bitte, ich will dir alles erklären.«

Wutschnaubend drehte sie sich zu mir um. »Das kannst du alles meiner Anwältin erzählen.« Und damit schlug sie mir die Tür vor der Nase zu.

Wahrscheinlich war es besser so. Vernünftig. Aber Julia hatte meinen Ehrgeiz geweckt – so leicht gab ich mich nicht geschlagen. Ich ging einmal ums Haus herum und warf ein Blick durch jedes Fenster, an dem ich vorbeikam. Ich hatte Glück. Zum Garten hin gab es eine Terrasse – und die Tür stand offen.

»Was soll das denn werden, Freundchen!«

Erschrocken drehte ich mich um. Der Garten war von einem niedrigen Zaun umgeben. Und von dessen anderer Seite starrte mich ein älterer Mann mit zusammengekniffenen Augenbrauen an.

»Gar nichts«, sagte ich schnell. »Ich bin ein Freund von Julia, und die Haustür war zu, und da dachte ich ...«

»Da dachtest du, du schleichst mal schnell ums Haus und nimmst die Hintertür, statt zu klingeln? Stehen bleiben und nicht bewegen«, brummte er. Dann langte er in seine Hosentasche. Für einen panischen Moment dachte ich, er holt eine Knarre hervor. Aber es war nur ein Handy. Er tippte auf den Tasten herum und einen

Moment später hörte ich, wie es bei Julia im Haus klingelte.

»Moin Julia, hier ist Hinnerk. Da steht so'n Kerl vor deiner Terrassentür und behauptet, ein Freund von dir zu sein.«

Oh nein, das lief hier alles überhaupt nicht wie geplant. Nicht genug, dass Julia sauer auf mich war. Jetzt hielt sie mich bestimmt auch noch für einen Stalker.

»Das ist nicht so, wie Sie denken«, wollte ich erklären. Aber ich hatte keine Chance.

»Das werden wir ja sehen, min Jung.«

Als Julia an die Terrassentür kam, starrte sie mich ungläubig an und ließ ihr Telefon sinken. Obwohl sie jetzt draußen und in Hörweite war, sprach der Typ am Zaun immer noch durchs Telefon. »Geht das in Ordnung, oder soll ich den jungen Mann zu seinem Auto begleiten?«

Julia lächelte einen Moment und schien ernsthaft darüber nachzudenken.

»Ist schon okay, Hinnerk. Aber danke fürs Angebot.«

Hinnerk steckte endlich sein Handy weg und tippte sich einmal an die Stirn. »Keine Ursache, min Deern. Ruf an, falls der Kerl Ärger macht.« Und an mich gewandt, fuhr er fort: »Ich war mal Boxchampion.« Es klang wie eine Drohung.

Normalerweise hätte ich mich darüber sicher lustig gemacht. Aber dieser Hinnerk hatte wirklich eine einschüchternde Wirkung. Endlich ging er weiter.

»Geht's noch? Spionierst du mir im Auftrag von Clemens jetzt hinterher, oder was?«

Unbehaglich steckte ich meine Hände in die Hosentaschen. »Könnten wir das vielleicht drinnen besprechen? Hier draußen sind mir zu viele Ohren.« Mein Blick glitt zu einer älteren Dame, die gerade mit ihrem Hund spazieren ging und am Haus vorbeikam. Ich hatte das Gefühl, beobachtet zu werden. Tatsächlich hob sie da auch schon die Hand.

»Hallo, Julia, alles gut, Herzchen? Wer ist denn dieser nette junge Mann?«

Julia lächelte gequält. »Hallo, Wilma, alles bestens, danke. Das ist nur ein Gast, der gleich wieder abreist.«

Sie drehte sich um und ich folgte ihr in das geräumige Wohnzimmer. Sie schloss die Terrassentür hinter mir und starrte mich finster und mit verschränkten Armen an.

»Also, mach's bitte kurz, ich habe viel zu tun.«

Erst jetzt nahm ich sie richtig in Augenschein. Ihre Haare waren zu einem lockeren Pferdeschwanz gebunden. Eine einzelne Strähne hatte sich gelöst und fiel ihr ins Gesicht. Sie trug eine Jeans, die leicht mit Mehl bestäubt war, und ein eng anliegendes graues Sweatshirt, das ihre schlanke Figur betonte. Über den Anblick vergaß ich kurz, was ich eigentlich sagen wollte. Mein Blut schoss gerade in tiefere Regionen.

»Hallo, wer bist du denn?« Ein kleiner blonder Knirps mit Zahnlücke kam ins Zimmer gestürmt und hatte einen Freund im Schlepptau. Julias Gesichtsausdruck änderte sich sofort.

Der Kleine wartete meine Antwort gar nicht ab, sondern plapperte gleich weiter. Sein Erscheinen wirkte wie eine kühle Dusche. Zum Glück!

»Mami, machst du für Max und mich einen Obstteller? Und packst du bitte auch ein paar Kekse mit drauf?«

»Klar, das mache ich. Ich bringe euch den Teller gleich in dein Zimmer.«

»Jaaah!«, jubelten die beiden und rannten wieder Richtung Flur davon.

»Komm mit«, fuhr Julia mich an.

Hätten die Jungs nicht hierbleiben können? Dann würde sie ihre schlechte Laune wenigstens nicht so zeigen. Wie ein Dackel trottete ich ihr in die Küche hinterher. Der Raum war groß, mit breiten Fenstern und cremefarbenen Möbeln im Landhausstil. Auffällig waren die vielen Tassen, die dekorativ auf den Wandregalen platziert waren. In der Mitte stand ein Küchenblock mit Barhockern. Der Raum strahlte Behaglichkeit aus.

Aber deswegen war ich nicht hier. Erwartungsvoll sah Julia mich an. Offenbar hatte sie nicht vor, mir einen Platz anzubieten. Ich nahm es ihr nicht übel.

»Ich wusste gar nicht, dass du deinen eigenen Bodyguard hast. Der Mann eben war ja furchteinflößend«, lachte ich gequält. Leider scheiterte mein Versuch, die Stimmung etwas aufzulockern, kläglich. Ich seufzte einmal schwer. »Julia, du musst mir bitte glauben: Ich hatte keine Ahnung, dass Clemens Reimann dein Ex-Freund ist. Hätte ich das gewusst, hätte ich diesen Fall niemals angenommen.«

Julia schnaufte und zuckte dann resigniert mit den Schultern. »Kann sein, Sebastian. Aber hätte, wäre, könnte helfen uns nicht weiter. Du bist nun einmal sein Anwalt. Und du machst deinen Job wirklich gut, ich meine …« Sie nahm einen großen Teller aus dem Schrank, griff sich ein kleines Schälmesser, nahm Trauben, einen Apfel und eine Banane aus der Obstschüssel und fing an, den Apfel zu schälen. Und zwar ziemlich brutal. »Du wirktest so richtig aalglatt bei dem Termin. Aber man muss ja auch Berufliches von Privatem trennen können, und das hast du wirklich gut drauf. Du kannst mit einer Frau schlafen und sie trotzdem hinterher fertigmachen.«

«Julia, ich hab dir doch schon gesagt, ich hatte keine Ahnung! Ich habe nur meinen Job gemacht, jetzt stell mich nicht als Monster dar.« Meine Stimme wurde beim Reden immer lauter. Aber alles musste ich mir schließlich auch nicht gefallen lassen. Obwohl ich ihre Wut verstehen konnte.

Trotzig blickten ihre großen grünen Augen in meine. Sie drapierte das Obst grob auf dem Teller, warf noch ein paar Kekse aus einem Glas hinzu und pfefferte das Messer in den Geschirrspüler.

»Schon gut, du bist mir keine Rechenschaft schuldig. Wir sind schließlich nicht befreundet.«

Sie hatte recht. Und trotzdem fühlten sich ihre Worte wie eine Ohrfeige an. Ich kam mir auf einmal ziemlich dämlich vor. Es war eine dumme Idee gewesen, hierherzukommen.

Julia sah mich abwartend an. »War es das dann? Wieso bist du überhaupt hier, Sebastian?«

Ich setzte mich einfach auf einen der Barhocker und schaute ihr direkt in die Augen. »Ich hatte nicht damit gerechnet, dich wiederzusehen. Schon gar nicht unter diesen Umständen. Aber ich hatte es gehofft. Während der letzten Wochen musste ich sehr oft an dich denken.«

Okay, nun war es raus. Offenbar hatte mein Geständnis ihr kurz die Sprache verschlagen. In ihrem Gesicht spiegelte sich die reine Verblüffung. Die Sekunden zogen sich quälend lang dahin, bis sie sich in Bewegung setzte und neben mir Platz nahm.

»Hör zu, mein Leben ist im Moment mehr als kompliziert. Ich bin alleinerziehend und durch Clemens' Forderung steht für mich viel auf dem Spiel, wie du weißt. Noch mehr Chaos kann ich da nicht gebrauchen.« Sie fuhr sich kurz mit der Hand über die Stirn. »Ich will ehrlich zu dir sein: Auch ich habe häufig an dich gedacht. Mir vorgestellt, wie es wäre, wenn wir uns wiedersähen. Die Nacht mit dir war schön und ja, ich mochte dich. Aber das spielt jetzt keine Rolle, ich möchte unter diesen Umständen keinen Kontakt zu dir. Du bist Clemens' Anwalt, das lässt sich nun einmal nicht ändern.«

»Vielleicht doch.« Die Idee kam aus dem Nichts und war fast schon zu einfach.

»Wie meinst du das?« Sie sah echt süß aus, wenn sie so skeptisch guckte.

»Ich habe einen ziemlich guten Draht zu meinem Chef. Ich frage ihn einfach, ob nicht einer meiner Kollegen den Fall übernehmen könnte.«

»Das würdest du tun?« Erstaunt sah sie mich an.

»Ja, Julia. Ich würde dich nämlich gerne besser kennenlernen. Ich glaube zwar nicht an Schicksal, aber es kann kein Zufall sein, dass wir zwei uns wieder begegnet sind.« Mann, ich redete ja schon wie die Tarotkarten lesende Freundin meiner Mutter!

Julias Miene änderte sich schlagartig. Jetzt ähnelte sie wieder mehr der Frau, die ich damals in der Bar kennengelernt hatte. »Na schön. Wenn du den Fall wirklich abgeben kannst, dann ... überlege ich es mir«, sagte sie zögernd.

Für einen kurzen Moment kamen mir Zweifel, ob die Idee wirklich so gut war. Julia war schließlich eine alleinerziehende Mutter und niemand, mit dem ich eine unverbindliche Affäre haben konnte. Die Geschichte war jetzt schon kompliziert. Aber ich wäre beruflich nie so weit gekommen, wenn ich Herausforderungen nicht lieben würde.

»Wow, das ist aber ein cooles Auto.« Mit ehrfürchtiger Miene schauten Leon und Max Sebastian hinterher, als der sich wieder in seinen BMW schwang und davonbrauste. Ich nickte geistesabwesend und war immer noch vollkommen sprachlos. Er hatte an mich gedacht. Er wollte mich wiedersehen. All die Wochen hatte ich geglaubt, dass ich für ihn nur eine von vielen wäre. Doch nun stand er hier und machte mir dieses verführerische Angebot, Clemens nicht länger zu vertreten. Nur mir zuliebe! Das würde mein finanzielles Problem zwar in keiner Weise lösen. Aber dafür hätten Sebastian und ich dann die Chance, uns näher kennenzulernen. Es wäre zu schön, um wahr zu sein.

Obwohl ein kleiner Teil von mir Purzelbäume schlug, hatte meine innere Pessimistin die Oberhand. Immerhin hätte ich ihm seinen Auftritt bei der Anwältin nie zugetraut! Er wirkte damals am Bootshafen ganz anders. Ob es nur eine Masche war, um leichtgläubige Frauen wie mich zu beeindrucken? Andererseits hätte er sich dann nicht die Mühe gemacht, extra herzukommen. Oder? Bevor ich mich weiter in diesem Gedankenwirrwarr verstricken konnte, holte Leon mich wieder aus meiner Trance.

»Mama, wann essen wir die Torte, die wir vorhin gebacken haben?«

»Gleich. Erst einmal schaue ich nach unseren Gästen.«

Derzeit waren vier der sechs Zimmer belegt. Sie befanden sich alle in der ersten Etage der ehemaligen Scheune, während das Erdgeschoss einen hellen Speiseraum sowie ein Kaminzimmer mit jeder Menge Büchern beherbergte. Gesellschaftsspiele und eine Spielecke für Kinder komplettierten die Ausstattung. Dieser Raum war vor allem in den Wintermonaten ein beliebter Treffpunkt. Tee, Wasser und ein Kaffeeautomat standen unseren Gästen im Speisezimmer zur freien Verfügung. Für den späten Nachmittag waren Regenschauer angekündigt; sicher würden sich dann einige Gäste in die Gemütlichkeit ihrer Zimmer zurückziehen.

»Ach, Frau Sommerfeld, das sieht ja wieder köstlich aus.« Herr Ludwig, ein älterer Herr Anfang sechzig, der mit seiner Frau derzeit im Zimmer *Treibgut* wohnte, kam gut gelaunt mit einem Handtuch über der Schulter die Treppe heruntergeschlendert und blinzelte glückselig zu dem Gebäck.

»Vielen Dank, Herr Ludwig, es freut mich, wenn es Ihnen schmeckt.« Das waren die Momente, die ich an diesem Beruf so liebte: wenn die Gäste sich wohlfühlten und hier eine schöne Zeit verbrachten.

»Ja, bis wir wieder zu Hause sind, habe ich bestimmt eine Kleidergröße zugelegt«, lachte er und klopfte sich dabei auf seinen zugegebenermaßen ziemlich runden Bauch.

»Ach was, dann gehen Sie einfach eine Runde mehr in der Ostsee schwimmen und schon macht der Kuchen ihrer Figur nichts mehr aus.«

»So mache ich das, meine Frau ist schon am Strand und genießt die Sonne, bevor nachher der Regen kommt«, strahlte er, wuschelte Leon und Max einmal über den Kopf und machte sich auf, ihr zu folgen.

»Dann wünsche ich Ihnen beiden viel Spaß.«

»Danke«, rief er von draußen und hob die Hand zum Gruß.

Ich arrangierte den Kuchen sowie ein paar Muffins im Schaukasten und prüfte, ob sich in dem alten Bauernbuffet, das ich eigens aufgearbeitet hatte, genügend Servietten, Geschirr und Besteck befanden. Außerdem räumte ich ein paar benutzte Tassen weg und schüttelte die Kissen im Kaminzimmer zurecht. Leon und Max halfen mir fleißig, indem sie die kleinen Körbchen mit Zucker und Milchportionen nachfüllten.

»So, danke, ihr Süßen. Bevor wir zu Oma Magda gehen, müsste ich noch einmal schnell das Zimmer der Ludwigs herrichten. Spielt ihr solange noch ein bisschen im Garten?

»Ja, Fußball!« Weg waren sie und flitzten unter lautem Gebrüll in unseren Garten. Manchmal konnte es so einfach sein. Schmunzelnd lief ich die Treppe hoch und schloss die Tür zum *Treibgut* auf. Alle Zimmer waren maritim eingerichtet. Die Gardinenstores waren hellblau-weiß gestreift, die Möbel waren überwiegend in Weiß gehalten und als Deko dienten selbstgesammelte Muscheln in Teelichtgläsern sowie kleine Leuchttürme und Segelschiffe. Schnell schüttelte ich die Betten auf und legte alles auf Kante. Im Badezimmer sah alles tadellos aus, neue Handtücher musste ich noch nicht holen und genügend Toilettenpapier war ebenfalls vorhanden. Besonders stolz war ich auf die Einrichtungsgegenstände dieses Zimmers aus Treibholz: einen Couchtisch mit Glasplatte, ein kleines Regal in Form eines Bootes sowie auf die Lampe im Badezimmer, die über dem Spiegel hing. Sie bestand aus einem langen und schön geschwungenen Stück Holz, in das mehrere kleine Lichtspots eingebaut waren. Für einen Moment lehnte ich mich gegen den Türrahmen und ließ meinen Blick durch das Zimmer schweifen. Den eichefarbenen Vinylboden hatte ich selbst verlegt. Ich hatte so viel Schweiß, Arbeit und Herzblut in diese Pension gesteckt. Und nicht nur ich, meine ganze Familie und meine Freunde hatten kräftig mit angepackt. Die Gardinen hatte meine Oma genäht, die hübsche Treibholzdeko hatte ich von Frederikes Freund Matthias, der diese Dinge in seiner Freizeit herstellte. Frederike, Sarah und ich hatten in jedem Zimmer die Farbrollen geschwungen, Hinnerk und Malte hatten die Lampen angebaut und beim Möbelaufbau geholfen, Kai vom Reiterhof hatte die Fliesenarbeiten in den Bädern übernommen. Wilma hatte mir damals dabei geholfen, den Friesenwall zu bepflanzen. Selbst Leon sammelte heute noch fleißig Muscheln und schöne Steine, die wir dann dekorativ in den Zimmern verteilten. Diese Pension war mein Leben, und ich durfte sie auf keinen Fall verlieren. Selbst wenn Clemens mit seiner Forderung noch um ein paar tausend Euro runterging, wüsste ich immer noch nicht, woher ich so viel Geld nehmen sollte. Aber ich musste eine Lösung finden.

»So, genug jetzt mit den trüben Gedanken.« Entschlossen krempelte ich die Ärmel meiner Bluse hoch und verließ das Zimmer.

In meiner Küche verstaute ich den Schokoladenkuchen unter einer Kuchenglocke und hielt nach den Kindern Ausschau.

»Leon, kommt ihr? Jetzt geht's zu Oma Magda«, rief ich in den Garten hinein.

»Jaaa.« Die beiden kamen angestürmt und führten einen Jubeltanz auf, den sie erst beendeten, als wir uns auf den Weg machten. Meine Großmutter lebte praktischerweise nur vier Häuser die Straße rauf. Sie war eine alteingesessene Appenkuhlerin und mit ihren neunundsiebzig Jahren in der Gemeinde noch sehr aktiv und bekannt wie ein bunter Hund. Aber das war hier auf dem Lande nichts Besonderes.

Leon lief voraus und öffnete stürmisch die Haustür, die praktisch nie abgeschlossen war. »Oma?«

Keine Antwort.

Dafür kam Fiffi, der kleine Wolfsspitz von Wilma, uns wild kläffend entgegengelaufen und sprang sofort an meinem Bein hoch.

»Na du kleiner Räuber, wo sind sie denn alle?« Ich stellte die Kuchenglocke auf dem Küchentisch ab und folgte dem Hund und den Kindern durchs Wohnzimmer, um zur offen stehenden Terrasse zu gelangen. Dort saß Magda, zusammen mit Hinnerk, Wilma und ihrer Freundin Florentine, genannt Flo.

»Das klingt ja, als würde eine Herde Elefanten hier einfallen«, lachte Hinnerk.

»Hallo zusammen.« Ich hob einmal meine Hand in die gesellige Runde und drückte meiner Oma einen Kuss auf die Wange.

»Omi!« Unter lautem Jubel fiel Leon seiner Uroma wild um den Hals.

»Nicht so doll, Leon.«

»Papperlapapp, ich werd' schon nicht gleich kaputtge-
hen. Oder, mein Schatz?«

»Genau, Mami.« Er warf mir ein triumphierendes
Grinsen zu.

»Wir wollten euch nicht stören. Sollen wir lieber ein
anderes Mal wiederkommen?«

»Ach was, Herzchen, bleib doch ruhig und setz dich zu
uns. Es wurde ohnehin langsam langweilig, gegen Hinnerk hat man beim Poker einfach keine Chance«, lachte
Wilma und klopfte einladend auf den Stuhl neben sich.
Während ich mich setzte, schenkte mir Magda bereits
etwas von ihrem selbst gemachten Eistee ein und
reichte mir ein Glas.

»Danke.« Nach dem ersten Schluck verzog ich den
Mund und betrachtete skeptisch mein Getränk.

»Sag mal, ist da Alkohol drin?«

»Nur ein kleiner Schuss Holunderlikör«, wiegelte
Magda ab.

»Oma, es ist doch erst halb zwei Uhr nachmittags.«
Ich stellte das Glas wieder ab und kicherte.

»Julia, in unserem Alter muss man die Feste feiern,
wie sie fallen«, klärte Flo mich auf.

Leon und Max tobten bereits im Sandkasten und hatten den Kuchen völlig vergessen.

»Max und Leon sind wirklich ein unzertrennliches
Duo.« Amüsiert beobachtete Magda die Kinder.

»Ja, manchmal habe ich das Gefühl, ich hätte zwei
Kinder.«

Da die beiden beschäftigt waren, kam gleich das
Thema auf den Tisch, das die kleine Klatschrunde im
Moment am meisten interessierte. Leider.

»Magda hat uns schon berichtet, dass dieser Schuft von Ex dich ausnehmen will wie eine Weihnachtsgans«, wetterte Wilma drauflos.

»Psst, nicht so laut«, raunte ich. »Vor Leon soll bitte kein schlechtes Wort über seinen Vater fallen.«

»Da sieht man mal, was für ein gutmütiger Mensch du bist, Herzchen. Ich hätte diesem Mistkerl schon längst ...« Wütend ballte Wilma ihre faltigen Fäuste, ohne den Satz zu Ende zu bringen, während Magda ihr das Glas wegnahm. »Ich glaube, du bist schon ein bisschen dun, Wilma.«

»Jetzt mal im Ernst.« Hinnerk war damit beschäftigt, die Karten wegzuräumen. »Wie viel will Clemens von dir?«

Ich seufzte schwer und lehnte mich resigniert in meinem Stuhl zurück. »Nach derzeitigem Stand möchte er 150.000 Euro. Das ist in etwa die Hälfte von dem, was wir damals für den Hof bezahlt haben.«

»Das ist wirklich eine Stange Geld. Meinst du, du kannst dich irgendwie mit ihm einigen?«

Ich zuckte mit den Schultern. »Keine Ahnung, wir sind mit unseren Anwälten so verblieben, dass er sich noch einmal über die Höhe der Forderung Gedanken macht. Sehr entgegenkommend wirkte er aber nicht. Ich kann ihn einfach nicht mehr einschätzen, er ist wie ein völlig neuer Mensch.«

»Das kommt davon, wenn man sich mit der falschen Frau einlässt. Bestimmt hat dieses junge Ding ihm diesen Floh ins Ohr gesetzt«, sagte Florentine überzeugt und trank zur Beruhigung einen Schluck von Omas Spezial-Eistee.

Die Einzige, die sich bisher nicht dazu geäußert hatte, war meine Oma. Stattdessen blickte sie mich besorgt an. Das war mir nur recht, ich wollte jetzt nicht über diese Misere nachdenken. Also wechselte ich das Thema.

»So, nun lasst mal hören: Was ist denn der neueste Klatsch und Tratsch in Appenkuhl?«

»Ich hatte eigentlich gehofft, dass du uns was erzählst.« Verschmitzt zwinkerte Wilma mir zu. Ich hatte eine dunkle Ahnung, worauf sie hinauswollte.

»Ja, wer war denn dieser Kerl, der in deinem Garten rumgelungert hat wie ein zweitklassiger Einbrecher?«

»Oh ja, erzähl und bereite der Gerüchteküche ein Ende. Wir haben vorhin schon die wildesten Spekulationen angestellt.« Flo wirkte richtig aufgeregt.

»Tatsächlich? Also habt ihr beiden es gleich herumerzählt?« Tadelnd schaute ich zu Hinnerk und Wilma. Ihr schien das nicht im Mindesten unangenehm zu sein.

»Natürlich, hier passiert doch sonst nicht so viel. Also, raus mit der Sprache.«

Oh Mann. Wahrheit oder Lüge? Ich entschied mich für die Wahrheit. Zumindest teilweise. Im Lügen war ich einfach miserabel, das würden sie sofort durchschauen.

»Das war Sebastian Christiansen. Er ist Clemens' Anwalt.«

»Was? Wenn ich das gewusst hätte, hätte ich sofort Fiffi auf ihn gehetzt.«

»Ich glaube nicht, dass das Julia irgendwie geholfen hätte«, sagte Magda entschieden.

»Schade eigentlich, Herzchen. Der Mann ist so derart gutaussehend.« Verträumt schaute Wilma Richtung Himmel, während Hinnerk die Augen verdrehte.

»So, meine Damen, wenn jetzt nur noch über Männer geschnackt wird, dann mache ich mich lieber mal vom Acker.« Entschlossen ließ er die Karten in der Tasche seiner Hose verschwinden und stand auf.

»Entschuldige Hinnerk, wir wollten dich nicht in die Flucht schlagen«, lachte meine Oma und warf ihm einen amüsierten Blick zu. Dabei steckte sie eine graue Strähne hinters Ohr, die sich aus ihrem lockeren Dutt gelöst hatte. Wie schön sie mit ihren beinahe achtzig Jahren noch aussah.

»Ach was, wird eh Zeit für mich, Malte hinter der Fleischtheke zu unterstützen. Wir sehen uns«, grinste er zurück. Täuschte ich mich oder hatte er Oma eben kurz zugezwinkert?

»Bleib doch noch, Hinnerk, ich habe extra Kuchen mitgebracht. Möchtest du nicht ein Stück?«

»Das ist lieb von dir, min Deern, aber davon sollte ich bei meinem Diabetes lieber die Finger lassen.« Er hob noch einmal die Hand zum Abschied und verschwand.

Oma Magda blickte ihm für einen Moment hinterher, bevor sie in die Hände klatschte. »Also Julia, dann lass uns doch den Kuchen aufdecken. Flo, ich verlasse mich darauf, dass du Wilma in der Zwischenzeit vom Eistee fernhältst.«

»Jawohl!« Flo salutierte im Scherz.

Wilma hingegen setzte eine beleidigte Miene auf. »Also wirklich, Magda, du benimmst dich wie meine Mutter früher.« Lachend gingen wir in die Küche und bereiteten alles zum Kaffeetrinken vor. Ich war ganz froh, einen Moment mit ihr allein zu sein.

»Wie geht's dir, Oma?« Ich nahm mir die geblümte Kaffeedose aus dem Regal und befüllte die Kaffeemaschine.

»Oh, sehr gut. Bei dem schönen Wetter kann ich viel im Garten sein und auch sonst habe ich genug zu tun. Nächste Woche haben wir mit dem Chor einen Auftritt bei Petersens. Hauke und Inga feiern Silberne Hochzeit.«

»Nicht schlecht.« Anerkennend zog ich eine Augenbraue hoch.

»Ja, das ist schon eine Leistung. Jetzt erzähl mir aber lieber mal, wie es dir geht. Ich spüre doch genau, dass du noch mehr auf dem Herzen hast als die Geldsorgen.«

»Woher weißt du das?« Ich fühlte mich regelrecht ertappt. Lachend holte Magda die Kuchengabeln sowie Servietten aus dem Schrank und platzierte sie auf dem Tablett.

»Ach Schatz, ich kenne dich eben ganz genau. Und nun raus mit der Sprache.«

Ich kaute für einen Moment nachdenklich auf meiner Lippe. Eigentlich war die Geschichte nichts, was ich gerne mit meiner Oma besprechen wollte. Andererseits musste ich mich bei irgendjemandem aussprechen. Sarah und Frederike würde ich vor dem Abend nicht erreichen.

»Na schön. Es geht um Sebastian Christiansen.«

»Verstehe. Lass mich raten: Er ist gar nicht Clemens' Anwalt.« Erwartungsvoll zwinkerte sie mir zu.

»Doch, doch. Allerdings kannten wir uns schon vor dem Termin.« Das Tablett war inzwischen voll beladen, aber wir blieben noch einen Moment in der Küche. Es fehlte mir noch, dass Wilma mein Dilemma überall herumposaunte.

»Ah, erzähl weiter.« Sie lehnte sich gegen den Küchenschrank und verschränkte die Arme ineinander, den Blick voller Neugier.

»Ja, weißt du, vor ein paar Monaten haben wir uns zufällig kennengelernt, als ich abends mit Sarah und Fredi in Kiel unterwegs war und ...« In wenigen Worten berichtete ich ihr von unserer ersten Begegnung sowie von der zweiten. Dass er heute vorbeigekommen war, um mit mir zu reden, beeindruckte sie regelrecht.

»Klingt, als hätte der Jung sich echte Gedanken gemacht.«

»Ja, aber meinst du, es wäre eine gute Idee?«

Sie pustete sich eine Strähne aus dem Gesicht. »Also wenn er Clemens' Mandat abgibt, sehe ich kein Problem.«

»Ich weiß nicht. Eigentlich habe ich doch schon genug Probleme und da sollte ich ...«

»Die Sache ist doch ganz einfach«, unterbrach sie mich. »Magst du ihn oder magst du ihn nicht?« Am Schalk in ihren Augen sah ich, dass sie meine Antwort kannte.

»Ja, sehr sogar. Was verrückt ist, weil ich ihn kaum kenne.«

»Dann lernst du ihn eben kennen! An Clemens hast du doch gesehen, dass wir manche Menschen selbst nach Jahren noch nicht richtig einschätzen. Also steh dir nicht selbst im Weg, mein Schatz.«

»Du findest, ich stehe mir selbst im Weg?«

Lächelnd gab sie mir einen Kuss auf die Stirn. »Du bist eben ein sehr vernünftiger Mensch, was ich ja grundsätzlich sehr gut finde. Aber manchmal könntest du dir auch ein bisschen was von deiner Schwester abschneiden, dem verrückten Huhn«, gluckste sie.

Unrecht hatte sie nicht. Als ich mit Sebastian damals die Bar verlassen hatte, hatte ich meine ewige Vernunft ja schon einmal ignoriert. Und es hatte sich verdammt gut angefühlt. Ich beschloss, ihm eine Chance zu geben. Als wir mit dem Kuchen zur Terrasse zurückkehrten, fühlte sich mein Herz schon etwas leichter an.

Sebastian

Es war Donnerstagvormittag. Ich hatte es mal wieder geschafft und einen Mandanten vor Gericht rausgehauen. Gut gelaunt lief ich die Treppen zur Kanzlei im zweiten Stock hoch. Diese Erfolgsmeldung war ein weiterer Meilenstein auf meinem Weg zur Partnerschaft und würde auch Richard freuen. Sicher waren dann auch meine Karten besser, den Fall Clemens abzugeben. Dann hätte ich freie Bahn bei Julia und alles wäre perfekt.

»Moin Frau Brinkmann, ist Herr Hölter im Haus?« Dann könnte ich es gleich hinter mich bringen.

Frau Brinkmann strahlte mich durch ihre Brillengläser hindurch an. »Ja, Herr Christiansen, er ist in seinem Büro.«

»Super, vielen Dank.«

Ich hing meinen Mantel an der Garderobe in meinem Büro auf, räusperte mich einmal und machte mich auf den Weg zu Richard. Als ich an der Küche vorbeikam, erhielt meine Laune einen kurzen Dämpfer. Markus quatschte mich an.

»Na, Christiansen, willst du dich mal wieder beim Chef einschleimen?« Er grinste hämisch und trank einen Schluck aus seiner Kaffeetasse, ohne mich dabei aus den Augen zu lassen. Manchmal erinnerte er mich an ein Raubtier.

»Das hab ich nicht nötig, Möller, ich lasse einfach meine Erfolge für mich sprechen.« Blödmann! Ich ließ ihn stehen und ging weiter. Schließlich stand ich vor Richards Tür und klopfte.

»Ja, bitte.«

Entschlossen trat ich ein. Richard saß hinter seinem Schreibtisch, wie immer in Anzug mit Weste und Krawatte.

»Hallo, Richard. Hast du einen Moment für mich?«

»Sicher, setz dich, mein Junge.« Kleine Lachfalten bildeten sich um seine Augen, als er die Brille abnahm und mich nun erwartungsvoll ansah. »Na, wie lief es vor Gericht? Heute war doch die Anhörung von Herrn Nether, oder?«

»Ja, es lief wie geschmiert, ich konnte die Richterin davon überzeugen, dass die Ex-Frau keinerlei Anspruch auf die Firmenanteile unseres Mandanten hat.« Ich grinste unwillkürlich.

»Sehr gut, freut mich zu hören! Und wie läuft es im Fall Reimann?«

»Genau darüber wollte ich mit dir sprechen.« Ich holte noch einmal tief Luft. »Ich würde den Fall gerne abgeben.«

Richard wirkte für einen Moment verwundert. »Warum denn?« Er verschränkte seine knochigen Finger ineinander.

» Na ja, weil ...«

Doch er ließ mich gar nicht zu Wort kommen. »Ach, ich verstehe dich schon, mein Junge«, sagte er und machte eine wegwerfende Geste mit der Hand.

»Ach ja?« Er wusste doch überhaupt nicht, worum es ging.

»Weißt du, es ist so …« Doch auch bei meinem zweiten Versuch unterbrach er mich.

»Ich weiß schon, der Fall ist für einen Profi wie dich nicht besonders anspruchsvoll. Die Fakten liegen klar auf dem Tisch. Trotzdem ist Clemens Reimann ein enorm wichtiger Mandant für uns.« Er stand auf, ging einmal um seinen Schreibtisch und lehnte sich gegen die Vorderseite.

»Ach ja? Wieso das denn?«

»Weil Reimanns Vater kein geringerer ist als Karl-Heinz Reimann, stellvertretender Vorstandsvorsitzender der Maritim Bank.«

Wow. Ich hätte gleich Lunte riechen sollen. Warum sonst hätte Richard mir einen so banalen Fall persönlich übertragen?

»Lass mich raten: Die Bank ist auf der Suche nach einer neuen juristischen Vertretung.«

Er streckte seinen Zeigefinger in meine Richtung. »Exakt. Wir sind in der engeren Auswahl. Reimann hat mich persönlich beauftragt, den Fall seines Filius' an meinen besten Mann zu geben. Und das bist du.«

Nach einigen Sekunden merkte ich, dass mir der Mund vor Verblüffung offen stand. Schnell schloss ich ihn wieder. »Reimann Senior ist also im Vorstand eines der größten Kreditinstitute des Landes und gibt der Mutter seines Enkels keinen Kredit?«

Richard zuckte nur mit den Schultern und setzte sich wieder auf seinen Platz. »Ja, anscheinend ist das Verhältnis zwischen den beiden nicht besonders gut. Außerdem ist er nun einmal Geschäftsmann. Und Frau Sommerfeld ist eben nicht kreditwürdig.«

Ich nickte geistesabwesend.

»Du verstehst jetzt sicher, weshalb ich dir die Sache anvertraut habe. Wenn du die Angelegenheit im Sinne von Reimann Junior regelst, dürfen wir mit Sicherheit die Maritim Bank bald zu unserer Klientel zählen. Das wäre ein großer Gewinn für die Kanzlei. Und auch für dich.«

Sofort horchte ich auf. »Wieso für mich?« Unauffällig wischte ich mir meine feuchten Hände an meiner Anzughose ab. Diese innere Anspannung brachte mich richtig ins Schwitzen.

»Wenn du dich bereiterklärst, Clemens Reimann weiter zu vertreten, dann werde ich dir die Partnerschaft anbieten. Wenn du den Fall trotzdem abgeben willst, wie gesagt, mir ist bewusst, dass es keine große Herausforderung ist, dann müsste ich Markus als meine Nummer zwei ins Rennen schicken.«

Ich verstand den Wink sofort. Das durfte auf keinen Fall passieren.

»Ist schon gut, ich mach's.« Erst beim Sprechen bemerkte ich, dass ich die Luft angehalten hatte.

Vergnügt klatschte Richard in die Hände. Ich war voll in seine Falle getappt. »Wunderbar! Dann hätten wir das ja geklärt. War sonst noch etwas?«

Resigniert schüttelte ich den Kopf.

»Dann entschuldige mich bitte, ich habe noch etwas Arbeit vor mir. Bis später, Partner«, zwinkerte er mir verschmitzt zu. Matt lächelnd erhob ich mich und trottete wieder in mein Büro, wo ich mich stöhnend in meinen Stuhl warf.

Verdammt! Ich saß in der Scheiße. Und zwar bis zum Hals. Die Sache mit Julia konnte ich jetzt vergessen! Aber was hatte ich denn für eine Wahl? Ich hatte jahrelang auf die Partnerschaft hingearbeitet, mir schon ausgemalt, was ich in der Position alles an Neuerungen durchsetzen würde. Diese Chance durfte ich mir nicht entgehen lassen. Auch nicht für so eine tolle Frau wie Julia. Außerdem müsste ich mich erschießen, wenn Markus mein Vorgesetzter würde. Diesem arroganten Arsch könnte ich mich niemals unterordnen.

Nach Feierabend traf ich mich mit Stefan zum Tennis. Wie jeden Donnerstag. Er hatte noch nie ein so leichtes Spiel mit mir.

»Sag mal, was ist denn heute mit dir los? So leicht hast du es mir ja noch nie gemacht. Man könnte meinen, du hieltest heute zum ersten Mal einen Tennisschläger in der Hand.«

Genervt winkte ich ab. »Lass uns einfach weiterspielen, okay?«

»Vergiss es. Du sagst mir jetzt, was mit dir los ist.«

Ich seufzte einmal tief. »Na schön, dann lass uns an der Sportbar was trinken gehen.« Wir bestellten uns zwei Iso-Drinks und setzten uns damit an einen Tisch.

»Ich höre ...« Erwartungsvoll blickte Stefan mich an.

»Erinnerst du dich an den Fall, von dem ich dir erzählt habe? Mit dem Typen, der von seiner Ex-Freundin ausbezahlt werden will?«

Stefan nickte nur.

»Die Ex-Freundin ist Julia, du weißt schon ... die Julia aus der Bar.«

Stefan fiel die Kinnlade herunter. »Ach du Scheiße! Und nun?«

»Keine Ahnung. Wir haben uns neulich bei ihrer Anwältin getroffen. Bei ihrem Anblick bin ich aus allen

Wolken gefallen! Nach dem Termin ist sie schnell abgehauen, ich hatte keine Chance, mit ihr zu reden. Ich bin dann nach der Arbeit zu ihr gefahren. Sie wohnt in irgendeinem kleinen Nest an der Ostsee.«

Stefan verschluckte sich fast an seinem Drink. »Du hast *was* gemacht? Wenn das rauskommt, steht dir aber mächtig Ärger ins Haus.«

»Das weiß ich selbst«, blaffte ich gereizt.

»Ja, sorry. Na und … was hast du zu ihr gesagt?«

Unwohl wand ich mich auf meinem Platz. »Ich habe ihr angeboten, den Fall abzugeben.«

Stefan atmete hörbar aus. »Na dann ist doch alles in Butter. Diese Bitte wird Richard seinem *Liebling*«, an dieser Stelle malte er Gänsefüßchen in die Luft, »sicher nicht abschlagen.«

»Tja, leider doch. Ich wollte ihm erklären, dass ich Julia kenne und befangen bin, aber er ließ mich gar nicht zu Wort kommen. Reimanns Vater ist ein hohes Tier bei der Maritim Bank, und die sind auf der Suche nach einer neuen Haus-und Hofkanzlei. Deshalb sollte ich den Kerl auch unbedingt vertreten.«

»Oh, verstehe. Schöne Scheiße.« Betreten blickte Stefan in sein Glas. Dann zuckte er mit den Schultern. »Aber … jetzt mal ehrlich, wäre es so furchtbar, wenn ein Kollege den Fall übernähme? Du könntest dich da bestimmt irgendwie rausreden.«

»Das steht nicht zur Debatte. Wenn ich den Fall brav zum Abschluss bringe, habe ich die Partnerschaft in der Tasche. Ansonsten würde Markus das Rennen machen. Und das kann ich auf gar keinen Fall zulassen.« Düster starrte ich vor mich hin und spielte nebenbei mit dem Bierdeckel.

»Ich tue doch das Richtige, oder?« Mein Kopf war sich da zwar sehr sicher, aber mein Bauch sagte mir etwas anderes.

»Ja, natürlich. Es tut mir leid für die Frau, aber deswegen kannst du nicht gleich deine Karriere hinschmeißen. Wenn du deine ganzen Pläne später als Partner wirklich umsetzt, ist schließlich vielen Menschen geholfen.«

Ich atmete hörbar aus und lächelte Stefan schwach zu. »Danke.« Es tat unheimlich gut, das zu hören.

»Hast du schon mit Julia darüber gesprochen?«

Ich schüttelte stumm den Kopf. »Wenn ich ihr das sage, schlägt sie mir die Tür vor der Nase zu und das war's dann.«

Stefan nahm noch einen Schluck seines Iso-Drinks und wischte sich einmal mit der Hand über den Mund.

»Vermutlich, ist ja auch verständlich. Aber was bleibt dir anderes übrig? Wenn du sie anlügst, wird sie dich erst recht davonjagen. Spätestens bei eurem nächsten offiziellen Termin würdest du auffliegen.«

Nachdenklich kaute ich auf meinem Strohhalm herum. Stefan hatte recht. Mit einer Lüge würde ich nicht davonkommen. Und ich wollte sie auch gar nicht anlügen. »Vielleicht sollte ich noch einmal mit Richard sprechen.«

»Was sollte das bringen? Ich denke nicht, dass er sich umstimmen lässt. Und so toll ich es auch finde, dass du mal echtes Interesse an einer Frau zeigst: Deinen Job solltest du ihretwegen nicht gleich aufgeben. Du kennst sie ja kaum!«

»Das ist es ja gerade, wir haben nur einen Abend miteinander verbracht.« Und eine unglaubliche Nacht.

»Aber trotzdem war es, als würden wir uns schon ewig kennen. Weißt du, bisher habe ich mit den meisten Frauen über belangloses Zeug geredet, das war mit Julia anders. Sie ist nicht nur wunderschön, sondern auch schlagfertig, intelligent und warmherzig.«

Stefan hob eine Augenbraue.

»Was?«

»Empfindest du das wirklich so, oder wurmt es dich einfach, dass sie die erste Frau ist, die dich nicht sofort heiraten möchte?«

»Was soll das denn heißen?«, schnaubte ich empört, sodass meine Spucke auf dem Tisch landete. Schnell wischte ich sie mit dem Bierdeckel weg.

»Ach komm, Basti, normalerweise bist du es, der knallharte One-Night-Stand Regeln aufstellt. Klappt nur meistens nicht so gut. Wie oft ist es schon passiert, dass dir eine Frau aufgelauert oder dir ihre Telefonnummer hinterlassen hat, in der Hoffnung, dass du dich meldest? Julia hat nie versucht, dir hinterherzulaufen … mehr noch, sie wollte keine Nummern tauschen. Vielleicht hat das einfach deinen Jagdinstinkt geweckt.« Als er mit seinem Vortrag fertig war, verschränkte er wichtigtuerisch die Arme ineinander.

»Ich wusste gar nicht, dass du unter die Psychologen gegangen bist«, spottete ich. »Aber du liegst völlig falsch, ich bin doch kein Tier! Außerdem geht es nicht nur darum, dass ich Julia sehr anziehend finde. Ich kann Reimann nicht ausstehen und habe das Gefühl, in dieser Sache auf der falschen Seite zu stehen.« Ich wurde beim Reden immer lauter, sodass sich einige andere Leute in der Sportsbar schon nach uns umsahen. Also senkte ich meine Stimme, als ich weitersprach.

»Immerhin habe ich am eigenen Leib erfahren, wie es ist, wenn eine alleinerziehende Mutter sich mit Kindern mehr schlecht als recht durchs Leben schlagen muss, schon vergessen?«

Abwehrend hob Stefan seine Hände. »Ist ja schon gut, das weiß ich doch. Die Situation ist beschissen, hab's kapiert. Jetzt aber mal ehrlich: Findest du diese Frau so außergewöhnlich, dass du alles für sie hinschmeißen würdest?« Er nahm mein betretenes Schweigen als Antwort. »Siehst du. Wir alle müssen im Job hin und wieder Dinge tun, die wir nicht so toll finden. Was glaubst du, wie es mir als Personalleiter so geht, wenn ich Leute entlassen muss?«

Langsam beruhigte sich mein Blutdruck wieder. So hatte ich die Sache bisher noch gar nicht gesehen.

»Na schön, danke fürs Zuhören. Das tat mir echt ganz gut. Wie sieht's aus: Bereit zum Verlieren?«

Stefan grinste nur. »Das hättest du wohl gerne!«

Als ich abends nach Hause kam, fiel ich erschöpft aufs Bett. Es hatte gutgetan, sich einmal bei jemandem auszusprechen. Leider hatte ich immer noch keine Lösung parat. Julia eine Lüge aufzutischen, war keine Option. Ihr die Wahrheit zu sagen, würde die Geschichte zwischen uns beenden, ehe sie überhaupt angefangen hatte. Doch Stefan hatte recht. Dieses Risiko musste ich eingehen.

Julia

»Die sieht wirklich köstlich aus, Julia.«

Dankbar lächelte ich Esther an und verzierte die Marzipantorte mit Sahne und Schokoladensplittern. Vorfreude überkam mich: Heute Nachmittag erwarteten wir Ute und Konrad Jakobi. Sie waren Stammgäste, die seit der Eröffnung vor drei Jahren mindestens zwei Urlaube im Jahr bei uns verbrachten. Daraus hatte sich eine tiefe Freundschaft entwickelt, und ich konnte es kaum erwarten, die beiden endlich wiederzusehen. Da Ute Marzipan über alles liebte, würden wir später auf der Terrasse ein Stück Torte genießen und gemütlich zusammensitzen. Aber zuerst würde ich Leon von der Kita abholen.

»So weit wäre alles fertig. Das Zimmer ist vorbereitet und im Speisesaal habe ich vorhin schon nach dem Rechten gesehen«, ließ Esther mich wissen. Ich umarmte sie einmal kräftig.

»Danke, Esther. Was würde ich nur ohne dich tun?«

Lachend gab sie mir einen Kuss auf die Wange. »Das testen wir lieber nicht aus, mein Schatz.«

»Da hast du recht. Ich hole dann schnell Leon ab. Bis später.«

Zur Kita war es ein kleiner Fußmarsch von etwa fünfzehn Minuten. Ich genoss es, einmal etwas Ruhe, frische Luft und Bewegung zu haben. Meine Geldsorgen schob ich vorerst zur Seite. Ich wollte mir die Woche mit den Jakobis nicht mit meinen Problemen verderben. Stattdessen streckte ich mein Gesicht der Sonne entgegen und lauschte dem Zwitscherkonzert der Vögel. Meine Gedanken schweiften zu Sebastian. Er hatte sich seit seinem Besuch nicht gemeldet. Ob er den Fall abgeben würde? Seine braunen Augen gingen mir nicht mehr aus dem Kopf. Als er so in meiner Küche gestanden hatte, hätte ich mich am liebsten in seine Arme geworfen. Die Luft zwischen uns hatte geknistert. So wie an dem Abend in Kiel. Ich hatte mich damals so sicher und geborgen gefühlt. Doch die Wahrheit war, dass ich ihn kaum kannte. Konnte ich ihm vertrauen? Das Misstrauen nagte an mir, was nach der Geschichte mit Clemens nicht weiter verwunderlich war. Ich konnte es mir nicht leisten, noch einmal so verletzt zu werden. Meine Probleme wuchsen mir ohnehin schon über den Kopf, auch ohne Liebeskummer. Zumal es mir immer schwerer fiel, meine Sorgen vor Leon zu verbergen. Er war ein sensibles Kind und bemerkte sehr wohl, dass ich mit den Gedanken häufiger woanders und unruhig war.

Als ich bei der Kita ankam, erkannte ich seinen Blondschopf bereits von Weitem. Er spielte auf dem Außengelände im Sand. Als ich mich auf den Weg zu ihm machte, kam mir seine Erzieherin Caro entgegen.

»Hallo, Julia, kann ich dich mal sprechen?«

Nervös nickte ich. Das klang gar nicht gut.

»Dann lass uns doch kurz in den Aufenthaltsraum gehen. Da haben wir unsere Ruhe.«

Ich folgte Caro und setzte mich auf einen der unbequemen Holzstühle. Ermutigend lächelte sie mir zu.

»Was ist los? Hat Leon etwas ausgefressen? Nein danke«, sagte ich mit Blick auf das Wasser, das Caro mir anbot.

»Heute gab es einen Vorfall draußen auf dem Spielplatz. Leon hat Theo aus der Kaninchen-Gruppe eine Schaufel weggenommen. Als Theo sie wieder haben wollte, hat Leon ihn geschubst, sodass Theo hinfiel. Und dann hat er ihn getreten. Wir sind natürlich gleich dazwischen gegangen. Leon hat sich inzwischen bei Theo entschuldigt, und ich habe auch schon mit ihm darüber gesprochen. Er sagte, er sei einfach wütend gewesen. Warum, wollte er mir allerdings nicht verraten.«

Ich schluckte schwer. Dieses Verhalten sah Leon gar nicht ähnlich. Weshalb er wütend war, konnte ich mir allerdings vorstellen.

»Vielleicht sprichst du noch mal mit ihm? Ich habe natürlich Verständnis für eure derzeitige Situation. Aber dieses Verhalten können wir nicht durchgehen lassen.«

Dass Clemens und ich uns getrennt hatten, war allen in der Kita bekannt. So etwas ließ sich in einem kleinen Ort wie Appenkuhl nicht lange geheim halten.

»Ja, natürlich rede ich mit ihm. Das wird sicherlich nicht noch einmal vorkommen. Ich hoffe, Theo hat sich nicht ernsthaft verletzt?«, fragte ich mit besorgter Stimme.

Caro lächelte mich beruhigend an. »Nein, keine Sorge. Es ist alles gut. Ich musste natürlich auch seiner Mutter von dem Vorfall berichten, aber da Leon sich bereits entschuldigt hatte und es Theo dann auch wieder gutging, war die Sache für sie erledigt.«

Immerhin etwas. »Ich rede noch einmal mit ihm«, versprach ich, und damit war das Gespräch beendet.

Nachdem ich Leon begrüßt hatte, leerten wir seine Schuhe, aus denen wie immer ein Kilogramm Sand rieselte, holten seinen Rucksack von der Garderobe und machten uns auf den Heimweg. Wir gingen Hand in Hand. Unschuldig lächelte er zu mir auf. »Na, wie war es heute im Kindergarten, mein Schatz?«, fragte ich erst einmal vorsichtig. Ich wollte nicht gleich mit der Tür ins Haus fallen.

»Gut.« Aha. Die Standardantwort.

»Was habt ihr heute denn alles gemacht?«, bohrte ich weiter.

Leon zuckte mit den Schultern. »Nichts Besonderes. Wir haben ein bisschen gemalt und waren dann nach dem Mittagessen draußen.« Damit kamen wir der Sache schon näher. »Wie schön. Hast du was Tolles im Sand gebaut?«

»Hm«, meinte er ausweichend.

»Und mit wem hast du heute gespielt?«

»Mit Max natürlich. Aber seine Oma hat ihn heute schon etwas früher abgeholt.«

»Spielst du manchmal auch mit Theo?«

Nun sah Leon mich mit großen Augen an. »Nein, Theo ist doof. Der wollte mir heute seine Schaufel nicht geben.« So konnte man die Sache natürlich auch sehen.

»Das habe ich aber anders gehört, Leon.«

Er sagte nichts dazu.

»Hör zu, Caro hat mir erzählt, was heute passiert ist. Sie sagt, du hast Theo geschubst und getreten. Stimmt das?« Ich blieb stehen und beugte mich zu ihm herunter, sodass wir auf Augenhöhe waren. Keine Reaktion.

Stattdessen schien er seine Schnürsenkel plötzlich sehr interessant zu finden.

»Leon, das war nicht in Ordnung. Du hast Theo wehgetan. Du weißt, hauen ist verboten. Es macht mich wirklich traurig, dass du so gemein zu anderen Kindern bist.«

»Ich hab mich doch schon bei Theo entschuldigt«, brummte er.

»Ich weiß. Aber ich möchte gerne verstehen, wieso du das gemacht hast.«

Er schwieg beharrlich. Ich seufzte einmal schwer. »Leon!«

Endlich blickte er mir wieder ins Gesicht. »Ich war wütend.«

»Nur weil Theo dir die Schaufel nicht geben wollte?«

Leon schüttelte den Kopf.

»Weshalb dann?«

Mit trotziger Miene blickte er zu Boden, stumm wie ein Fisch. Mir war klar, dass es keinen Sinn hatte, ihn jetzt weiter zum Reden zu drängen.

»Na schön. Jetzt gehen wir erst einmal nach Hause. Aber wir sprechen noch mal darüber, mein Freund«, sagte ich streng. Dann setzten wir unseren Weg fort.

»Ach, ist das schön, euch zu sehen.« Freudestrahlend nahm Ute mich in den Arm, kaum dass sie aus ihrem roten VW-Bus ausgestiegen war. Ihr dunkles Haar war zu einem lockeren Pferdeschwanz zusammengebunden, und sie trug ein knallgelbes Sommerkleid.

»Ich freue mich auch, herzlich willkommen!«

»Und was ist mit mir?« Mit gespielt empörter Miene kam Konrad ums Auto, wie immer in Hemd und

Schirmmütze, und schloss mich in eine Bärenumarmung, während Ute Leon herzte.

In diesem Moment eilte Esther aus dem Haus. »Da seid ihr ja endlich!«

Nach der umarmungsreichen Begrüßung übergab ich den beiden erst einmal den Zimmerschlüssel. »Ihr seid diesmal im Zimmer *Strandperle* untergebracht. Konrad, auf dich warten dort zwei neue Krimischmöker. Außerdem habe ich extra für euch zwei Flaschen Lillebier in die Minibar gestellt.« Die beiden liebten das regionale Bier aus Kiel.

Ute umarmte mich noch einmal. »Ach, was für ein Service. Wir wissen schon, warum wir jedes Jahr herkommen«, lachte sie.

Ich begleitete sie noch einmal zum Auto und half ihnen, das Gepäck hochzutragen. »Hereinspaziert.« Ich war vorangegangen und öffnete ihnen die Tür. Warme Holztöne sowie die Farben Blau und Weiß dominierten das Zimmer *Strandperle*. Der Wandspiegel im Badezimmer hatte die Form eines Steuerrades, für die Nachttische hatte ich Lampen in Form von Leuchttürmen gefunden. Unter dem Glas des Couchtisches hatten Leon und ich Strandsand mit Muscheln hineingetan. Ausladende Sessel mit großen maritimen Kissen luden zum Kuscheln ein. Aber der Clou war die Badewanne in Form eines kleinen Bootes. Es war definitiv eines meiner Lieblingszimmer.

Ute klatschte begeistert in die Hände. »Also wirklich, Julia, dieses Zimmer ist ein absoluter Traum!«

Dankbar strahlte ich sie an. »Es freut mich riesig, wenn ihr euch hier wohlfühlt. Okay, ich lasse euch jetzt erst einmal in Ruhe ankommen. Und falls ihr Lust habt:

In einer halben Stunde gibt es bei mir auf der Terrasse ein Stück Marzipantorte.«

»Na, da lasse ich mich nicht zweimal bitten.« Mit begeisterter Miene räumte Ute ihren Koffer aus.

Eine halbe Stunde später saßen wir schon bei Marzipantorte und Kaffee auf meiner Terrasse.

»Mmmh, köstlich.« Genießerisch schloss Ute die Augen und ließ sich die Torte auf der Zunge zergehen.

»Das freut mich. Was habt ihr denn für diese Woche so geplant?«

Da Ute den Mund voll hatte, antwortete Konrad. »Na ja, wir wollten mal eine kleine Städtetour machen: Eckernförde, Flensburg, Glückstadt. Ist ja immer wieder schön. Außerdem hat Ute natürlich ihre Staffelei dabei.«

Sie war Malerin und eines ihrer Werke zierte sogar unser Gemeindehaus. »Während sie malt, lese ich genüsslich meine Schmöker.«

»Außerdem bin ich gespannt auf die anderen Gäste. Den Leuten aus dem Zimmer *Treibgut* sind wir schon im Flur begegnet, die schienen ganz nett«, sagte Ute und widmete sich wieder ihrem Stück Torte.

»Ja, das sind die Ludwigs aus Cuxhaven. Sie sind wirklich sehr nett. Außerdem haben wir noch ein junges Pärchen zu Besuch, Familie Haase. Aber die sind heute den ganzen Tag in Hamburg. Und im Zimmer *Meerliebe* wohnt derzeit ein Fotograf, der einen Bildband über die Ostsee plant.«

»Oh, das klingt ja interessant. Vielleicht kommt man ja mal ins Gespräch«, sagte Konrad hoffnungsvoll.

Kauend dachte ich darüber nach. »Sonntag soll das Wetter ja ganz schön werden. Was haltet ihr denn davon, wenn wir alle Gäste zum Stockbrotbacken in den Garten einladen? Das wäre doch eine nette Gelegenheit, sich mal kennenzulernen.«

»Das ist eine fantastische Idee! Fast wie im Ferienlager früher.« Esther gluckste.

»Oh ja! Ich will auch mitmachen!« Leon hatte seine Portion bereits aufgegessen und schaute mich nun mit Dackelblick und sahneverschmierter Schnute an. Alle am Tisch prusteten los.

»Na klar, mein Schatz. Und jetzt gehe bitte mal Gesicht und Hände waschen.«

Schmunzelnd sah Ute ihm hinterher, wie er ins Haus flitzte.

»Jetzt erzähl mal, wie geht es dir?«

Ich seufzte schwer und legte meine Kuchengabel beiseite. Da wir uns regelmäßig Mails schrieben, wussten die beiden über Clemens und mich Bescheid.

»Nicht so gut, um ehrlich zu sein. Die Trennung an sich habe ich ganz gut verkraftet, aber für Leon ist es nach wie vor schwer. Außerdem muss ich Clemens auszahlen. Und ich habe noch keine Ahnung, woher ich das Geld nehmen soll.« Ich spürte, wie mir bei dem Gedanken daran die Tränen in die Augen schossen. Esther, die neben mir saß, strich mir sofort übers Knie. »Lütte, wir kriegen das schon hin. Steck den Kopf nicht in den Sand.«

Ute schüttelte nur den Kopf. »Dieser Mistkerl. Ich mochte ihn ja ehrlich gesagt noch nie so besonders.«

»Ja, das Gleiche hat Magda auch gesagt.«

»Tja, recht hat sie. Warum ist sie eigentlich nicht hier?«

»Oh, sie hat gerade ihren Yogakurs, und den wollte sie nicht versäumen.«

»Sie ist wirklich ein Original«, lachte Konrad kopfschüttelnd.

»Aber vielleicht seht ihr euch ja heute Abend, wenn sie Leon abholt. Er möchte unbedingt bei ihr übernachten.«

Wir plauderten eine Weile über Utes letzte Ausstellung, ihre Pläne für den Urlaub und über Leon, bevor die beiden zu ihrem Strandspaziergang aufbrachen.

»Na dann ... viel Spaß, wir sehen uns dann beim Abendessen.«

Kaum waren sie weg, kam eine gut gelaunte Magda anspaziert.

»Sind Ute und Konrad schon da?« Sie drückte Esther und mir einen Kuss auf die Wange.

»Du hast sie ganz knapp verpasst, Oma.«

»Och schade, ich hatte mich extra so beeilt.« Erschöpft ließ sie sich in einen Stuhl nieder und fächelte sich mit einer Serviette Luft zu.

»Alles in Ordnung, Mutti? Soll ich dir ein Glas Wasser bringen?«

»Ach, das wäre nett, Esther. Und keine Sorge, es geht mir gut. Der Kurs war heute nur etwas anstrengend. Ich bin halt keine zwanzig mehr«, lachte sie.

»Schön, dass du das auch mal einsiehst.« Mit strenger Miene trat Esther wieder aus der Küche und stellte das Wasserglas auf den Tisch. »Du musst langsam mal etwas kürzertreten.«

»Ach, papperlapapp. Bewegung hält fit und gesund, weißt du doch. Ohne meinen Chor, meinen Kurs und die Arbeit im Garten würde ich eingehen wie eine Blume in der Wüste.«

»Ja, und deine berühmten Skattreffen nicht zu vergessen«, wandte ich schmunzelnd ein. Dabei wurden nicht nur ordentlich die Karten geklopft, sondern auch – und das war das eigentlich Wichtigste – jede Menge Klatsch und Tratsch ausgetauscht.

»Stimmt genau! Wo steckt eigentlich Leon? Ich wollte ihn gleich mitnehmen, dann können wir noch zusammen im Garten werkeln. Flo kommt nachher noch vorbei und bringt mir so eine Wasserspielkrake mit. Damit wird Leon sicher viel Spaß haben.«

Ich sagte nichts dazu, weil mein Blick sicher genug Bände sprach. Florentines Enkelin arbeitete in einem Spielzeugladen und erhielt daher Prozente, wie Magda mir immer wieder versicherte. Dass es mir nicht nur ums Geld ging, sondern darum, Leon zu vermitteln, dass nicht nur materielle Dinge zählten, kam bei ihr nicht an. Doch Widerspruch war völlig zwecklos.

Nachdem Magda und Leon sich verabschiedet hatten, räumten Esther und ich gemeinsam den Tisch ab und besprachen die Vorbereitungen für später.

»Heute haben wir ein bisschen mehr zu tun. Herr Winter, der Fotograf, und die Ludwigs haben sich fürs Menü angemeldet. Ute und Konrad wollen heute auch hier essen. Die Champignoncremesuppe habe ich bereits heute Vormittag aufgesetzt, aber ums Hauptgericht und den Nachtisch müssen wir uns noch kümmern«, erklärte ich, während ich das Kaffeegeschirr in den Geschirrspüler räumte.

»Keine Sorge, das schaffen wir schon. Ich kümmere mich als Erstes um ...«

Die Hausklingel unterbrach uns. Ich lächelte Esther entschuldigend zu und lief zur Tür. Als ich öffnete, fiel mir glatt der Stift aus der Hand, mit dem ich mir eben noch Notizen gemacht hatte. Vor mir stand Sebastian.

Sebastian

»Hallo, Julia.« Ich lächelte zaghaft.

Sie starrte mich an, als hätte sie einen Geist gesehen. »Hallo, Sebastian. Mit dir habe ich jetzt gar nicht gerechnet.« Die Überraschung war ihr anzusehen. Doch sie fing sich schnell und lächelte mich an, was für ein angenehmes Kribbeln in meinem Bauch sorgte. Sie sah zum Anbeißen aus mit ihrem blonden Pferdeschwanz und den Grübchen. Ich versuchte, mir dieses Bild genau einzuprägen, denn wenn sie erst einmal wüsste, dass ich Clemens' Anwalt bleibe, würde ich dieses Lächeln nie wieder sehen.

»Komm doch rein«, bat sie höflich und trat zur Seite.

»Danke.« Unauffällig rieb ich mir meine Hände an der Jeans ab. Ich hatte mir die Sätze im Vorfeld genau zurechtgelegt. Jetzt herrschte in meinem Kopf absolute Leere.

»Guten Tag. Julia, magst du uns vorstellen?« Eine etwas rundliche Frau mittleren Alters kam auf uns zugeeilt und lächelte mich freundlich an.

»Natürlich. Esther, das ist Sebastian Christiansen. Sebastian, das ist meine Tante Esther Dittmann.«

»Es freut mich wirklich, Sie kennenzulernen. Kommen Sie doch bitte rein. Möchten Sie vielleicht einen Kaffee?« Esther lief schon wieder zur Küche, ohne meine Antwort abzuwarten.

»Ist das okay für dich?«, flüsterte ich Julia unsicher zu.

»Ähm ... sicher. Du weißt ja, wo es lang geht.«

Als wir in der Küche ankamen, war Esther schon mit dem Kaffeeautomaten beschäftigt. »Setzt euch bei dem schönen Wetter doch auf die Terrasse«, rief sie uns zu, um das Geräusch der Maschine zu übertönen.

Esthers Gastfreundschaft war die reinste Folter für mein Gewissen. Julia führte mich durchs Wohnzimmer auf die Terrasse und bot mir einen Platz an. Unwillkürlich dachte ich an das letzte Mal, als ich hier stand. Damals hatte ich ziemlich die Hosen voll dank Boxer-Hinnerk. Schnell blickte ich über den Zaun zur Straße, aber die Luft war rein. Deshalb sah ich mich einmal genauer um. Auf der Terrasse standen mehrere Blumenkübel mit lilafarbenen Pflanzen. Meine Mutter könnte bestimmt sagen, was für Blumen das waren, aber ich hatte keine Ahnung. Der Garten war riesig: Alte Obstbäume, eine Schaukel und ein Klettergerüst aus Holz waren auf der weitläufigen Rasenfläche verteilt. Auf der einen Seite des Gartens befand sich ein Beet mit Gemüse und Kräutern.

»Es ist wirklich nett hier.«

»Danke. Wir lieben unser Zuhause auch sehr.« Ich nickte nur. *Hoffentlich würde es auch dein Zuhause bleiben*, schoss es mir durch den Kopf.

Schweigen.

Verlegen sahen wir uns an. Zum Glück kam Esther einen Augenblick später mit dem Kaffee.

»So, bitte sehr.« Sie servierte uns zwei Becher, stellte eine kleine Zuckerdose und ein Milchkännchen dazu.

»Lasst es euch schmecken, ihr Lieben. Ich werde mal eben den Müll rausbringen.«

Nein, nicht weggehen, hätte ich am liebsten gerufen. Gott, reiß dich zusammen, Sebastian. Du bist schließlich ein gestandener Mann! Ich hatte keine Ahnung, wie ich das Gespräch anfangen sollte. Also schaufelte ich mir erst einmal drei Löffel Zucker in meinen Kaffee. Dabei hasse ich Zucker im Kaffee. Julia wirkte im Gegensatz zu mir ganz cool. Zumindest äußerlich. Nach dem ersten Schluck kam sie gleich zur Sache.

»Also, wie sieht es aus? Konntest du schon mit deinem Chef sprechen? Ist er einverstanden, dass du Clemens' Vertretung abgibst?«

Unbehaglich rutschte ich auf meinen Stuhl hin und her. »Ähm, ja … er ist einverstanden. Eine Kollegin von mir übernimmt den Fall.«

Scheiße, Sebastian, was soll das? Ich hätte mir am liebsten die Zunge abgebissen. Ich wollte sie doch nicht anlügen, verdammt!

»Oh wie schön, das freut mich wirklich, Sebastian. Vielen Dank!«

Die angespannte Stimmung, die vor ein paar Minuten noch geherrscht hatte, verflog schlagartig. Gequält erwiderte ich ihr Lächeln. Mann, ich war so ein feiger Waschlappen! Ich hatte mich unendlich tief in die Scheiße geritten. Ja, sie wäre enttäuscht gewesen, wenn ich die Wahrheit gesagt hätte. Aber wenn sie erst einmal herausfand, dass ich sie belogen hatte, würde sie mich hassen! Anscheinend hatte ich doch mehr von meinem Versager von Vater als ich dachte.

»Gerne, ich freue mich auch.« Verdammt, jetzt konnte ich unmöglich mit der Sprache rausrücken. Der Zug war abgefahren. Ich verpasste meinem schlechten Gewissen vorerst einen Tritt in den Hintern. Immer noch grinsend steckte sie sich eine Strähne hinters Ohr. An dem ich bereits geknabbert hatte. »Okay, und wie geht es jetzt weiter?« In ihren grünen Augen spiegelte sich das Sonnenlicht.

»Tja, wir könnten ...«

Ein Schrei ließ mich innehalten.

»Esther!« Erschrocken stürmte Julia vom Stuhl hoch und lief ums Haus auf einen kleinen Schuppen zu, vor dem die Mülltonnen standen. Ich folgte ihr. Esther saß mit schmerzverzerrtem Gesicht auf dem Rasen und rieb sich ihren Knöchel.

»Esther, was ist passiert?« Vorsichtig befühlte sie den Fuß ihrer Tante.

»Ach, ich bin über eines von Leons Sandspielzeugen gestolpert und habe mir dabei den Fuß verknackst.«

Und ob! Der Knöchel sah jetzt schon aus wie ein grünblau gefärbtes Ei.

»Komm, stütz dich auf mir ab, Esther. Wir bringen dich erst mal zum Sofa, und dann holen wir etwas zum Kühlen.«

»Ich mach das schon«, bot ich an und half ihr auf. Ich wollte nicht nur dumm daneben stehen.

Esther war mindestens eineinhalb Köpfe kleiner als ich. Ich musste ziemlich gebückt laufen, damit sie ihren Arm um meine Schulter legen konnte. Julia ging voraus und zeigte mir, wo es langging. Esther schien große Schmerzen zu haben. Es dauerte eine gefühlte Ewigkeit, bis wir im Wohnzimmer ankamen.

»So, das hätten wir.« Vorsichtig setzte ich sie auf dem Sofa ab.

»Danke, Sebastian. Ich darf Sie doch so nennen?« Liebenswürdig blickte sie zu mir auf. Mit ihrem lockigen

Haar und der Körpergröße erinnerte sie mich irgendwie an einen Hobbit.

»Natürlich, kein Problem.«

Julia kam mit einem Kühlpad aus der Küche geeilt. »Hier ist was zum Kühlen. Esther, das sieht nicht gut aus. Du solltest den Fuß für den Rest des Tages auf jeden Fall hochlegen. Am besten, ich rufe gleich mal Michael an.«

»Ich kann Sie auch gerne nach Hause fahren«, bot ich an, um überhaupt irgendetwas Nützliches zur Situation beizutragen. Esther winkte nur ab. »Nicht nötig, mein Mann wird das schon machen. Aber Julia, was machen wir denn nun mit dir? Für heute Abend ist noch so viel vorzubereiten. Das schaffst du unmöglich alleine.«

Julia atmete einmal tief ein und setzte sich vorsichtig zu ihrer Tante aufs Sofa. »Mach dir keine Gedanken, mir fällt schon was ein. Zur Not rufe ich Frederike an und frage, ob sie Zeit hat, mir zu helfen.«

»Worum geht's denn?« Kaum hatte ich gefragt, hellte sich Esthers Miene auf. Genau so einen Blick setzte Stefans Hund Eddie immer auf, wenn man ihm ein Leckerli vor die Nase hielt.

»Wissen Sie, an den Wochenenden bieten wir abends immer ein Menü an, und für heute haben sich fast alle Gäste angemeldet. Und abgesehen von der Vorsuppe ist noch nichts vorbereitet. Sagen Sie, könnten Sie nicht für mich einspringen?«

Ich wollte schon Ja sagen, aber Julias Miene ließ mich zögern. Sie wirkte irgendwie ... peinlich berührt.

»Esther, das können wir wirklich nicht von Sebastian verlangen. Heute ist Freitag, da hat er sicher schon etwas vor.«

»Nein, habe ich nicht. Das ist wirklich kein Problem, ich helfe dir gerne aus.«

Mit gerunzelter Stirn blickte sie mich an. »Na gut, das ist wirklich nett von dir. Aber, und bitte verstehe das jetzt nicht falsch, kannst du denn kochen?«

Ich schnaubte amüsiert. »Und ob. Ich kann sogar sehr gut kochen. Jetzt schau nicht so überrascht.«

Ihre Gesichtszüge entspannten sich wieder. »Entschuldige, ich dachte, du wärst eher jemand, der auswärts isst oder sich 'ne Pizza bestellt.« Ihre Wangen liefen rot an. So sah sie mich also. Vielleicht hätte ich beleidigt sein sollen. Aber ihre Verlegenheit amüsierte mich eher. »Ich wollte dir wirklich nicht auf die Füße treten. Also, danke für das Angebot, das ich gerne annehme.«

Esther klatschte begeistert in die Hände. »Na wunderbar, dann wäre das ja geklärt, und ich kann gleich ganz beruhigt die Füße hochlegen.«

Nachdem Esther von ihrem Mann abgeholt worden war, folgte ich Julia in die Küche. Sie nahm ein Notizbuch aus dem Regal, schlug eine Seite auf, kam damit auf mich zu und atmete noch einmal tief durch. Ob ich sie so nervös machte? Der Gedanke ließ mich innerlich grinsen. Oder sie hatte einfach Angst, dass ich ihre Gäste vergiften könnte. Vielleicht fiel es ihr auch nur schwer, Hilfe von anderen anzunehmen. So wie ich sie bisher kennengelernt hatte, nahm sie die Dinge gerne selbst in die Hand. Reimann hatte mir in seinem großkotzigen Ton erklärt, dass sie den Umbau der alten

Scheune fast im Alleingang koordiniert und auch handwerklich mit angepackt hatte. Das faszinierte mich nur noch mehr. Das hier war *die* Chance, wieder zu dem ungezwungenen und vertrauten Umgang zurückzufinden, den wir an dem Abend in Kiel hatten. Das einzige Problem war meine Lüge, die sich wie ein lauernder Schatten im Hinterhalt verbarg. Ich hatte nicht vorgehabt, ihr Vertrauen zu missbrauchen. Gleichzeitig wollte ich die Zeit mit ihr auskosten, ihr nahe sein und ihre Zuneigung wiedergewinnen. Mir war klar, dass ich das gar nicht verdient hatte und ich mich wie ein egoistischer Arsch aufführte. Doch diesen Gedanken schob ich schnell zur Seite. Irgendwie würde ich das Kind schon schaukeln. Als Anwalt hatte ich schon für viel aussichtslosere Fälle das Ruder rumgerissen. Hoffentlich würde ich hier nicht mit dem Arsch auf Grund laufen.

Julia

An Esther ging wirklich eine Kupplerin verloren. Hätte ich die riesige Schwellung an ihrem Fuß nicht mit eigenen Augen gesehen, hätte ich glatt gedacht, es wäre alles nur gespielt. Ich hielt Sebastian das Menü Buch unter die Nase, und er lächelte mir aufmunternd zu. Meine Knie wurden weich; ich liebte die leichten Fältchen um seine Augen, die mich so anstrahlten. Beinahe liebevoll. Vielleicht bildete ich es mir aber nur ein. Weil der Gedanke, dass er mehr für mich empfand, so verlockend war. Dass er Clemens nicht länger vertrat, machte mich sehr glücklich. Offenbar meinte er es wirklich ernst. Aber konnte ich meinem Gefühl vertrauen? Ich straffte meine Schultern und versuchte, mir meine Nervosität nicht anmerken zu lassen.

»Also gut. Heute Abend servieren wir Rinderfilet in Apfel-Calvados-Soße mit Prinzessbohnen im Speckmantel und Herzoginkartoffeln. Zum Nachtisch gibt es Rote Grütze mit Vanillesoße.«

»Das klingt köstlich. Was soll ich machen?« Er krempelte die Ärmel hoch und sah mich erwartungsvoll an.

»Du könntest die Äpfel und die Zwiebeln für die Soße schneiden und Kartoffeln schälen«, schlug ich vor.

»Klar, sag mir, wo alles ist, und ich mache mich an die Arbeit.«

Ich legte ihm Brett sowie Messer zurecht und breitete sämtliche Zutaten auf dem Küchenblock aus. Während

Sebastian sich ans Schneiden machte, setzte ich Salzwasser für die Kartoffeln auf und bereitete schon einmal den Nachtisch vor. Um die Filets würde ich mich zuletzt kümmern.

Eine Weile arbeiteten wir schweigend vor uns hin. Im Hintergrund lief leise das Radio.

»Na, geht's? Oder brauchst du ein Taschentuch?«

Mit tränenden Augen schaute Sebastian kurz zu mir über den Küchenblock, ohne mit dem Schneiden aufzuhören. »Nein, danke. Du traust mir echt gar nichts zu, hm?«

Ich lachte über den gespielt beleidigten Ton in seiner Stimme. »Natürlich! Ich habe noch nie so perfekt geschnittene Zwiebeln gesehen. Du bist ein echter Profi.« Er machte seine Sache wirklich nicht schlecht. Geschickt und flink schnitt er die Zwiebel in Würfel.

»War es eigentlich schon immer dein Wunsch, eine Pension aufzumachen?«

»Eigentlich schon. Nach der Schule habe ich zunächst eine Ausbildung zur Köchin gemacht und ein paar Jahre in dem Beruf gearbeitet. Danach bin auf die Hotelfachschule in Heidelberg gegangen und hab den Abschluss zur staatlich geprüften Betriebswirtin gemacht. Nur am Herd zu stehen hat mir irgendwann nicht mehr gereicht, auch wenn das Kochen mir sehr viel Spaß macht. Nach der Hotelfachschule habe ich in mehreren renommierten Häusern in Deutschland, der Schweiz und Frankreich gearbeitet.«

Sebastian zog anerkennend eine Augenbraue hoch. »Hut ab. Dann bist du ja schon ganz schön rumgekommen. Wieso hast du die Pension denn ausgerechnet hier eröffnet?«

Ich ließ die geschälten Kartoffeln behutsam ins kochende Wasser gleiten. Er war nicht der Erste, der mir diese Frage stellte. »Na ja, ich bin hier aufgewachsen, weißt du. Ursprünglich hätte ich mir auch nicht träumen lassen, wieder hierher zurückzukommen. Aber irgendwann, als ich gerade in Lyon lebte, packte mich das Heimweh. Also habe ich mir eine Stelle in einem renommierten Kieler Hotel gesucht. Wenig später lernte ich Clemens kennen. Wir waren damals total verliebt. Schon nach vier Monaten sind wir zusammengezogen, bald danach war dann Leon unterwegs.«

Ich hielt kurz inne, da es mir für einen Moment taktlos vorkam, vor Sebastian über die glücklichen Zeiten mit Clemens zu sprechen. Wenn es ihn störte, dann ließ er es sich zumindest nicht anmerken. Abwartend sah er mich an, während er die Zwiebeln schnitt, also fuhr ich fort. »Dann erkrankte meine Mutter an Krebs. Zwei Monate später ist sie dann gestorben.« Die Erinnerung daran schmerzte nach wie vor. Aber immerhin konnte ich inzwischen darüber reden, ohne sofort in Tränen auszubrechen.

»Das tut mir leid. Entschuldige bitte meine Fragerei, ich bin ein Idiot.«

»Ach, bist du nicht. Das konntest du schließlich nicht wissen. Jedenfalls ... nach ihrem Tod hatte ich mich entschlossen, vorerst hierzubleiben, um für meinen Vater und meine Schwester da zu sein. Außerdem lebt meine Oma Magda hier im Ort. Vor vier Jahren bot sich dann die Möglichkeit, den Hof hier zu kaufen ... zu einem wirklich günstigen Preis. Mein Gefühl sagte mir damals, dass ich zuschlagen muss. Touristen haben wir hier an der Ostsee schließlich genug.« Schulterzuckend beendete ich die Geschichte.

»Verstehe. Hattest du denn überlegt, mit Leon und Clemens wieder wegzuziehen?«

Ich naschte ein Stück Apfel und bot Sebastian eines an. Er hielt seinen Mund auf, und ich schob ihm das Stück langsam hinein. Dabei berührten meine Fingerspitzen sanft seine Lippen. Schnell zog ich meine Hand wieder weg, während er genüsslich kaute. Dieser kurze, intime Moment brachte mich vollkommen aus dem Konzept.

»Wo waren wir?«

»Du wolltest mir gerade erzählen, ob du wieder weg wolltest aus Kiel.«

»Ach ja ... Clemens und ich hatten kurz darüber nachgedacht, nach Berlin zu ziehen. Da gibt es jede Menge erstklassige Adressen, und er hätte als Vertriebsleiter auch schnell etwas gefunden. Aber nach Mamas Tod kam das für mich nicht mehr infrage.«

»Du bist also wegen deiner Familie hiergeblieben. Lebt dein Vater auch in Appenkuhl?«

»Nein, er hat über seine Arbeit als Unternehmensberater eine neue Frau kennengelernt und ist zu ihr nach Bayern gezogen.« Ich stellte die Pfanne auf den Herd und tat Butterschmalz für die Soße hinein.

»Das war sicher hart für dich.« Er warf mir einen mitfühlenden Blick zu.

Ich machte eine wegwerfende Geste. »Es ist okay. Ich möchte schließlich, dass er glücklich ist. Das hätte meine Mutter sich auch gewünscht. Außerdem ist Sybille, also seine Lebensgefährtin, wirklich nett. Aber klar, ich vermisse ihn, und es wäre schön, ihn öfters zu sehen.« Meine Schwester Sarah hatte das anfangs nicht so locker gesehen und unserem Vater schwere Vorwürfe gemacht. Inzwischen hatte sie seine Entscheidung akzeptiert.

»Was ist mit dir? Wolltest du schon immer Anwalt werden?«

Nach einem prüfenden Blick auf mich ließ er das geschnittene Gemüse in die Pfanne gleiten, wo das Butterschmalz schon ordentlich brutzelte. Wortlos reichte ich ihm einen Kochlöffel. Er verstand und rührte fleißig in der Pfanne.

»Mein Kindheitstraum war es nicht unbedingt, es hat sich irgendwie so ergeben. Mein Vater hat sich recht früh aus dem Staub gemacht. Plötzlich stand meine Mutter alleine mit mir da. Viel Unterstützung haben wir nicht von ihm erhalten, weshalb meine Mutter viel arbeiten musste. Ich fand das damals so ungerecht, aber ich konnte ja nichts dagegen tun. Irgendwann kam mir der Gedanke, Jura zu studieren. Ich dachte, als Anwalt für Familienrecht könnte ich dafür sorgen, dass Alleinerziehende wenigstens finanziell besser dastehen. Um zu studieren brauchte ich natürlich das Abi, also habe ich mir in der Schule so richtig den Hintern aufgerissen. War gar nicht so leicht damals. Während die anderen Jungs rauchend oder knutschend an irgendwelchen Bushaltestellen rumhingen, hockte ich über den Büchern. Streber war noch das Netteste, was ich mir anhören durfte. Aber das war mir egal, ich hatte ein Ziel vor Augen und wollte es unbedingt erreichen.«

Ehrfürchtig starrte ich ihn an und vergaß dabei vollkommen die Kartoffeln.

Er warf mir einen flüchtigen Blick zu und lächelte dann. »Schon gut, du musst jetzt kein Mitleid mit mir haben.«

Ich schüttelte schnell den Kopf. »Ich bemitleide dich nicht. Im Gegenteil, ich finde das unglaublich charakterstark für einen Teenager. Und ich meine, du hast dein Ziel erreicht und bist Anwalt geworden. Du kannst wirklich unglaublich stolz auf dich sein, Sebastian. Genau wie deine Mutter.«

Er hörte auf, in der Pfanne zu rühren, und sah einen Moment sehr nachdenklich aus. »Danke, das ist lieb von dir. Ich glaube, es hat mir einfach geholfen, dass ich so früh ein so konkretes Ziel vor Augen hatte. Das ist das Einzige, für das ich meinem Vater dankbar sein kann.«

Betreten schaute ich auf mein Schneidebrettchen und hatte beinahe ein schlechtes Gewissen. Meine Kindheit war so erfüllt gewesen und die Ehe meiner Eltern so harmonisch. Sicher hatten die beiden hin und wieder Meinungsverschiedenheiten, aber trotzdem waren Sarah und ich sehr behütet aufgewachsen. Umso bewundernswerter fand ich es, was für ein Mann Sebastian trotz dieser Umstände geworden war. Ich sah ihn nun noch einmal mit ganz anderen Augen.

»Haben sich deine Erwartungen an deinen Beruf denn erfüllt?«

Er zuckte unbestimmt mit den Schultern. »Lange Zeit habe ich meinen Beruf durch eine Art ideologische Brille gesehen. Eines Tages, als es nach dem Studium endlich ins Berufsleben ging, musste ich feststellen, dass es in den meisten Kanzleien eben auch nur um das eine geht: um Geld. Zum Glück kann ich sagen, dass ich

meinen Mandanten zumindest vom finanziellen Gesichtspunkt aus immer Vorteile verschaffen konnte.«
Augenblicklich dachte ich an Clemens und hoffte, dass
es in diesem Fall anders sein würde. Wobei er ja gar
nicht mehr Sebastians Mandant war.

»Genug von mir. Du kannst doch genauso stolz auf
dich sein«, nahm Sebastian den Faden wieder auf. »Immerhin hast du genauso zielstrebig auf deinen Traum
hingearbeitet. Übrigens würde ich mir deine Pension
sehr gerne mal ansehen, wenn ich darf. Würdest du mir
später eine kleine Rundtour geben?«

Ich freute mich ehrlich über sein Interesse. »Natürlich, gerne. Vier Zimmer sind momentan belegt, aber
ich kann dir den Speiseraum, das Kaminzimmer und
die beiden freien Gästezimmer zeigen.«

»Das würde mich freuen.«

Wir lächelten uns an und es war, als würden Ameisen
in meinem Bauch wild durcheinanderkrabbeln. Seine
braunen Augen waren einfach zum Dahinschmelzen.
Die Luft knisterte um uns herum. Aber wir hatten noch
genug Arbeit vor uns.

Pünktlich um 18:30 Uhr servierten wir unseren Gästen die Champignoncremesuppe. Sebastian erwies sich
als außerordentlich fähiger Koch. Er kümmerte sich
komplett um die Soße und das Filet, das auf den Punkt
genau gebraten und zart war.

»Männer, die kochen können, waren mir schon immer die liebsten«, lachte Ute, als Sebastian ihr und Konrad den Hauptgang auftrug. Sebastian schenkte ihr ein
herzliches Lächeln, das mein Herz zum Schmelzen
brachte.

»Danke, es freut mich, wenn es euch schmeckt«, sagte er charmant. Die übrigen Gäste lobten das Essen ebenfalls, was uns mit Zufriedenheit erfüllte.

»Habt ihr nicht Lust, euch zu uns zu setzen?« Einladend klopfte Ute auf den Stuhl neben sich.

»Ja, bitte, wir würden uns freuen.« Konrad hatte den Dackelblick beinahe genauso gut drauf wie Leon.

Ich lachte. »Na schön, aber vorher besorgen wir uns auch noch eine Portion, wenn ihr nichts dagegen habt. Oder musst du schon los?«, fragte ich an Sebastian gewandt.

Aber er schüttelte grinsend den Kopf. »Da sage ich nicht nein.«

In der Küche belud ich uns zwei Teller. Sebastians Magen hatte sich inzwischen auch schon lautstark beschwert. Entschuldigend legte er sich eine Hand auf den Bauch.

»Tut mir leid. Ich hatte nur einen Bagel zum Mittag.«

Ich lachte. »Dafür brauchst du dich doch nicht zu entschuldigen. Möchtest du ein Glas Wein zum Essen?«

»Ja, gerne.«

»Rot oder weiß?« Ich nahm zwei Flaschen aus dem kleinen Weinregal neben dem Kühlschrank und hielt sie ihm entgegen.

»Dann gerne den Weißen.« Ich nickte, holte zwei Gläser aus dem Schrank und schenkte uns ein. »Na dann ... danke für deine Hilfe«, sagte ich und stieß mit ihm an.

»Es gibt keinen Ort, an dem ich heute lieber wäre.« Seine raue Stimme jagte mir angenehme Schauer den Rücken herunter. Mir wurde heiß, und ich war mir nicht sicher, ob es am Alkohol lag oder an seinem Blick. Ich räusperte mich, und wir machten uns mit Teller und Gläsern beladen wieder auf den Weg in die Pension.

»Da sind wir wieder.« Wir setzen uns zu Ute und Konrad an den Tisch. Die übrigen Gäste ließen es sich ebenfalls noch schmecken. Erst jetzt, da die Anspannung von mir abfiel, merkte ich, wie hungrig ich war. Ich hatte, abgesehen von einem Toast und einem Stück Marzipantorte, nichts gegessen. Das Fleisch schmeckte so gut, dass ich genießerisch die Augen schloss.

»Also, Julia, du hast dich mal wieder selbst übertroffen. Das Fleisch ist einfach köstlich«, schwärmte Konrad.

Schnell winkte ich ab. »Dein Kompliment kannst du an Sebastian weitergeben. Er war heute mein Hilfskoch, nachdem Esther ausgefallen war.«

Ute staunte nicht schlecht. »Wirklich? Arbeiten Sie auch in einem Restaurant, Sebastian?«

»Nein, nein, ich bin nur ein Hobbykoch«, lachte er. »Aber vielen Dank für das Lob. Es freut mich, wenn es Ihnen schmeckt.«

»Sehr sogar. Darf ich fragen, wo Sie das gelernt haben?« Interessiert schaute Ute ihn an. Was ihre Neugier anging, hätte sie glatt eine Appenkuhlerin sein können. Kein Wunder, dass sie sich hier so wohlfühlte. Schmunzelnd schüttelte ich leicht den Kopf, aber niemand nahm Notiz davon.

»Na ja, da meine Mutter alleinerziehend und meistens arbeiten war, wenn ich von der Schule nach Hause kam, musste ich eben für uns kochen. TK-Pizza hing mir ziemlich schnell zum Hals raus, also habe ich irgendwann die alten Kochbücher meiner Oma aus dem Regal geholt. Angefangen habe ich mit einfachen Dingen wie Pfannkuchen, Nudeln oder Omelett. Beim Kochen konnte ich immer ganz gut abschalten, und irgendwie hat es mir auch Spaß gemacht. Nach und nach habe ich mich dann an anspruchsvollere Rezepte gewagt.«

Bescheiden zuckte er mit den Schultern. Mitfühlend sah ich ihn an. Die Vorstellung, dass der junge Sebastian für sich und seine Mutter hatte kochen müssen, rührte mein Herz. Die Kindheit ohne Vater hatte ihn offenbar sehr geprägt. Sofort kam mir Leon in den Sinn.

Ute stieß mir in die Rippen. »Sieht gut aus und kann auch noch kochen! Diesen Mann solltest du dir unbedingt warmhalten.« Sie zwinkerte mir zu, und ich spürte förmlich, wie mir die Röte ins Gesicht schoss. Schnell schaute ich zu Sebastian, der das Ganze offenbar mit Humor nahm. Zum Glück.

»Danke vielmals, das ist wirklich nett von Ihnen.«

»Ach, wollen wir das Sie nicht lassen? Wir sind Konrad und Ute«, bot Konrad an. Man musste die beiden einfach ins Herz schließen.

»Gerne. Sebastian.«

Als es Zeit für den Nachtisch wurde, erhob ich mich und strich Sebastian kurz über die Schulter. Er lächelte mir zu und vertiefte sich dann wieder ins Gespräch mit Ute, die gerade von ihrer Arbeit als Künstlerin erzählte.

In der Küche lud ich die kleinen Dessertgläser, die im Kühlschrank bereits auf ihren großen Auftritt warteten, auf ein Tablett und balancierte damit zurück in den Speisesaal.

»Liebe Gäste, bevor es an den Nachtisch geht, möchte ich Sie alle übrigens noch zum Stockbrotbacken in den Garten einladen. Am Sonntag um 18 Uhr geht es los, wenn Sie Interesse haben, sagen Sie mir gern Bescheid.«

Daraufhin erntete ich Beifall.

»Wir sind auf jeden Fall dabei.« Herr Ludwig reckte seinen Daumen in die Höhe, und seine Frau lächelte und nickte bekräftigend. Auch Herr Winter, der Fotograf, war interessiert. Ich verteilte den Nachtisch und überschlug im Kopf, wie viel Teig ich wohl machen musste.

»Dass wir dabei sind, versteht sich von selbst«, sagte Ute, als ich mich wieder zu Ihnen setzte.

»Sehr schön, das freut mich.«

Wir plauderten noch eine Weile, und etwa zwanzig Minuten später zogen die Gäste sich in ihre Zimmer zurück oder machten noch einen Strandspaziergang. Herr Winter holte seine Kamera aus seinem Zimmer. »Mal schauen, ob ich den Sonnenuntergang einfangen kann«, meinte er gut gelaunt, als er mit dem Fotoapparat an uns vorbeirauschte.

Nachdem wir die Tische abgeräumt hatten, machten sich die Anstrengung des Tages sowie der Alkohol langsam bemerkbar. Ich versuchte, ein Gähnen zu unterdrücken, was mir nur mit Mühe gelang.

»Na los, du gehörst ins Bett. Ich habe dich schon viel zu lange aufgehalten.«

»Nein, gar nicht. Ich habe dir doch versprochen, dir die Pension zu zeigen. Also, den Speisesaal kennst du ja schon.« Ich nahm Sebastian einfach bei der Hand und führte ihn durch die Flügeltür ins Kaminzimmer, das, wie der Rest der Pension, in einem maritimen Look gehalten war. Helle Sessel waren hier verteilt. Die Wände waren perlmuttweiß verputzt – bis auf den Bereich, wo

Bücher, Malsachen und Spiele für die jüngeren Gäste bereitstanden. Dort hatte ich Wandsticker von Bambi und anderen beliebten Kinderfiguren angebracht. Leon hielt mich da immer auf dem neuesten Stand.

Sebastian ging an dem Regal mit den Büchern vorbei und strich dabei über den einen oder anderen Bücherrücken. Anerkennend blickte er sich um. »Der Raum ist sehr gemütlich. Du hast hier wirklich unglaubliche Arbeit geleistet.«

Ich freute mich so sehr über seine Worte, dass ich sofort lächelte. Ich konnte nicht anders. »Danke für die Blumen, aber das war nicht allein mein Werk. Halb Appenkuhl hat mir mit der Pension geholfen.«

Er verzog anerkennend den Mund. »Verstehe. Dieses Dorf scheint ja wirklich wie eine große Familie zu sein.«

»Auf jeden Fall, hier passt jeder auf jeden auf«, nickte ich stolz.

Sebastian fing an zu lachen. »Das ist mir schon aufgefallen. Wie hieß der der Hüne noch mal, der mir mit seinen Boxkünsten gedroht hat?«

»Das war Hinnerk, der Fleischermeister hier im Ort. Eigentlich ist er schon längst in Rente, aber er steht trotzdem noch regelmäßig hinter der Theke.«

Für einen Moment standen wir uns einfach nur schweigend gegenüber.

»Komm, ich zeig dir noch die zwei freien Zimmer, bevor morgen die nächsten Gäste einchecken.«

Wir gingen leise die Treppe hoch, um die Ludwigs nicht zu stören, die sich bereits in ihr Zimmer zurückgezogen hatten. Wir hörten die gedämpften Geräusche des Fernsehers, als wir am *Treibgut* vorbeigingen.

»Wie du siehst, hat jedes der Zimmer einen maritimen Namen erhalten.« Ich holte den Schlüssel für das Zimmer *Ostseeblick* aus meiner Hosentasche, schloss die Tür auf und ließ Sebastian den Vortritt.

»Wow. Dieses Zimmer ist wirklich der Hammer! Modern, hell, gemütlich und tatsächlich mit Ostseeblick!«

Ich hätte am liebsten vor Freude laut aufgeschrien, so sehr freute ich mich über sein Lob. Clemens hatte sich nie so begeistert über die Pension geäußert. Eine tiefe Welle der Dankbarkeit ergriff mich. Ich stellte mich neben Sebastian ans Fenster.

»Danke noch mal«, flüsterte ich. »Du hast mir heute den Hintern gerettet.«

Ein verführerisches Lächeln umspielte seine sinnlichen Lippen. Sofort dachte ich daran, wie diese Lippen auf Wanderschaft gegangen waren, um meinen Körper zu erkunden. Die Erinnerung ließ mich erschauern.

»Ist dir kalt?« Mit einem Schritt war er bei mir und rieb mir sanft die Arme.

»Nein, ist schon gut«, hauchte ich.

Unsere Nasenspitzen waren nur wenige Zentimeter voneinander entfernt. Sein Duft hüllte mich ein, ich schloss meine Augen, und im nächsten Augenblick spürte ich seine weichen Lippen auf meinen. Es war ein unglaublich sanfter Kuss, als sei ich etwas Kostbares, das zerbrechen könnte. Seine Zunge spielte sachte mit meiner, seine Hände strichen an meinem Rücken entlang und landeten auf meinem Po. Wir waren vollkommen ineinander versunken, und die Schmetterlinge in meinem Bauch drehten durch. Bis Sebastian den Zauber irgendwann unterbrach. Er lehnte seine Stirn gegen meine und streichelte mir über meine Wange.

»Ich sollte jetzt gehen, Julia«, flüsterte er, leicht außer Atem.

Auch mein Puls musste sich erst einmal wieder beruhigen. Was angesichts seiner Worte nicht leicht war. Ich war enttäuscht. Warum wollte er weg? Ob es an mir lag? Sicherlich war ich nicht so erfahren wie er. Weder Clemens noch mein Freund davor hatten sich jemals über meine Liebhaberinnenqualitäten beschwert. Aber was hieß das schon, immerhin hatte Clemens mich für eine andere verlassen. Ich schluckte meine Enttäuschung herunter und lächelte ihn tapfer an.

»Liegt es an meinen Küssen?« Oh Gott, wie peinlich! Ich benahm mich wie ein unerfahrener Teenager.

»Was?« Irritiert schaute er mich an.

»Na ja, ich dachte nur … vielleicht möchtest du jetzt gehen, weil ich nicht so gut küssen kann?« Ich vermied es, ihn anzusehen.

Doch aus seiner Kehle drang ein heiseres Lachen. »Julia Sommerfeld«, er nahm mein Gesicht wieder in beide Hände, »glaub mir, ich kann gar nicht genug von deinen Küssen kriegen. Ich möchte nichts sehnlicher, als dich die ganze Nacht zu lieben. Aber du hast morgen wieder einen harten Tag vor dir, und ich möchte nicht daran schuld sein, dass du keinen Schlaf bekommst.«

»Das sagst du doch jetzt nur so.«

Immer noch grinsend schüttelte er den Kopf. Er nahm meine Hand und führte sie über seinen Oberkörper hin zu seinem Schritt. Ich konnte deutlich spüren, dass unser Kuss ihn genauso wenig kaltgelassen hatte wie mich. »Glaubst du mir jetzt?«

Statt einer Antwort küsste ich ihn noch einmal, bevor wir uns endgültig voneinander lösten und ich ihn zu seinem Auto begleitete.

»Wie geht es jetzt weiter, Sebastian?«

Er drehte sich zu mir um und strich mir nachdenklich eine Strähne hinters Ohr. »Ich möchte dich wiedersehen. Wenn das für dich okay ist.«

Ich spürte, wie die Endorphine in meinem Bauch explodierten. Ich nickte nur und grinste vermutlich wie ein Honigkuchenpferd auf Drogen.

»Grüß Esther und Leon von mir.« Nach einem letzten flüchtigen Kuss stieg er in seinen Wagen und fuhr davon. Wie in Trance sah ich ihm hinterher, bis die Rücklichter um die nächste Ecke verschwunden waren.

»Hach, ein wirklich attraktiver Mann«, erklang eine verträumte Stimme dicht neben mir.

Ich schrie einmal kurz auf. »Wilma! Musst du dich denn so anschleichen!«

»Ach Herzchen, das habe ich doch gar nicht. Immerhin hat Fiffi«, sie zeigte an dieser Stelle kurz auf den Wolfsspitz, der mit seinem weißen Fell in der Dämmerung wie eine große Zuckerwatte auf vier Beinen wirkte, »sogar kurz gebellt. Aber wenn man auf Wolke sieben schwebt, bekommt man eben nichts mit.«

Ich öffnete den Mund, um zu widersprechen, überlegte es mir dann aber anders. Wahrscheinlich war ich wirklich zu weit weg gewesen, um irgendetwas mitzubekommen. Trotzdem war ich genervt von ihrem wissenden Lächeln.

»Hör zu, Wilma, bevor du wieder irgendwelche Gerüchte verbreitest: Das zwischen Sebastian und mir ist noch ganz frisch. Wir sind nicht offiziell zusammen.«

»Noch nicht.« Sie zwinkerte mir zu und zog dann Fiffi wieder hinter sich her, als sie sich in Richtung Marktplatz davonmachte. In diesem Ort war es wirklich unmöglich, etwas für sich zu behalten.

»Ich bin so ein Arschloch.« Mit diesen Worten begrüßte ich mein Spiegelbild am nächsten Morgen. Ich war ein Feigling. Das Allerletzte. Immerhin konnte ich noch die Notbremse ziehen. Jede einzelne Zelle meines Körpers hatte sich gestern Abend danach gesehnt, Julia nahe zu sein. Aber wenn ich mit ihr geschlafen hätte, würde ich mich heute noch mehr hassen. Ganz zu schweigen von ihr, sobald sie die Wahrheit erfuhr.

»Scheiße!« Wütend knallte ich die Badezimmertür hinter mir zu. Warum war das Leben so kompliziert? Da war endlich mal eine Frau, mit der ich mir mehr vorstellen konnte, und dann stand ausgerechnet mein Job zwischen uns. *Es hat eben seine Gründe, weshalb ich Beziehungen bisher gemieden habe,* dachte ich bitter. Ich beschloss, eine Runde laufen zu gehen, um mich abzureagieren. Und nahm mir vor, mir am Wochenende zu überlegen, wie ich Julia die Wahrheit sagte, ohne sie dabei zu sehr zu verletzen.

Am Montagmorgen saß ich unmotiviert über meine Akten gebeugt in meinem Büro. Und vor allem unkonzentriert. Meine Gedanken kreisten um Julia und den Schlamassel, den ich mir eingebrockt hatte. Es gab nur eine Option: Ich würde ihr klipp und klar die Wahrheit sagen. Na ja, die halbe Wahrheit. Ich konnte ja sagen, dass Richard es sich spontan anders überlegt hatte oder

Clemens auf meine Person bestand. Es war erbärmlich. Ich vergrub mein Gesicht in den Händen und seufzte tief. Ich hatte doch mehr von meinem Vater abbekommen, als mir lieb war. Ich hatte nicht einmal den Mumm, Julia die Wahrheit zu sagen. Nur weil ich dann als Lügner dastehen würde. Der ich ja auch war. *Aber nur, weil du sie nicht verlieren möchtest,* flüsterte eine innere Stimme mir zu. Das war ja wenigstens ein ehrenwerter Grund. Zumindest redete ich mir das ein. Doch ich hatte keine Zeit für Grübeleien. Die Arbeit rief. Heute stand ein wichtiger Termin an. Ich erwartete einen neuen Mandanten.

»Ja, Frau Brinkmann?«

»Herr Weber wäre jetzt da. Darf ich ihn zu Ihnen ins Büro schicken?«

»Ja, bitte. Vielen Dank.«

Einen Augenblick später betrat ein junger Mann, etwa Ende zwanzig, mein Büro. Er hatte dunkles Haar, wirkte recht gebräunt und war ziemlich muskulös. Das kam sicher von seinem Beruf, schoss es mir durch den Kopf. Herr Weber arbeitete auf dem Bau. Sofort erhob ich mich und gab ihm die Hand.

»Herr Weber, schön Sie zu sehen. Bitte setzen Sie sich doch. Kann ich Ihnen etwas anbieten?«

Schüchtern schüttelte er den Kopf. »Nein, danke.«

Während der nächsten dreißig Minuten schilderte er mir sein Problem: Er hatte das alleinige Sorgerecht für seinen drei Jahre alten Sohn, nachdem die Mutter des Kindes bei einem Unfall verstorben war. Nun beanspruchten die Eltern der verstorbenen Mutter das Sorgerecht für sich und machten Herrn Weber beim Jugendamt schlecht. Stichwort Kindeswohlgefährdung.

»Darf ich fragen, wie das Verhältnis zwischen Ihnen und den Eltern Ihrer verstorbenen Lebensgefährtin ist?«

Er strich sich durch seine Haare. Seine grauen Augen wirkten müde und abgekämpft. »Nicht so besonders. Sie finden, dass ich nicht gut genug für ihre Tochter war. Bianca hatte Medizin studiert, sie war unglaublich intelligent.« Ihm brach für einen Moment die Stimme, und die Tränen schossen ihm in die Augen. Wortlos reichte ich ihm eine Packung Taschentücher. Nachdem er sich wieder gefangen hatte, fuhr er fort: »Jedenfalls waren sie ziemlich enttäuscht, als sie mit mir ankam – einem einfachen Bauarbeiter. Aber ich habe Bianca wirklich geliebt. Ich habe sie auf Händen getragen. Und natürlich liebe auch unseren Sohn über alles. Milo ist alles, was mir von ihr geblieben ist. Ich bin ihm ein guter Vater«, sagte er leicht aufgebracht.

Wir besprachen das weitere Vorgehen, und dann verabschiedete ich ihn. Dieser Fall nahm mich mit. Ich würde alles dafür tun, damit dieser junge Mensch, der mit dem Verlust seiner Freundin zu kämpfen hatte, nicht auch noch seinen Sohn verlieren würde. Manchmal war ich erschüttert, wie die Menschen miteinander umgingen.

Um den Kopf freizubekommen, ging ich eine Runde spazieren, bevor der nächste Mandant auf der Matte stand. Bei dem Gedanken daran stöhnte ich innerlich. Es handelte sich dabei um Clemens Reimann. Auf diesen Termin freute ich mich so wie auf den Gang zum Urologen. Ich reckte mein Gesicht der Sonne entgegen und versuchte krampfhaft, nicht an Julia zu denken. Als ich nach einer Viertelstunde wieder in der Kanzlei ankam, wurde ich bereits erwartet. Clemens Reimann trommelte ungeduldig mit den Fingern auf die Stuhllehne in unserem kleinen Wartezimmer. Er war zehn Minuten zu früh dran.

»Hallo, Herr Reimann, mit Ihnen hatte ich noch gar nicht gerechnet. Kommen Sie doch bitte in mein Büro.«

»Also, Herr Christiansen«, sagte er großspurig statt einer Begrüßung und ließ sich mit überschlagenen Beinen auf dem Stuhl vor meinem Schreibtisch nieder.

Mann, am liebsten würde ich diesem Vollpfosten eine reinhauen. Hoffentlich sah er mir das nicht an.

»Das ist ja beim letzten Mal nicht ganz so gelaufen, wie ich mir das vorgestellt hatte.«

»Nun ja, für Ihre Ex-Lebensgefährtin steht eben viel auf dem Spiel. Und es geht hier schließlich auch um das Wohl Ihres Sohnes. Da möchten Sie doch sicherlich nichts übers Knie brechen, oder?«

»Ich möchte einfach nur, was mir zusteht. Ich habe wirklich viel für Julia aufgegeben. Ich bin eher ein Stadtmensch, wissen Sie. Trotzdem habe ich mich breitschlagen lassen und bin mit ihr in dieses Kaff gezogen. Jetzt möchte ich mir mal meine Träume erfüllen. Ich möchte mir eine neue Zukunft aufbauen.«

In Gedanken warf ich ihm nicht jugendfreie Verwünschungen an den Kopf. Und lächelte ihn dabei verständnisvoll an. »Natürlich. Es geht ja auch nur darum, die Höhe Ihrer Forderungen noch einmal zu überdenken. Im Gegenzug würde Frau Sommerfeld Ihnen sicherlich mit dem Unterhalt für Leon entgegenkommen.«

Hoffte ich zumindest. Wobei der mit zweihundert Euro im Monat ohnehin schon recht niedrig angesetzt war. Aber um ihre Pension zu behalten, würde sie wahrscheinlich auch gänzlich darauf verzichten.

»Kann sein. Ich habe auch noch einmal über meine Forderung nachgedacht und bin bereit, auf 130.000 Euro runterzugehen. Weniger allerdings nicht, ich möchte schließlich nicht über den Tisch gezogen werden. Außerdem beabsichtige ich, mir selbst ein neues Eigenheim zuzulegen.«

Ich hob nur eine Braue. Weiter mit ihm zu diskutieren, war zwecklos. Offenbar interessierte Julia ihn nicht mehr. Ich war froh, als er nach weiteren zwanzig quälend langen Minuten endlich die Tür hinter sich schloss.

Heute war einer dieser Tage, an denen ich an meinem Anwaltsdasein zweifelte. Spontan griff ich nach meinem Handy und drückte auf die Kurzwahltaste eins. Nach zweimaligem Klingeln nahm meine Mutter ab.

»Hey, hier ist Sebastian. Ich wollte nur mal hören, wie es dir geht.«

»Hallo, Schatz, das ist lieb von dir. Bei mir ist alles gut, ich habe heute frei. Möchtest du nach der Arbeit vorbeikommen und mir erzählen, was dich bedrückt?«

»Ähm ... wie kommst denn darauf?«

Sie lachte in den Hörer. »Ach, Mütter haben für so was einen siebten Sinn, weißt du? Das gilt auch, wenn die Kinder schon erwachsen und längst aus dem Haus sind. Abgesehen davon rufst du so gut wie nie während deiner Arbeitszeit an.«

Typisch. Meiner Mutter konnte man nichts vormachen.

»Tja ... also ... ich komme gerne mal auf eine Tasse Kaffee vorbei. Bis später.« Ich beendete das Gespräch und konzentrierte mich für den Rest des Nachmittags auf die Arbeit.

Kaum zu Hause, tauschte ich Hemd und Krawatte gegen Jeans und Shirt und machte mich auf den Weg nach Alt-Mettenhof. Hier hatte meine Mutter vor ein paar Jahren ein kleines Haus gemietet und sich damit einen Traum erfüllt. Ich fand sie im Garten, wo sie das gute Wetter nutzte, um die Blumenbeete vom Unkraut zu befreien.

»Hallo, Mama.« Ich schlenderte auf sie zu und erschrak kurz, als die Gartenpforte hinter mir ins Schloss knallte. »Tschuldigung.«

»Hach, manche Dinge ändern sich wohl nie.« Lachend erhob sie sich und klopfte sich die Erde von der Hose. »Hallo, mein Schatz.« Sofort eilte sie auf mich zu, und wir umarmten uns einmal kräftig.

»Ach, ist das schön, dich zu sehen, Sebastian.« Sie musterte mich mit kritischem Auge von oben bis unten. »Etwas müde siehst du aus.«

»Ach, das ist nichts, was ein guter Kaffee nicht wieder hinbekommt.«

Sie grinste nur. »Habe verstanden, der Kaffee kommt sofort. Kommst du solange mit rein?«

Ich nickte und folgte ihr in die kleine Küche, wo sie sich daranmachte, den Kaffee für uns beide aufzusetzen. »Nun erzähl mal, was gibt es Neues?«

Ich dachte kurz darüber nach, ihr von Julia zu berichten, entschied mich aber schnell dagegen. Das war nicht gerade etwas, auf das ich stolz war. Meine Mutter würde mir ordentlich den Kopf waschen, und ich hatte jetzt keine Lust auf eine Standpauke. Also unterhielten wir uns vor allem über die Arbeit.

»Unglaublich, wie kann man seinem eigenen Enkel nur so etwas antun!« Kopfschüttelnd starrte meine Mutter vor sich hin, nachdem ich ihr von Lukas Weber erzählt hatte. Wir saßen inzwischen auf der Terrasse zusammen und tranken unseren Kaffee. Die friedliche Umgebung tat gut.

»Dieser junge Kerl kann einem wirklich leidtun. Ich verstehe, dass dich das belastet.« Aufmunternd lächelte sie mich an und legte ihre Hand auf meine. »Aber ich bin wirklich sehr stolz auf dich! Es ist einfach toll, wie du dich für die Menschen einsetzt.«

Schnell entzog ich ihr meine Hand. Wenn sie wüsste ...

»Was ist los?«, fragte sie scharf und mit zusammengekniffenen Augen.

»Es ist lieb, dass du das sagst. Aber ich vertrete auch egoistische Idioten, die ich eigentlich gar nicht mag. Da ist dieser eine Mandant, der sich von seiner Lebensgefährtin getrennt hat und nun von ihr ausbezahlt werden will. Die beiden haben ein gemeinsames Haus und ein gemeinsames Kind. Das Problem ist, dass der Besitz eine Pension mit einschließt, die sie dann vielleicht verliert. Und ich helfe diesem Typen auch noch dabei.«

»Warum vertrittst du ihn dann?«

Ich schluckte. »Weil mir bei einem erfolgreichen Abschluss die Partnerschaft winkt.«

Meine Mutter verschränkte die Arme vor der Brust und pustete sich eine ihrer brünetten Strähnen aus dem Gesicht. »Ich verstehe. Das ist natürlich eine große Chance für dich. Ich schätze, die meisten Menschen müssen hin und wieder mit Leuten zusammenarbeiten, die sie nicht besonders mögen. Aber wenn du schon Gewissensbisse deswegen hast, solltest du dich fragen, ob es das wirklich wert ist.«

»Jetzt werd' nicht ungerecht«, pflaumte ich sie an. Leider hatte sie mal wieder genau ins Schwarze getroffen, was mich unglaublich wurmte.

»Tut mir leid, dass dir mein Ratschlag nicht schmeckt, aber so sehe ich das nun einmal. Karriere ist nicht alles, Sebastian. Es ist gut, einen gewissen Ehrgeiz im Leben zu haben. Aber pass auf, dass deiner dich nicht auffrisst.«

»Du tust so, als würde ich das nur meinem Ego zuliebe machen. So ist es überhaupt nicht!« Oder nur ein bisschen. »Wenn ich Partner werde, könnte ich zum Beispiel einen Tarif für finanziell schwächere Mandanten anbieten. Nicht jeder kann sich eine Rechtsschutzversicherung leisten«, verteidigte ich mich. Ich wusste auch nicht, was ich von meiner Mutter eigentlich hören wollte. Aber Vorwürfe sicherlich nicht.

»Gut, wenn du es sagst ...« Beschwichtigend hob sie ihre Hände. »Das wäre wirklich eine tolle Sache.«

»Danke«, sagte ich gepresst. »Außerdem will ich nicht, dass Marcus Möller den Job bekommt«, verplapperte ich mich.

Für einen Moment schaute sie mich sprachlos an, bevor sie losprustete. »Jungs bleiben offenbar immer Jungs.« Sie wischte sich die Augenwinkel und wurde dann wieder ernst.

»Sebastian, du bist erwachsen. Du musst selbst wissen, was du tust. Ich persönlich finde, man sollte sich immer treu bleiben und seine Prinzipien nicht für einen Job verraten. Aber ich gebe zu, dass deine Lage verzwickt ist. Also, wenn dir diese Partnerschaft so wichtig ist und du damit die Möglichkeit hast, später vielen Menschen zu helfen, dann musst du eben dieses eine Mal in den sauren Apfel beißen.«

Ich ließ die Worte einmal sacken. Sicherlich hatte sie nicht unrecht. Das eigentliche Problem war ja auch, dass ich Julia angelogen und einfach nicht den Arsch in der Hose hatte, ihr die Wahrheit zu sagen. Und das konnte ich meiner Mutter nie beichten. Ihre Enttäuschung würde ich nicht ertragen.

»Na schön, Mama. Ich habe noch was vor und werd' mich mal wieder auf die Socken machen.«

»Jetzt schon? Wie schade. Aber danke für deinen Besuch, mein Schatz.« Wir umarmten uns zum Abschied.

Auf dem Heimweg dachte ich über den Besuch nach. Er hatte leider nicht die richtige Wirkung. Meine Mutter war mit Sicherheit mein größter Fan, aber sie war auch immer ehrlich zu mir. Und zwar brutal ehrlich. Leider fühlte ich mich kein Stückchen besser. Im Gegenteil.

»Bitte, Clemens, ich habe alle Hände voll zu tun, und es war doch abgemacht, dass du ihn heute Nachmittag abholst.«

»Ja, aber da wusste ich noch nicht, dass Janine mich mit Karten für den HSV überrascht.«

»Das kannst du nicht machen! Hast du eine Ahnung, wie er sich schon auf die Zeit mit dir freut?«, zischte ich verzweifelt.

»Es tut mir wirklich leid, aber die Karten sind doch schon bezahlt. Janine wäre sicher enttäuscht.«

»Ach, aber dass dein Sohn sich vor Enttäuschung wieder die Augen aus dem Kopf weint, das geht für dich in Ordnung? Sie ist doch selbst schuld, wenn sie sich ausgerechnet das Wochenende aussucht, an dem du Leon hast!« Vor Wut traten mir die Tränen in die Augen. Wieder einmal fragte ich mich, wie Clemens sich so verändern konnte. Er war wie ein vollkommen anderer Mensch.

»Bitte, Clemens«, versuchte ich es in flehendem Ton, »Esther und Michael haben heute schon was vor, und Magda besucht eine Freundin in Lübeck und kommt erst heute Abend wieder.«

»Tut mir leid für dich, Julia. Ich nehme ihn dann nächstes Wochenende, versprochen. Wenn das Wetter gut ist, gehe ich mit ihm in den Tierpark. Mach's gut.« Zack, aufgelegt.

Ich stellte das Telefon auf die Station und atmete einmal tief durch. Einen Augenblick hatte ich darüber nachgedacht, Leon den Hörer in die Hand zu drücken, damit Clemens es ihm selbst sagen konnte. Doch so unsensibel wie sein Vater war, hätte es die Sache für ihn nur schlimmer gemacht.

Ich straffte meine Schultern und ging ins Schlafzimmer, wo Leon sich in mein Bett gekuschelt hatte. Ich legte mich zu ihm und schmiegte mich an seinen kleinen Rücken. Er drehte sich zu mir um und streichelte mein Gesicht.

»Ist alles gut, Mami?«

Ich versuchte, die Tränen wegzublinzeln und ein Lächeln aufzusetzen. »Ja, mein Schatz. Aber Papa ist heute etwas dazwischengekommen, deshalb holt er dich erst nächstes Wochenende, okay?«

»Nein! Das finde ich voll doof, ich hatte mich schon so gefreut.« Er schluchzte, und auch ich fing an zu heulen. Im Flur stand schon sein kleiner Reisekoffer, den er gestern voller Vorfreude gepackt hatte.

»Ich weiß, mein Hase. Aber dafür geht Papa mit dir nächste Woche dann in den Tierpark. Außerdem kannst du dann heute Abend beim Stockbrotbacken dabei sein.«

»Ich will aber lieber zu Papa!«

Ich schloss für einen Moment die Augen und verfluchte Clemens innerlich. Offenbar hatte er überhaupt keine Ahnung, was sein Verhalten in unserem Sohn auslöste.

»Was hältst du davon, wenn wir Max auch zum Stockbrotbacken einladen? Er könnte doch heute hier schlafen.«

Leon wischte sich die Augen. Ich konnte förmlich sehen, wie es in seinem Kopf ratterte. »Na gut. Rufst du seine Mama gleich an?«

»Klar, das mache ich. Ich habe heute übrigens ziemlich viele Besorgungen zu machen. Wir könnten nachher den alten Bollerwagen aus dem Schuppen holen, in dem du es dir so richtig gemütlich machen kannst. Und ich kutschiere dich überall hin, hast du Lust?«

Er schaute mich an und überlegte kurz. »Bist du dann mein Pferdchen, Mami?« Die Vorstellung schien ihn etwas aufzuheitern. Zum Glück.

»Klar, wenn du willst.«

»Jaa!« Er reckte seine Hände nach oben und sprang aus dem Bett.

Puh, das warf meine Pläne für heute zwar etwas durcheinander, aber dann würde ich eben für alles ein bisschen mehr Zeit einplanen.

Nach dem Frühstück machten wir uns fertig und starteten unsere kleine Tour. Ich polsterte den Bollerwagen mit einer Decke und Kissen aus. Leon stellte seinen Rucksack hinein, in dem sich sein Trinkbecher und eine kleine Dose mit Keksen befanden, und kletterte hinterher. Unsere erste Station war die Fleischerei Sievers. Hier holte ich immer den Bio-Aufschnitt zum Frühstück. Außerdem hatte ich einige Bestellungen für die kommende Woche.

»Los, Pferdchen«, rief Leon vergnügt.

Ich zog an dem Wagen und wieherte dabei. Auf dem Weg zu Sievers imitierte ich mit meiner Zunge die Hufgeräusche. »Schneller, Mama, schneller«, lachte er. Ich spürte die belustigten Blicke einiger Passanten in meinem Rücken, doch das war mir egal. Nach etwa zehn schweißtreibenden Minuten waren wir am Ziel.

»Möchtest du mit reinkommen oder bleibst du hier?«

Leon war schon dabei, auszusteigen. »Ich komme mit, dann kriege ich von Hinnerk bestimmt wieder ein Würstchen«, grinste er verschmitzt.

Tatsächlich stand Hinnerk zusammen mit seinem Sohn Malte hinterm Tresen. Samstags half er fast immer aus. Offenbar war es nicht leicht, Nachwuchs für die Fleischerei zu bekommen.

»Moin«, grüßte ich.

»Moin, Julia«, kam es von allen zurück. Malte bediente gerade Kai Michelsen, den Besitzer des hiesigen Reiterhofes. Der sprach mich kurz entschlossen an.

»Sag mal, Julia, ich habe neue Flyer für die Reitkurse in diesem Sommer. Magst du vielleicht ein paar in deiner Pension auslegen? Dann würde ich dir später einen Stapel vorbeibringen.«

»Klar, Kai, das mach mal.«

»Super, danke. Ich mache natürlich auch gerne noch Werbung für den *Küstentraum*«, zwinkerte er mir zu.

Dankbar lächelte ich ihn an und wandte mich an Hinnerk, der damit beschäftigt war, Leon ein Würstchen zuzustecken. Der biss sofort hinein. »Hmm, danke, Hinnerk«, nuschelte Leon mit vollem Mund.

»Büdde, min Jung, lass es dir schmecken.« Dann strahlte Hinnerk mich an. »Na, min Deern, dat Übliche?«

Ich nickte grinsend und schaute ihm dabei zu, wie er zielstrebig Scheiben von den verschiedenen Wurstsorten zusammenstellte.

»Sag mal, kann es sein, dass Kai ein Auge auf dich geworfen hat?«, fragte Malte, nachdem Kai mit einem letzten Gruß den Laden verlassen hatte.

»Nein, wie kommst du denn darauf?« Verwundert zog ich meine Stirn in Falten.

»Na, so wie er dir eben zugezwinkert hat.«

Hinnerk lachte. »Ach, das macht der alte Charmeur doch schon von Berufs wegen. Und wie ich gehört habe, hat Julia bereits einen anderen Verehrer.«

Verdutzt starrte ich ihn an. »Wen meinst du?«

»Ach, doch nicht dieser Typ in dem schicken BMW?«, fragte Malte an seinen Vater gewandt.

»Doch, doch, genau der. Hat Julia neulich aus der Patsche geholfen, als Esther sich verletzt hatte.«

»Hallo, ich bin auch noch da.« Ich wedelte mit meinen Händen, um wieder auf mich aufmerksam zu machen. »Woher wisst ihr das denn schon wieder?«

Verschwörerisch zwinkerte Hinnerk mir zu. »Von Wilma natürlich, von wem sonst? Sie sagte, der Kerl hätte dir ganz schön den Kopf verdreht.«

Empört schnappte ich nach Luft. Dabei hatte ich sie doch gebeten, das für sich zu behalten. »Hat Wilma eigentlich kein eigenes Leben?«

»Sie ging doch nur mit Fiffi spazieren.« Beschwichtigend sah Hinnerk mich an. »Außerdem weißte doch selber, dass man hier nichts lange geheim halten kann.«

Wohl wahr. Zum Glück hatten wir uns in der Pension geküsst und nicht draußen. Sonst würde Wilma wahrscheinlich schon die Hochzeit planen. Ich zog vermutlich immer noch ein griesgrämiges Gesicht.

»Lütte, jetzt sei nich böse auf Wilma. Weißt doch, wie sie ist. Außerdem freuen wir uns alle für dich.«

Meine Wut verpuffte langsam. Wie sie sich alle für mich freuten, war ja auch irgendwie süß. Auch wenn ich selbst noch nicht wusste, wie ernst es zwischen Sebastian und mir war. Schnell wischte ich den Gedanken an ihn beiseite und setzte meinen Einkauf fort.

»Übrigens, heute Abend kommen ein paar Gäste bei mir im Garten zum Stockbrotbacken zusammen. Wenn ihr auch Lust habt, seid ihr herzlich eingeladen.«

»Ja, hab schon gehört. Ich komme bestimmt mal auf 'nen Schnack vorbei.« Mit schlafwandlerischer Sicherheit packte Hinnerk mein Paket zusammen.

Ich stutzte. »Von wem hast du das denn schon gehört?« Davon wussten schließlich nur meine Gäste und Magda, der ich heute Morgen davon erzählte hatte, als ich Leon abgeholt hatte.

Bildete ich es mir ein, oder lief Hinnerk rot an?

»Magda hatte da was erwähnt«, nuschelte er in seinen Bart. »Hast du sie heute Morgen schon gesprochen?«

»Ja, hab sie zum Bahnhof gefahren. Wusstest du das nicht?«

Verwundert schüttelte ich den Kopf. »Nein.«

Ich hatte ihr ebenfalls angeboten, sie zum Bahnhof zu fahren, und das hatte sie vehement abgelehnt. Merkwürdig.

»Was gibt's denn bei euch Neues?«, wechselte ich das Thema. Die Frage kam nicht so gut an. Malte winkte ab. »Ach, Ole beendet bald sein Studium in England und kommt für ein paar Wochen her.«

Ole war Maltes Sohn und etwas jünger als Sarah.

»Aha. Das ist doch schön, oder nicht?«

Begeisterung spiegelte sich nicht gerade in den Gesichtern der beiden wider. »Sicher, wir freuen uns, den Jungen endlich mal wiederzusehen. Es ist nur ... dass er uns jetzt definitiv eine Absage erteilt hat.«

Verständnislos blickte ich die beiden an.

»Er wird den Laden definitiv nicht übernehmen, wenn ich irgendwann einmal in Rente gehe. Schlimmer noch, er ist inzwischen Vegetarier. Und das als Spross einer Metzgerfamilie. Kannst du dir das vorstellen?« Malte zog eine Grimasse.

Ich verkniff mir ein Grinsen. Der arme Ole. Er würde sich noch einige Diskussionen anhören müssen.

»Na ja, er hat eben andere Pläne für sein Leben. Das ist doch auch in Ordnung.«

»Ja, stimmt schon«, brummte Malte. Überzeugt klang er nicht.

»Moin, Frau Köhler«, begrüßten er und Hinnerk im nächsten Moment eine neue Kundin.

Ich bezahlte und nahm mein Paket von Hinnerk entgegen. »Danke, bis zum nächsten Mal.«

»Tschüüs.« Leon, der sein Würstchen inzwischen längst verputzt hatte, winkte fröhlich. Ich verstaute ihn und meine Einkäufe wieder im Bollerwagen. Und weiter ging es.

Der nächste Halt war im Blumenladen. Obwohl ich nach dem Gespräch eben überhaupt keine Lust hatte, Wilma zu begegnen. Sicher würde sie versuchen, mich über Sebastian auszufragen. »Möchtest du wieder mit rein?«, fragte ich Leon, als ich den Wagen vor dem *Blütenmeer* parkte.

»Nein, Blumen sind langweilig«, stöhnte er und holte sich ein Pixiebuch aus seinem Rucksack.

»Na gut, aber schön hier warten und nicht weglaufen, verstanden?«

»Ja, Mami.«

Das war gar nicht schlecht. So hatte ich eine Ausrede, schnell wieder aus dem Laden zu verschwinden. Das Läuten der Glocke kündigte mein Eintreten an.

»Hallo, Julia, schön dich zu sehen«, säuselte Wilma zuckersüß. Schnell legte sie die Zeitschrift beiseite, in der sie eben geblättert hatte.

»Moin Wilma«, grüße ich verhalten zurück.

»Frisch siehst du aus, Herzchen. Ich muss schon sagen, die neue Liebe tut dir wirklich gut.« Geheimnistuerisch zwinkerte sie mir zu.

Ich ging nicht darauf ein. »Ich hätte gerne ein paar Tulpen und drei bunte, helle Sträuße für die Gästezimmer.«

»Kommen sofort.« Ihre mit unzähligen Goldarmreifen und Ringen behangenen Hände machten sich geschickt an die Arbeit. Ich sah ihr gerne dabei zu, wie sie zwischen den verschiedenen Blüten abwog, zielgerichtet einzelne Blumen herauszog und zu einem farbenfrohen Gesamtbild zusammenband. Sie hatte ein Auge dafür.

»Und? Wann kommt dein Freund wieder?«, fragte sie betont beiläufig.

»Wilma, ich hatte dir doch schon erklärt, dass wir nicht zusammen sind. Und ich würde es begrüßen, wenn du dich zur Abwechslung mal um deine eigenen Dinge kümmertest.«

Meine Stimme klang gereizt. Getroffen blickte sie mich an und kniff den rot geschminkten Mund zu einer dünnen Linie.

»Na schön, das macht dann siebenundzwanzig Euro fünfzig.« Wortlos reichte sie mir die Sträuße über den Tresen und nahm das Geld entgegen.

»Danke. Auf Wiedersehen.«

»Tschüss«, sagte sie schnippisch.

Ich nahm die Einkäufe und verließ den Laden. Wilma schien ernstlich beleidigt. Fast taten mir meine Worte schon wieder leid. Aber waren ein bisschen mehr Privatsphäre und weniger Getratsche zu viel verlangt? Ich legte alles im Bollerwagen ab und machte mich wiehernd wieder auf den Heimweg.

Zu Hause angekommen durfte Leon etwas fernsehen. Ich nutzte die Zeit, um die Einkäufe zu verstauen und das Zimmer *Meeresbrise* für unsere neuen Gäste vorzubereiten. Heute Nachmittag erwarteten wir ein junges, frisch verheiratetes Paar. Am Telefon hatte mir der glückliche Bräutigam verraten, dass er seine Angetraute mit der Reise überraschen wollte. Eine größere Hochzeitsreise gab sein Budget nicht her. Ich hatte über seinen Redeschwall schmunzeln müssen. Er schien recht jung zu sein und unglaublich nett.

Während ich die Blumen auf dem Tisch arrangierte und Marzipanherzen auf den Kissen platzierte, dachte ich an Sebastian. Wir hatten uns erst gestern Abend gesehen und doch nagte die Sehnsucht an mir. Was absolut verrückt war, denn im Grunde wusste ich wenig von ihm.

Wem wollte ich eigentlich etwas vormachen? Ich war auf dem besten Wege, mich in ihn zu verlieben. Offenbar hatte ich aus der Pleite mit Clemens überhaupt nichts gelernt.

Plötzlich vibrierte es an meinem Hintern. Ich zog mein Handy hervor und hätte es vor Überraschung beinahe fallengelassen. Es war Sebastian.

»Julia Sommerfeld«, krächzte ich. Aus irgendeinem Grund hatte ich meine Stimme nicht mehr unter Kontrolle.

»Hallo, Julia, hier ist Sebastian. Passt es gerade?«

Ich setzte mich auf das gemachte Bett und versuchte, ruhig zu atmen. »Hallo, Sebastian. Klar. Was kann ich für dich tun?«

Sein leises Lachen drang an mein Ohr, was den Schmetterlingen in meinem Bauch ein verzücktes Stöhnen entlockte.

»Ich wollte mich für den netten Abend gestern revanchieren und fragen, ob du Lust hast, nächsten Mittwoch mit mir essen zu gehen.«

»Ähm ... ja, sehr gerne«, hörte ich mich sagen.

»Schön, dann hole ich dich am Mittwoch um 18 Uhr ab. Geht das in Ordnung?«

Da wir unser Abendmenü nur am Wochenende anboten, war das kein Problem. Ich musste nur einen Babysitter für Leon finden, aber da würde mir schon was einfallen.

»Ja, das passt. Dann bis Mittwoch.«

»Super! Ich freue mich auf dich, Julia.«

»Ich freue mich auch.«

»Schön, bis dann.«

Seufzend ließ ich mich aufs Bett fallen. Sebastian hatte sich bereits in mein Herz geschlichen. Nach der Pleite mit Clemens sollte ich mein Vertrauen eigentlich nicht so leichtfertig verschenken. Doch ich konnte nicht anders.

»Jaah, das ist bestimmt Max«, rief Leon fröhlich und stürmte aus dem Wohnzimmer, als es klingelte. Begeistert drückte er die Klinke nach unten und riss die Tür auf. »Max! Komm rein.«

»Guck mal, Leon. Ich habe meinen neuen Bagger dabei, damit können wir gleich ein Loch in den Sand schaufeln.«

»Cool, dann komm mit in den Garten.« Sofort flitzten die beiden durchs Wohnzimmer Richtung Garten und ließen uns lachend zurück.

»Hey, Sabine. Schön, dass Max so kurzfristig Zeit hat. Möchtest du noch auf einen Kaffee reinkommen?« Ich nahm die Tasche von Max' Mutter entgegen und trat zur Seite, um sie hereinzulassen, aber sie schüttelte den Kopf.

»Danke, Julia, das ist lieb von dir, aber leider fehlt mir die Zeit. Lotta wartet im Auto, wir wollen schwimmen fahren.« Lotta war Max' ältere Schwester.

»Verstehe, na dann viel Spaß euch beiden.«

»Danke, euch auch.«

Ich winkte ihr noch einmal zu und schloss dann die Tür. Die Tasche stellte ich erst einmal in Leons Zimmer ab und überlegte, was ich noch zu tun hatte. Die Zimmer der Gäste waren soweit aufgeräumt und vorbereitet. Den Teig zum Stockbrotbacken hatte ich auch schon angesetzt. Ich freute mich wirklich auf heute Abend. Es war einfach schön, in lockerer Atmosphäre mit den Gästen zusammenzukommen und etwas über sie zu erfahren. Ich warf einen Blick auf die Uhr – Familie Strauß kam aus Baden-Württemberg angereist und hatte sich für 15 Uhr angekündigt. Ich hatte also noch eine halbe Stunde. Die nutzte ich und verschaffte mir noch einmal einen Überblick über meine Finanzen. Mit meinem Laptop auf dem Schoß machte ich es mir auf dem Sofa gemütlich, den Blick in den Garten gerichtet, sodass ich die Jungs gleichzeitig ein bisschen im Auge behalten konnte. Ich rechnete erst einmal damit, dass ich Clemens 150.000 Euro auszahlen musste. Wenn er mit seiner Forderung noch etwas herunterginge, dann umso besser. Doch allzu große Hoffnungen hatte ich nicht. Ich hatte bereits mit meinem Vater gesprochen: Er könnte mir mit 20.000 Euro aushelfen, das wäre dann ein Teil meines Erbes. 15.000 Euro hatte ich selbst noch auf einem Sparbuch. Das waren eigentlich meine Notfallgroschen, falls im Haus oder der Pension irgendwelche Reparaturen anfallen sollten. Es bereitete mir einige Bauchschmerzen, dieses Geld zu verwenden. Auf der anderen Seite wurden ja alle Räumlichkeiten erst vor ein paar Jahren modernisiert. Ich hoffte einfach, dass es in naher Zukunft zu keinen Schäden an den Gebäuden kommen würde. Noch einmal 10.000 Euro würde Magda mir leihen. Damit hatte ich gerade einmal 45.000 Euro zusammen. Angesichts des hohen Betrags war das lediglich der berühmte Tropfen auf dem heißen Stein. Ich hatte auch schon mit meinem Kreditgeber über ein weiteres Darlehen gesprochen. Allerdings würde ich alleinige Kreditnehmerin sein, sobald Clemens mir seine Hälfte des Hauses überschrieb. Ob es dazu kommen würde, war allerdings fraglich. Sollte ich seine Forderung nicht finanziert bekommen, könnten wir uns die Kosten für Notar und Steuer auch sparen und ich wäre gezwungen, einen Verkauf in Erwägung zu ziehen.

Bei dem Gedanken krampfte sich alles in mir zusammen. Ich hatte die Pension erst vor dreieinhalb Jahren eröffnet. Der Anfang war, wie zu erwarten, sehr schwer gewesen, aber inzwischen lag die Auslastung während der Hauptsaison beinahe bei einhundert Prozent. Nicht zuletzt dank treuer Gäste wie Ute und Konrad, die auch in ihrem Bekanntenkreis fleißig die Werbetrommel für den *Küstentraum* rührten. Ohne das feste Gehalt von Clemens würde die Bank eine Sicherheit für einen weiteren Kredit haben wollen. Also müsste ich das Haus oder die Pension beleihen. Oder beides. Frustriert schlug ich den Laptop zu und fuhr mir einmal mit den Händen übers Gesicht. Leon tobte draußen lautstark mit Max und hatte von dem ganzen Schlamassel nicht die geringste Ahnung. Ich musste mir dringend eine Lösung überlegen. Und Leon sanft darauf vorbereiten, dass wir vielleicht umziehen mussten. »Nicht jetzt«, ermahnte ich mich selbst.

»Herzlich willkommen in der Pension *Küstentraum*«, begrüßte ich eine Viertelstunde später Mats und Marie Strauß.

»Vielen Dank, es ist traumhaft hier«, schwärmte die junge Frau gleich und lächelte breit, wobei eine kleine Zahnlücke zwischen den Schneidezähnen aufblitzte. Sie hatte dunkelblondes Haar, das sie zu einem Pferdeschwanz gebunden hatte. Die kürzeren Haare an den Seiten hatten sich zu kleinen Locken zusammengekringelt und auf ihrer Nase tanzten Sommersprossen. Ich fand sie auf Anhieb sympathisch.

»Es freut mich, wenn Sie sich wohlfühlen. Das ist Ihr Schlüssel.« Ich reichte ihnen den Schlüssel mit dem

Anker-Anhänger. »Sie wohnen im Zimmer *Meerliebe*, ich begleite Sie einmal rauf und zeige Ihnen, wo Sie alles finden. Hatten Sie eine gute Fahrt?«

Mats stöhnte kurz und fuhr sich einmal durch sein raspelkurzes dunkles Haar. »Danke, es war okay. Insgesamt standen wir nur eineinhalb Stunden im Stau. Hier im Norden ist ja ganz schön was los. Anscheinend sind wir nicht die Einzigen, die ans Meer wollen«, lachte er.

»Ja, samstags ist in Dänemark immer der Bettenwechsel, Urlauber reisen ab und wieder an, da kann es auf der A7 schon einmal voll werden.« Ich hielt Ihnen die Tür auf, und sie betraten den Speisesaal.

»Zum Frühstück zwischen acht und zehn Uhr gibt es hier ein Buffet. Sollten Sie einen besonderen Wunsch haben, sagen Sie es mir gerne. Außerdem finden Sie hier einen Kaffeeautomaten sowie verschiedene Teesorten und einen Wasserkocher, den Sie jederzeit nutzen können. Abendessen bieten wir nur von Freitag bis Sonntag an. Heute allerdings machen wir eine Ausnahme: Ab 18 Uhr sind alle Gäste zum Stockbrotbacken im Garten eingeladen. Also, falls Sie Lust haben, kommen Sie gerne vorbei.«

»Oh wie nett, das klingt gut. Und was ist hinter der Tür?«, fragte Marie und zeigte auf die Doppeltür, die zum Kaminzimmer führte.

Ich öffnete sie und ließ ihnen den Vortritt. »Das ist sozusagen der Gemeinschaftsraum und die Bibliothek in einem. Die Bücher und Spiele können Sie auch gerne mit auf Ihr Zimmer nehmen, wenn Sie mögen.«

Sie sahen sich einmal neugierig um, und dann brachte ich die beiden zu ihrem Zimmer. Viel Gepäck hatten sie nicht dabei, aber sie würden ja auch am

Dienstag schon wieder abreisen. Sie hielten die ganze Zeit Händchen und warfen sich verliebte Blicke zu.

»Bitte sehr.« Ich übergab ihnen den Schlüssel, als wir bei der *Meerliebe* angekommen waren. »Dann kommen Sie doch erst einmal in Ruhe an. Wenn Sie irgendetwas brauchen oder noch eine Frage haben, klingeln Sie einfach beim Haupthaus. Auf dem Tisch finden Sie außerdem noch einen Ordner mit allen wichtigen Infos und ein paar Ausflugstipps.«

»Dankeschön, das Zimmer ist ja traumhaft«, hörte ich Marie noch sagen, als ich schon wieder auf dem Weg nach unten war. Ein Lächeln stahl sich auf meine Lippen.

»So, wir müssten jetzt genug Plätze haben, oder?« Prüfend betrachtete Esther die Baumstämme, Bänke und Gartenstühle, die wir um die große Feuerschale platziert hatten. Max und Leon hatten mit Begeisterung Feuerholz zusammengetragen.

»Ja, das müsste reichen. Ansonsten haben wir ja auch noch Stühle im Schuppen. Das passt schon.«

Den Teig hatte ich auf mehrere kleine Schüsseln verteilt, sodass alle Gäste ihren eigenen Vorrat hatten. Außerdem standen Bier, kleine Sektflaschen und natürlich alkoholfreie Getränke in einem Kühlkorb bereit. Die Stöcke lehnten nebeneinander aufgereiht an der Rückseite der Bank. Schnell verteilte ich auf den Plätzen noch ein paar Sitzkissen und kleine Decken und warf noch einmal einen Blick auf das Gesamtbild. In den Bäumen hatte ich kleine bunte Laternen verteilt, die später ein romantisches Licht spenden würden.

»Perfekt.« Esther stellte sich neben mich und legte ihren Arm um meine Hüften. »Das wird bestimmt ein toller Abend, mein Schatz. Ah, schau mal, da kommt Mutti schon.«

»Moin zusammen.« Gut gelaunt kam Magda auf uns zu. Ihre weißen Haare trug sie zu einem Knoten, ihre schlanken Beine steckten in einer figurbetonten schwarzen Hose, die sie mit einer dunkelblauen Strickjacke kombiniert hatte. Man sah ihr definitiv nicht an, dass sie auf die Achtzig zuging. Sie war immer noch eine sehr elegante Erscheinung.

»Oma Magda!« Begeistert lief Leon auf seine Urgroßmutter zu, Max im Schlepptau.

»Oma, Max und ich sitzen hier, setzt du dich neben uns?« Seine blauen Augen, die er von Clemens hatte, schauten erwartungsvoll zu ihr auf.

»Sicher, mein Schatz. Jetzt lass mich erst einmal deine Mama und Esther begrüßen.«

»Hallo, Oma. Na, hattest du einen schönen Tag in Lübeck?« Wir umarmten uns einmal, und ich schenkte ihr wortlos ein Glas Wasser ein.

»Ja, danke, Schatz. Es war schön, Olga mal wiederzusehen.« Während Leon und Max noch in der Sandkiste baggerten, setzen wir uns schon einmal hin.

»Das freut mich.« Nach und nach füllte sich der Garten. Ich bot allen einen Platz und etwas zu trinken an. Die Ludwigs setzten sich zu Ute und Konrad, der Fotograf Herr Winter knipste ein paar Bilder vom Geschehen und Mats und Marie Strauß gesellten sich zu mir auf die Bank.

»Na, haben Sie sich eingerichtet?«

Mats wollte antworten, aber seine Frau ließ ihn gar nicht erst zu Wort kommen. »Oh ja, danke, das Zimmer ist wunderschön! Und das Bad erst, ein Traum! Wenn Mats und ich uns irgendwann ein Eigenheim zulegen, möchte ich das auf jeden Fall auch in so warmen Holztönen einrichten.«

»Danke, es freut mich total, dass Sie sich hier so wohlfühlen.«

»Ich komme mir so alt vor, wenn ich gesiezt werde. Wollen wir uns nicht duzen? Wir sind Mats und Marie.« Mats' graue Augen strahlten mich freundlich an und erinnerten mich an Sebastian.

»Gerne, ich bin Julia.«

Die Stimmung wurde immer ausgelassener. Irgendwann gesellten sich noch Hinnerk und Dörte, unsere Postbotin, zu uns. Hinnerk setzte sich schnurstracks neben Magda, wie mir auffiel. Marie war in ein Gespräch mit Ute vertieft. Offenbar hatten die beiden mit dem Malen ein gemeinsames Interesse. Konrad saß mit Herrn Winter und den Ludwigs zusammen.

»Dein Sohn ist wirklich süß.« Mats beobachtete, wie Leon und Max, die keine Geduld mehr hatten, der armen Esther ihre Stöcke in die Hand drückten, um wieder spielen zu gehen, bis ihr Brot durch war. Wir lachten.

»Ja, danke. Wollt ihr auch mal Kinder haben?«

»Auf jeden Fall, aber wir haben noch etwas Zeit. Ich will nicht zu neugierig erscheinen, aber ... bist du alleinerziehend? Oder läuft Leons Vater hier auch irgendwo rum?«

Ich sog kurz scharf die Luft ein.

»Sorry, ich wollte nicht taktlos erscheinen.«

»Schon gut. Ja, wir sind seit ein paar Monaten getrennt.«

Er nickte leicht. »Respekt, dass du das mit der Pension und deinem Sohn alles so auf die Reihe kriegst!«

Wow, ich hatte selten Menschen getroffen, die so direkt waren. Allerdings war seine Art so entwaffnend, dass ich es ihm nicht übelnahm.

»Danke. Aber ich habe auch eine tolle Familie und Freunde, die mich unterstützen. Ich bin nicht alleine.«

»Verstehe.«

Ich warf einen kurzen Blick auf mein Handy, in der Hoffnung auf eine Nachricht von Sebastian, aber Fehlanzeige.

»Oh, ich kenne diesen Blick.« Wissend grinste er mich an.

Ich konnte nicht anders und grinste zurück.

»Bist du verliebt?« Neugierig sah er mich an und nahm dabei einen Schluck aus seiner Flasche Radler.

»Kann schon sein, ich weiß nicht. Es ist irgendwie kompliziert.«

»Wieso?«

»Na ja, die Umstände unseres Kennenlernens waren schon sehr speziell. Wir kennen uns noch nicht lange, und ich bin mir noch nicht sicher, wie ernst es ihm mit mir ist. Ich glaube, er ist so eine Art Womanizer, verstehst du.«

»Klar, das verstehe ich sogar sehr gut. Ich hab früher auch zu dieser Sorte Mann gehört.«

Überrascht zog ich die Stirn kraus. »Ach ja?«

»Ja, ich hatte viele flüchtige Bekanntschaften. Bin ich nicht stolz drauf.« Schuldbewusst blickte er ins Feuer und dann zu Marie, die auf der anderen Seite neben Ute saß und sich weiterhin angeregt unterhielt. »Aber dann begegnete ich Marie, und irgendwie war alles anders. Sie hat mich zu einem besseren Menschen gemacht. Das passiert, wenn man der einen Person begegnet. So, wie wäre es mit ein bisschen Musik?« Ohne meine Antwort abzuwarten, holte er sein Handy hervor und startete eine Playlist mit dem Namen *Fetenhits*. *Wake me Up* von Avicii erklang.

»Oh, ich liebe diesen Song!« Marie sprang sofort auf und forderte Mats zum Tanzen auf.

»Was die Jungspunde können, können wir schon lange.« Kurzerhand schnappte Konrad sich Ute und wirbelte sie ebenfalls auf der Rasenfläche herum. Dazwischen hopsten Leon und Max. Wir anderen jubelten begeistert und klatschten im Takt.

Der Abend war so wundervoll. Unwillkürlich schoss mir die Frage durch den Kopf, ob das womöglich die letzte fröhliche Party hier im Garten war ...?

Sebastian

»Hältst du es wirklich für eine gute Idee, ihr ausgerechnet in einem Restaurant reinen Wein einzuschenken?« Zweifelnd sah Stefan mich an. Wir saßen bei ihm auf dem Sofa und schauten Fußball. Ich bekam allerdings nicht viel von dem Spiel mit. Die Sache mit Julia und die Angst vor dem Moment der Wahrheit raubten mir den Schlaf.

»Na ja, ich dachte, in einem netten Rahmen nimmt sie es vielleicht leichter auf«, brabbelte ich. In Wirklichkeit hatte ich gar nicht darüber nachgedacht.

»Ja, aber was, wenn das nicht der Fall ist und sie dir dann vor allen Leuten eine Szene macht? Wäre ganz schön peinlich.«

»Ach, so ein Typ ist sie nicht.« Hoffte ich zumindest. In Wirklichkeit war ich mir da nicht so sicher. So gut kannten wir uns schließlich nicht. Noch nicht.

»Tja, wie du meinst, du musst es ja wissen. Und dass sie ein Kind hat, stört dich nicht?«

Ich zuckte mit den Schultern. Noch vor ein paar Monaten hätte ich mir nicht mal eine Beziehung vorstellen können. Schon gar nicht mit einer Mutter.

»Nicht wirklich. Komisch, oder?«

Stefan grunzte nur, den Blick stur auf den Fernseher gerichtet.

»Hast du den Kleinen denn schon kennengelernt?«

Ich griff nach meinem Bier. »Flüchtig. Er ist ein lieber kleiner Kerl. Die Trennung seiner Eltern nimmt ihn wohl ganz schön mit.«

»Das kann ich mir vorstellen.«

In dieser Sekunde gesellte Meike sich zu uns und ließ sich ächzend in den Sessel fallen.

»Na, geschafft?«, grinste ich in ihre Richtung.

»Ein bisschen. Seit geschlagenen fünf Wochen lesen wir jeden Abend den Grüffelo. Ich glaube, morgen lasse ich dieses Buch mal für ein paar Monate verschwinden.«

»Was ist der *Grüffelo*?« Von dieser Geschichte hatte ich noch nie gehört.

Meikes Miene hellte sich auf. »Weißt du was? Wenn dich das so interessiert, dann nimm das Buch doch mit!«

»Danke, so sehr muss ich es dann doch nicht wissen«, lachte ich.

Als ich an diesem Abend ins Bett ging, dachte ich über Stefans Worte nach. Hätte er nicht einfach die Klappe halten können? Ich war sowieso schon nervös genug. Jetzt stellte ich mir ständig vor, wie Julia mir mitten im Restaurant ihr Wasser ins Gesicht kippen oder mir eine runterhauen und mich beschimpfen würde. Da kannte meine Fantasie keine Grenzen. Aber ich hatte sie nun einmal zum Essen eingeladen, und der Tisch war reserviert. Wir konnten natürlich auch hier bei mir kochen. Nein, blöde Idee. Sie sollte nicht denken, dass ich sie unbedingt ins Bett kriegen wollte. Nein, wir würden ins Restaurant gehen. Auch auf die Gefahr hin, dass sie mich öffentlich zur Schnecke machte. Ich hatte es nicht anders verdient.

Die Tage flogen dahin, und ehe ich es mich versah, war es Mittwoch. Pünktlich um 17 Uhr verließ ich die Kanzlei und machte mich zu Hause frisch. Dann ging es ab nach Appenkuhl. Meine feuchten Hände rutschten beinahe vom Lenkrad. Wann war ich das letzte Mal so nervös gewesen? Ich kam mir ziemlich schizophren vor. Einerseits freute ich mich auf sie, andererseits hatte ich unglaublichen Schiss vor ihrer Reaktion. Gott, meine Idee mit dem Essen gehen kam mir zunehmend idiotischer vor.

Ich parkte den Wagen und klingelte. Freudestrahlend öffnete Esther mir die Tür. »Hallo, Sebastian! Schön, Sie wiederzusehen. Kommen Sie doch rein. Julia ist gleich soweit.«

Nervös trat ich in den Flur. Zum Glück hatte ich Blumen für Julia dabei, sonst hätte ich nicht gewusst, wohin mit meinen Händen.

»Hallo, Esther, wie geht es Ihnen? Alles wieder in Ordnung mit dem Fuß?«

Sie winkte nur ab. »Möchten Sie vielleicht im Wohnzimmer warten? Kann ich Ihnen etwas anbieten?«

»Ich bin gleich da«, hörte ich Julias Stimme von oben. Unsicher setzte ich mich aufs Sofa. Mit lautem Gepolter kam Leon die Treppe heruntergestürmt und sprang auf den Sessel neben mir.

»Leon, du sollst doch nicht immer so wild toben«, mahnte Esther. Doch er ließ sich davon nicht beeindrucken.

»Hallo, Sebastian, du wirst bestimmt gleich staunen. Mami sieht richtig schön aus heute.« Berührungsängste kannte er offenbar nicht.

Ich grinste ihn an. »Also, ich finde ja, dass deine Mama immer wunderschön aussieht.«

Zustimmend nickte er eifrig. »Ja, aber heute hat sie sich mal ein schönes Kleid angezogen. Guck mal, ich hab heute mein T-Shirt von *Ninjago* an«, wechselte er das Thema. »Der grüne Ninja ist Lloyd, den mag ich am liebsten.«

»Ja, der ist ganz cool. Mein Lieblings-Ninja ist aber Zane.«

Leon machte große Augen. »Du kennst *Ninjago*?« Seine Kinderstimme überschlug sich fast vor Begeisterung.

»Klar, mein Patenkind Paul ist auch ein ganz großer Fan.«

Lachend fuhr Esther durch Leons strubbeliges Haar. »Na, das ist doch toll, jetzt hast du endlich jemanden, der weiß, wovon du redest.« An mich gewandt fuhr sie fort: »Ich kann mir die Namen und die Kräfte der ganzen Superhelden einfach nicht merken.«

»Entschuldige bitte, dass du warten musstest.« Leicht außer Atem betrat Julia den Raum. Sie trug ein knielanges schwarz-gepunktetes Sommerkleid, das ihre Figur perfekt umschmeichelte, dazu beigefarbene Pumps. Ihr Haar lag in eleganten Wellen über ihrer Schulter. Leon hatte recht. Sie war wunderschön. Schnell stand ich vom Sofa auf und gab ihr einen Kuss auf die Wange. »Du siehst umwerfend aus.«

»Danke.« Schüchtern klemmte sie sich einige Haare hinters Ohr.

»Schau mal, die hat Sebastian dir mitgebracht.«
Schnell reichte Esther Julia die Blumen.

Sie strahlte mich an und sog einmal den Duft der Blüten ein. »Die sind wunderschön, danke. Ich stelle sie noch schnell in eine Vase, und dann können wir los.«

»Ach, das kann ich doch schnell erledigen. Macht ihr euch einen schönen Abend.« Mit einer Handbewegung scheuchte Esther uns zur Tür. Ihre Liebenswürdigkeit versetzte mir einen Stich. Bald würde sie mich zum Teufel wünschen.

»Tschüss, Mami, tschüss Sebastian!«, rief Leon uns fröhlich hinterher, bevor er zurück ins Wohnzimmer stürmte.

Ich hielt Julia die Tür meines Wagens auf und hatte das seltsame Gefühl, beobachtet zu werden. Vielleicht war das ja nur meiner Aufregung geschuldet.

»Wohin geht es denn?« Erwartungsvoll blickte sie mich an, nachdem sie sich angeschnallt hatte.

»Lass dich überraschen«, raunte ich. *Das wird allerdings eine böse Überraschung,* flüsterte eine innere Stimme mir zu. Welcher Teufel hatte mich eigentlich geritten, ihr ausgerechnet während eines Dates die Wahrheit sagen zu wollen? Gott, sie würde sich doch total verarscht vorkommen!

Während der Fahrt nach Kiel unterhielten wir uns ein wenig über dies und das, aber ein richtiges Gespräch kam nicht in Gang. Julia schien genauso nervös zu sein wie ich. Trotzdem hätte ich so weiterfahren können. Stattdessen steuerte ich nach einer Viertelstunde das Parkhaus an.

»Ich habe für uns einen Tisch im Pier 16 reserviert«, lüftete ich das Geheimnis.

»Oh, da war ich noch nie.«

»Ich hatte bisher nur ein paar Geschäftstermine hier, aber das Essen ist wirklich gut. Und natürlich die Aussicht auf die Förde.«

Als wir das Restaurant betraten, kam sogleich ein Kellner auf uns zu und führte uns zu unserem Tisch.

»Sehr gediegen. Hoffentlich bin ich richtig angezogen.« Unsicher zupfte Julia an ihrem Kleid herum. Ich nahm ihre Hand in meine und sah sie eindringlich an. »Glaub mir, Julia, du siehst bezaubernd aus.« Beruhigend strich ich ihr mit dem Daumen über ihren Handrücken.

Dankbar sah sie mich mit ihren tiefgrünen Augen an. Der Moment war jäh zu Ende, als der Kellner uns die Karten brachte.

Also gut, zur Vorspeise rückst du mit der Sprache raus, nahm ich mir fest vor.

Julia entschied sich für eine Kokos-Curry-Suppe mit Garnelenspieß, ich bestellte Bruschetta und eine Flasche Wein für uns beide.

»Gefällt es dir? Sonst können wir nach der Vorspeise auch woanders hingehen.«

»Nein, alles gut. Es ist wirklich eine schöne Aussicht. Und die Stühle sind viel bequemer als damals in der Bar«, lachte sie. »Außerdem hast du mich neugierig aufs Essen gemacht. Vielleicht inspiriert mich das ja sogar zu einem neuen Gericht für die Pension.« Als sie das sagte, veränderte sich ihr Gesichtsausdruck. Sie wirkte plötzlich bedrückt.

»Hey, alles okay?«

»Ja, ich dachte nur gerade, dass ich vielleicht gar keine neuen Gerichte mehr brauche. Falls ich doch verkaufen muss.« Ich hätte ihr diese Angst gerne genommen. Doch so unwahrscheinlich war dieses Szenario leider nicht.

Sie rang sich ein Lächeln ab. »Entschuldige bitte, ich wollte uns damit nicht die Stimmung verderben. Lass uns gleich einfach auf einen schönen Abend anstoßen«, wechselte sie schnell das Thema.

Es dauerte gar nicht lange, bis der Kellner mit dem Wein kam. Ich hätte gut etwas Stärkeres vertragen können, aber ich musste ja noch fahren.

»Also ... vielen Dank für die Einladung, Sebastian.« Sie schaute mir tief in die Augen.

Erst jetzt wurde mir das Ausmaß meiner Lüge bewusst; ich würde ihr gleich das Herz brechen. Doch ich schaffte es, meine Lippen zu einem Lächeln zu verziehen. »Auf einen schönen Abend.« Wir stießen an und ich trank mein Glas in einem Zug leer.

Stirnrunzelnd starrte sie mich an. »Wow, da hat wohl jemand Durst, hm?«

Scheiße. Hoffentlich hielt sie mich jetzt nicht für einen durchgeknallten Alkoholiker. »Ähm, der Wein ist wirklich gut, weißt du?«

Gott, was redete ich hier für einen Mist? Zum Glück kam unser Kellner wieder zu uns, diesmal mit der Vorspeise.

»Ich wünsche Ihnen einen guten Appetit«, sagte er und ließ uns wieder allein.

Mein Gott, gleich würde sie mich hassen. Aber ich durfte sie nicht länger anlügen.

»Das sieht köstlich aus.« Sofort griff sie nach ihrem Löffel und probierte etwas von der Suppe. Genießerisch schloss sie ihre Augen. »Hhmm, die ist wirklich gut. Ist alles in Ordnung? Hast du keinen Hunger?«

Ich hatte meinen Teller noch nicht angerührt. »Doch.« Ich nahm ein Stück Brot, führte es zum Mund – und legte es wieder zurück. Ich konnte es nicht länger hinauszögern.

»Julia, ich muss dir etwas sagen.«

Ihr Blick wirkte einen Moment lang alarmiert. Sie legte den Löffel beiseite und sah mich an. »Ja?« Ihre Stimme klang panisch. So, als wüsste sie, dass ich schlechte Nachrichten hatte.

»Es ist so, ich ...«

In diesem Moment klingelte ihr Handy. Einige Leute schauten missbilligend zu uns herüber.

»Entschuldigung, das ist Esther, da muss ich kurz rangehen.« Bedauernd hob sie die Schultern.

Das konnte doch nicht wahr sein! Da brachte ich endlich den Mut auf, ihr die Wahrheit zu sagen und dann das!

»Hallo Esther, ist alles ... was? Oh mein Gott! Natürlich, ich bin auf dem Weg, bis gleich.« Julias Gesicht hatte inzwischen die Farbe des blütenweißen Tischtuchs angenommen.

»Was ist passiert?«

Sie war schon dabei, aufzustehen. »Es tut mir leid, aber ich muss sofort wieder nach Hause. Leon ist beim Toben gestürzt und hat sich vermutlich den Arm gebrochen.«

Ich sprang auf und angelte meinen Autoschlüssel aus der Hosentasche. »Hier, geh du schon mal zum Wagen. Ich kümmere mich um die Rechnung und bin dann gleich bei dir.«

Mit panischer Miene hastete sie Richtung Parkhaus. Schon fünf Minuten später waren wir auf der B76 unterwegs.

Julia

Sebastian drückte aufs Gaspedal. Normalerweise hätte ich ihn gebeten, auf die Geschwindigkeit zu achten. In diesem Moment war es mir recht. Ich wollte nur zu Leon. Die Sonne verschwand langsam hinterm Horizont und tauchte den Himmel in ein leuchtendes Rot. *Sehr romantisch*, schoss es mir kurz durch den Kopf. Der Gedanke wurde von meiner Panik gleich wieder vertrieben.

»Esther?«, rief ich unnötigerweise, kaum dass wir die Haustür aufgeschlossen hatten. Leons Wimmern erfüllte das ganze Haus. Ich stürmte ins Wohnzimmer, wo er sich an meine Tante kuschelte.

»Hey, mein Schatz.«

»Mami!« Mit rot unterlaufenen Augen schlang er einen Arm um mich. Den anderen hatte Esther provisorisch mit zwei Kochlöffeln und einer Binde geschient. Sie sah auch nicht besser aus als Leon und wischte sich über die Augen. »Gott sei Dank, dass ihr da seid. Es tut mir so leid! Wir haben Fangen gespielt, und er ist im Flur auf dem Läufer ausgerutscht und mit dem Arm auf der untersten Treppenstufe gelandet.«

Ich löste mich ein wenig von Leon und strich Esther mit einer Hand beruhigend über den Rücken. »Ich

168

weiß, Esther. So was passiert leider. Ich fahre Leon jetzt ins Krankenhaus.«

»Nein, du solltest jetzt nicht fahren.« Sebastian stand im Türrahmen zum Wohnzimmer. »Ich fahre euch.«

Dankbar nickte ich ihm zu.

»Ganz vorsichtig, mein Schatz. Lass uns mit meinem Auto fahren, dann muss ich den Kindersitz nicht extra ausbauen.« Schnell holte ich den Autoschlüssel vom Schlüsselbrett und übergab ihn an Sebastian.

»Mami, kannst du noch Mäh holen?« Leon schniefte immer noch, schien sich aber langsam zu beruhigen. Ich wollte das Schaf gerade aus Leons Zimmer holen, als Esther es mir schon entgegenbrachte.

»Danke. Ich melde mich nachher bei dir. Und mach dir bitte keine Gedanken, ja?«

Sie nickte stumm. Die Tränen rannen über ihre Wange, ihre schwarzen Locken standen in alle Richtungen ab. Ich wusste, welche großen Vorwürfe sie sich machte und beschloss, Magda anzurufen, sobald wir im Auto saßen. Sicher könnte sie ihre Tochter ein wenig ablenken.

»So, Schatz, jetzt ganz vorsichtig.« Behutsam half ich Leon in seinen Sitz, schnallte ihn an und drückte ihm sein Kuscheltier auf den Schoß. Ich hatte kaum auf dem Beifahrersitz Platz genommen, da fuhr Sebastian schon los.

In der Notaufnahme war Gott sei Dank nicht viel Betrieb an diesem Abend. Wir wurden sofort aufgerufen, und eine nette Schwester brachte Leon erst einmal zum Röntgen.

Geplättet ließ ich mich auf dem unbequemen und kalten Plastikstuhl vor dem Anmeldezimmer nieder und vergrub die Hände in meinem Gesicht. Ich hasste Krankenhäuser. Es war nicht nur der aufdringliche Geruch nach Desinfektionsmitteln oder das kalte Licht der Neonröhren, das mir eine Gänsehaut verursachte. Es waren vor allem die Erinnerungen an meine Mutter.

»Hey, mach dir keine Sorgen. Leon bekommt sicher einen coolen Gips, mit dem er im Kindergarten mächtig angeben kann. Kommt gut an bei den Mädels.«

Ich richtete mich wieder auf und sah Sebastian an. Ein kleines Grinsen huschte über meine Lippen. Was sofort mein schlechtes Gewissen auf den Plan rief. Meinem Kind ging es gerade schlecht und mir fiel nichts Besseres ein, als zu flirten. Natürlich war mir klar, dass Sebastian mich nur ablenken wollte. Es funktionierte.

»Tatsächlich? Woher weißt du das?«

»Hab mir auch mal den Arm gebrochen. Da war ich in der achten Klasse. Ich bin beim Handball so blöd mit einem Spieler der gegnerischen Mannschaft zusammengestoßen, dass ich zu Boden fiel, und dann war's auch schon passiert.«

»Herr und Frau Sommerfeld?« Erschrocken drehte ich mich um. Ich hatte gar nicht bemerkt, dass der Arzt, der Leon eingangs untersucht hatte, auf uns zukam. »Könnte ich Sie beide kurz sprechen?« Ich nickte nur. Weder Sebastian noch ich klärten das Missverständnis auf.

»Natürlich. Wartest du hier?«, fragte ich an Sebastian gewandt. Er stand auf und nahm meine Hand.

»Ich komme mit, wenn ich darf.«

Ich lächelte ihn an und legte so viel Dankbarkeit in meinen Blick, wie ich konnte. Er hatte keine Ahnung, was das in diesem Moment für mich bedeutete.

Der Arzt führte uns wieder ins Behandlungszimmer, wo Leon auf einer Liege saß und sich mit einer Hand ein Buch anschaute. Eine der Schwestern musste es ihm gegeben haben.

»Hey, mein Schatz. Alles okay?« Ich streichelte über seinen Kopf und küsste seine rosigen Wangen, die immer noch feucht vom Weinen waren. Mit einem Räuspern lenkte der Arzt, der laut Schild Doktor Steinmeier hieß, meine Aufmerksamkeit auf sich. Neben der Liege und einem großen Medizinschrank befanden sich in dem Zimmer ein Schreibtisch samt Stuhl und zwei Besucherplätzen, auf denen Sebastian und ich uns niederließen.

»Und? Ist er gebrochen?«

Dr. Steinmeier nickte. »Ja, und leider handelt es sich um eine recht komplizierte Fraktur. Durch den Sturz auf die Treppenstufe ist die Speiche, ein Knochen des Unterarms, leider schräg gebrochen.«

»Und was heißt das?« Panisch starrte ich ihn an und hielt einen Moment die Luft an.

»Wir werden Leon noch heute Abend operieren und ihn über Nacht hierbehalten. Mit etwas Glück können Sie ihn dann morgen wieder mit nach Hause nehmen.«

»Was soll das heißen, mit etwas Glück?« Meine Stimme klang gleich zwei Oktaven höher.

Dr. Steinmeier ließ sich von meinem aufkeimenden Nervenzusammenbruch aber nicht aus der Ruhe bringen. Nur am Rande nahm ich wahr, dass Sebastian mir unauffällig die Hand aufs Knie legte und mit dem Daumen darüberstrich.

»Das heißt, dass es bei so einem Bruch passieren kann, dass der Knochen wieder abrutscht. Dann müssten wir nochmals operieren. Außerdem muss ich Sie bitten, noch ein paar Formulare zu unterschreiben.« Wortlos reichte er mir einen Wust an Papieren.

»Wenn Sie sagen, er wird operiert, bedeutet das, dass er eine Vollnarkose bekommt?«

Dr. Steinmeier nickte. Ich musste mehrmals blinzeln, um die aufsteigenden Tränen zu verdrängen. Ich wollte Leon keine Angst machen.

»Eine Schwester wird Sie und Leon gleich auf ein Zimmer begleiten. Dann machen wir ihn fertig für den OP.«

Leon war untröstlich und wollte nicht im Krankenhaus bleiben. Wer konnte es ihm verdenken?

»Bitte, Mami, nimm mich mit nach Hause.« Sein Schluchzen war sicher auf der ganzen Station zu hören.

»Hase, das geht leider nicht. Die Ärzte müssen erst deinen Arm wieder heil machen. Aber morgen früh kann ich dich schon wieder mitnehmen, okay? Nicht weinen«, sagte ich und heulte selbst wie ein Schlosshund. So lagen wir uns in den Armen. Ich flüsterte ihm ins Ohr, dass er tapfer sein müsse. Morgen würden wir ihn ja schon wieder mitnehmen.

Man zog ihm eines dieser OP-Hemden an. Dann gab eine nette junge Schwester ihm eine Spritze, und kurz darauf war er eingeschlafen. Sie schoben ihn in den OP, in den wir nicht mitdurften.

Die nette Schwester, die ihm die Spritze verpasst hatte, kam wieder auf uns zu. »Fahren Sie nach Hause, Frau Sommerfeld. Durch die Narkose wird Leon vor morgen früh ohnehin nicht noch einmal wach.«

Sebastian legte einen Arm um mich. »Komm, Julia. Für heute können wir hier nichts mehr machen. Er ist doch in guten Händen.«

»Das geht nicht. Eine Narkose ist doch bei so einem kleinen Menschen nicht ohne.«

Die Schwester redete wieder beruhigend auf mich ein. »Machen Sie sich keine Sorgen, Frau Sommerfeld. Für unser Ärzteteam ist das eine Routinesache. Falls irgendetwas sein sollte, rufen wir Sie natürlich sofort auf dem Handy an. Versprochen.« Es fiel mir unglaublich schwer, Leon hier zurückzulassen. Doch im Augenblick konnte ich nichts weiter tun. Sebastian legte seinen Arm um mich und führte mich zum Parkplatz. Erschöpft lehnte ich beim Gehen meinen Kopf an seine Schulter. Als wir beim Wagen ankamen, drehte er mich einmal zu sich um und nahm mich in den Arm. Jetzt öffneten sich meine Schleusen endgültig. Ich weinte bitterlich und ruinierte Sebastians Hemd. *Es ist nur ein gebrochener Arm,* sagte ich mir selbst immer wieder. Doch zusammen mit all meinen anderen Sorgen – der Angst um die Pension, die Spannungen mit Clemens – war es mehr, als ich im Moment ertragen konnte. Tröstend strich Sebastian mir die Schläfe. Irgendwann hatte ich mich so weit beruhigt, dass wir aufbrechen konnten.

Während der gesamten Rückfahrt nahm Sebastian immer wieder meine Hand. Wortlos schaute ich aus dem Fenster, bis mir siedend heiß einfiel, dass ich Clemens ja informieren musste. Ich entzog ihm meine Hand und holte mein Handy aus der Handtasche.

»Stört es dich, wenn ich kurz telefoniere? Ich sollte Clemens Bescheid geben.«

»Ja, natürlich.« Sofort stellte er das Radio aus. Ich wählte Clemens Nummer.

»Hallo, Julia. Was gibt es denn? Wir wollten gerade ins Kino gehen.«

Für einen Moment kniff ich meine Augen zusammen. Auch wenn ich Clemens nicht zurückhaben wollte, schmerzte die Vorstellung immer noch, dass es nun eine andere Frau an seiner Seite gab. Und dass sie ihm sogar wichtiger zu sein schien als sein eigener Sohn.

»Hallo, Clemens, ich wollte dir nur sagen, dass Leon im Krankenhaus ist. Er hat sich den Arm gebrochen und wird gerade operiert. Wenn alles gut läuft, können wir ihn morgen aber wieder abholen«, beeilte ich mich zu sagen.

Clemens atmete hörbar aus. »Oh Mann, Julia. Wie ist das denn passiert?«, brummte er vorwurfsvoll ins Telefon.

Genervt seufzte ich auf. »Er ist beim Toben ausgerutscht.«

»Kein Wunder, du lässt ihn ja auch immer über Tisch und Bänke gehen.«

Empört schnappte ich nach Luft. »Ach, jetzt ist das meine Schuld, oder wie? Bei dir wäre ihm das sicher nicht passiert«, bemerkte ich schnippisch.

»Du hast recht, entschuldige. Lag wohl am Schreck.«

Überrascht hob ich eine Augenbraue. Das waren die versöhnlichsten Worte, die er seit Langem an mich gerichtet hatte. Meine eben noch heiße Wut löste sich in Luft auf. Leider nicht für lange.

»Na gut. Kommst du morgen vorbei? Leon bekommt einen Gips, den wird er dir bestimmt gleich zeigen wollen.«

»Ähm ...«, stammelte er, »... morgen ist es leider schlecht. Ich hab auf der Arbeit viel zu tun, und für den Nachmittag habe ich Janine versprochen, mit ihr eine Runde in der Stadt zu bummeln.«

Und schon meldete mein innerer Hulk sich zurück. »Dann verschiebe das Bummeln gehen doch bitte einfach. Die Geschäfte stehen übermorgen sicherlich auch noch da«, antwortete ich gereizt.

»Sorry, aber ich hab's versprochen. Ein gebrochener Arm ist ja nun auch kein Weltuntergang. Außerdem hole ich ihn am Wochenende doch sowieso ab. Wir müssen jetzt los, sonst schaffen wir es nicht mehr in die Spätvorstellung.« Damit legte er auf.

Fassungslos starrte ich mein Handy an.

»Na, das Gespräch ist wohl nicht so gut verlaufen?«

Betrübt schüttelte ich den Kopf. »Er kommt Leon morgen nicht besuchen. Shoppen mit seiner Neuen ist wichtiger.«

Sebastian schenkte mir ein mitfühlendes Lächeln, bevor er seinen Blick wieder auf die Straße lenkte. Esther hatte mir geschrieben, dass sie sich am nächsten Morgen alleine um das Frühstück kümmern würde, damit ich ein paar Dinge packen und ins Krankenhaus fahren konnte.

Als wir in Appenkuhl ankamen, fühlte ich mich wie gerädert. Keiner von uns machte Anstalten, aus dem Auto zu steigen. Ich wollte mich nicht von Sebastian verabschieden. Ich wollte heute Nacht nicht allein sein. »Kommst du noch mit rein?«

Liebevoll lächelte er mich an. »Wenn du möchtest.«

»Ja, das möchte ich.«

Hand in Hand gingen wir zum Haus. Kaum hatten wir die Tür hinter uns geschlossen, zog Sebastian mich in seine Arme. Zärtlich strich er mir durchs Haar und flüsterte mir ins Ohr. »Mach dir keine Sorgen, Julia. Es wird alles wieder gut.«

Ich schmiegte mich an seine Schulter und sog seinen Duft ganz tief ein. In diesem Moment wurde mir schmerzlich bewusst, wie sehr ich mich nach einer Schulter zum Anlehnen sehnte. Meine Sorgen waren während der letzten Wochen so groß geworden, dass ich sie nicht mehr nur alleine tragen wollte. Ich wünschte mir, sie mit jemandem zu teilen, der mich aufbauen und mir zur Seite stehen würde. Und vielleicht hatte ich diesen Jemand ja in Sebastian gefunden?

Seine Bartstoppeln kitzelten meine Wange, als er sich zu mir hinunterbeugte. Einen Augenblick später spürte ich seine Lippen auf meinen. Seine Zunge drang sanft in meinen Mund und spielte mit meiner. Ich seufzte wohlig. Und so sehr ich diesen Kuss genoss, der meinen gesamten Körper in einen angenehmen Ausnahmezustand versetzte, so löste ich mich dennoch sanft von ihm.

»Wollen wir noch ein bisschen an die frische Luft? Ich muss erst einmal wieder runterkommen.«

Sebastian

Julia führte mich auf die Terrasse. An Schlaf war überhaupt nicht zu denken. Für uns beide nicht.

»Möchtest du vielleicht einen Tee?« Das war zumindest bei meiner Mutter immer das Mittel der Wahl gewesen, wenn es einem schlechtging.

»Das ist lieb, aber nein, danke. Ich glaube, ich brauche was Stärkeres. Hast du vielleicht auch Lust auf einen Kurzen?«

»Da sag ich nicht nein.« Alkohol könnte ich jetzt wirklich gut gebrauchen.

Ächzend erhob sie sich aus dem Stuhl. »Bin gleich wieder da.« Esther war schon zu Hause gewesen, als wir ankamen. Julia hatte sie von unterwegs angerufen. Langsam ließ ich mich in die blau-weiß gestreiften Kissen der Hollywoodschaukel fallen und starrte in den Sternenhimmel. Verflucht noch mal! Jetzt konnte ich unmöglich mit der Sprache rausrücken. Langsam aber sicher hatte ich das Gefühl, dass unsere Beziehung unter keinem guten Stern stand.

»Hier.« Julia kam wieder und hielt mir ein Glas vor die Nase. »Danke.«

Sie setzte sich neben mich. Diesmal war sie es, die ihr Glas auf Ex leerte.

»Übrigens, ich hab vorhin gesehen, dass dein Telefon blinkt. Willst du vielleicht mal nachsehen?«

Sie lehnte sich mit geschlossenen Augen gegen meine Schulter. Ich neigte den Kopf zu ihr und küsste sie auf den Scheitel. Ihr Haar roch nach fruchtigem Shampoo. Es war der absolut falsche Zeitpunkt, um jetzt an Sex zu denken. Aber Julia machte es mir verdammt schwer.

»Ich hab den AB schon abgehört. Es waren Nachrichten von Wilma, Hinnerk und Magda. Sie wollten wissen, wie es Leon geht.«

Anerkennend verzog ich den Mund. »Auf den Buschfunk hier ist Verlass.«

Sie kicherte schwach. »Ja, würde mich nicht wundern, wenn wir am Wochenende was darüber im Dorfboten lesen.«

Ich schluckte. Vielleicht würde demnächst auch eine Schlagzeile über mich dort stehen. *Schmieriger und hinterhältiger Anwalt von aufgebrachtem Appenkuhler Mob massakriert.* Wenn Julia erst einmal Bescheid wusste, könnte ich mich hier bestimmt nicht mehr blicken lassen. Ich seufzte.

»Alles okay?« Mit kleinen Augen sah Julia mich an.

»Ja. Bin nur müde.«

Sie streckte sich einmal ausgiebig, stand von der Schaukel auf und reichte mir ihre Hand. »Komm. Zeit, ins Bett zu gehen.«

Wir schlossen die Terrassentür hinter uns, und sie zeigte mir das Bad.

»Hast du zufällig noch eine Zahnbürste für mich?«

»Klar.« Sie zog die Schublade unter dem Waschbecken auf. »Such dir eine aus.«

Ich warf einen Blick hinein und pfiff anerkennend. Hier lagen mindestens zehn noch nagelneue Zahnbürsten herum. Ich griff nach einer blauen. »Du bist ja wirklich auf jeden Fall vorbereitet.«

Sie zuckte nur mit den Schultern, während sie vor dem Spiegel stand und sich abschminkte. »Klar, ich habe ja auch eine Pension. Die Zahnbürsten sind für den Fall, dass einer der Gäste seine mal vergisst. Du solltest mal den Vorrat an Zahnseide, Zahnpasta und Damenhygieneartikeln in meinem Hauswirtschaftsraum sehen.«

Nachdem sie sich die Zähne geputzt hatte, ließ sie mich allein im Badezimmer. Ich riss die Verpackung auf, nahm mir etwas von Julias Zahnpasta und putzte meine Zähne. Dabei schaute ich die ganze Zeit grimmig in den Spiegel. Mein schlechtes Gewissen musste inzwischen die Ausmaße der Ostsee haben. »Es war nicht der richtige Moment!«, spuckte ich meinem Spiegelbild entgegen.

Julia lag bereits im Bett, als ich ins Schlafzimmer kam. Unsicher blieb ich, mit Boxershorts und T-Shirt bekleidet, im Türrahmen stehen, da klopfte sie auch schon auf ihre noch leere linke Bettseite. Langsam schlüpfte ich zu ihr unter die Decke. Sie trug ebenfalls Shorts und dazu eines dieser viel zu großen Schlafshirts, das ihren wohlgeformten Körper darunter nur erahnen ließ. Kaum dass ich neben ihr lag, schmiegte sie sich an mich und legte ihren Kopf auf meiner Brust ab.

»Ist es okay für dich, wenn heute nichts passiert? Es käme mir einfach nicht richtig vor.« Ich spürte ihren Blick auf meinem Gesicht, obwohl der Raum nur spärlich vom Mondlicht beleuchtet wurde, das durch den schmalen Spalt der Vorhänge drang.

»Natürlich.« Sanft strich ich über ihren Rücken. Ich hatte mir sowieso vorgenommen, nicht mit ihr zu schlafen, bevor ich ihr nicht die Wahrheit gesagt hatte. Was wahrscheinlich bedeutete, dass ich ihr nie wieder so nah sein würde. Mein bestes Stück interessierte das leider überhaupt nicht, zumal Julia ein Bein über meine gelegt hatte und damit meinem Ständer gefährlich nahe war. Tja, Pech gehabt. Ich hatte schon genug Schaden angerichtet, auch wenn Julia es noch nicht wusste. Ihre Zuneigung jetzt auszunutzen, wäre das Allerletzte. Würde ich diese Grenze überschreiten, könnte ich nie mehr in den Spiegel blicken. Heute Nacht wollte ich einfach nur für sie da sein. So lange ich noch konnte.

»Wie geht es dir?«, fragte ich sie leise.

»Ich weiß nicht. Ich mache mir wahnsinnige Sorgen um Leon. Ich hasse es, nichts weiter tun zu können, als abzuwarten. Überhaupt fühle ich mich in letzter Zeit so ohnmächtig. Ich habe Angst davor, das alles zu verlieren. Alles, was ich mir mit Unterstützung meiner Familie so hart erarbeitet habe.« Sie schluchzte leise.

Ich drehte mich zu ihr um, vergrub meine Hand in ihrem Haar und hauchte ihr einen Kuss auf die Stirn. Ich kam mir vor wie der Teufel höchstpersönlich. Sollte ich es ihr jetzt sagen? Ich war hin- und hergerissen. Gott, ich war ein verdammter Feigling.

»Sebastian, darf ich dich was fragen?«

»Natürlich.«

»Wie sehr hat es dich geprägt, ohne Vater aufzuwachsen?«

Mit dieser Frage hatte ich nicht gerechnet. Sofort spannte mein Körper sich an, was Julia nicht entging.

»Entschuldige, ich wollte keine Wunden aufreißen. Es ist nur, dass Clemens sich kaum noch um Leon kümmert. Seine Enttäuschung über seinen Vater tut mir so leid, und ich weiß nicht, wie ich ihm helfen kann. Ob ich ihm helfen kann.«

Ich atmete einmal schwer aus und drehte mich wieder auf den Rücken. Einen Arm verschränkte ich unter meinem Kopf. »Mein Vater hat meine Mutter verlassen, als ich acht war. Dass meine Eltern sich trennten, war schon schlimm. Aber es gab einige Scheidungskinder in meiner Klasse, die trotzdem ein gutes Verhältnis zu beiden Elternteilen hatten. Am meisten hat mich verletzt, dass er sich auch von mir getrennt hat. Als wäre ich nichts weiter als ein Pflaster, das man abreißt, wenn man es nicht mehr braucht. Dabei hätte ich ihn gebraucht.« Beim Reden starrte ich an die Decke und fixierte den rot leuchtenden Punkt des Rauchmelders. »Ich dachte damals, dass ich ihn irgendwie enttäuscht hätte. Dass ich etwas falsch gemacht hätte. Natürlich hat meine Mutter versucht, mir das auszureden, allerdings ohne Erfolg. Erst als Erwachsener wurde mir klar, dass er mich einfach im Stich ließ. Er wollte ein neues Leben anfangen. Und da war ich eben im Weg. Das konnte ich ihm nie verzeihen.«

»Das tut mir so leid«, flüsterte sie.

»Du kannst doch nichts dafür. Aber deine Frage war, wie sehr mich das geprägt hat.« Ich seufzte noch einmal tief. Es fiel schwer, meine Gefühle in Worte zu fassen.

»Es hat mich zu dem Menschen gemacht, der ich bin. Ohne diese Erfahrung hätte ich vielleicht nie Jura studiert. Ich war – und bin es immer noch – sehr ehrgeizig in meinem Beruf. Von meinem Vater habe ich nie auch nur einen Funken Anerkennung erhalten. Ich glaube, deswegen bin ich so besessen von Erfolg. Jedes Mal, wenn ich einen Fall gewinne, das Beste für meine Mandanten raushole, dann genieße ich deren Dankbarkeit, den Respekt und Stolz meines Chefs und den Neid meiner Kollegen. In diesen Momenten habe ich das Gefühl, etwas wert zu sein.«

»Sebastian ...« Tröstend streichelte sie über meine Wange.

»Ziemlich armselig, ich weiß.« In meiner Stimme lag Verbitterung. Nie hatte ich meine Gedanken laut ausgesprochen. Und noch nie hatte ich mich emotional je vor einer Frau so entblößt.

»Wie kannst du nur denken, du seist nichts wert? Du hast doch nichts falsch gemacht. Nach allem, was du mir erzählt hast, warst du ein wundervoller Sohn. Deine Mutter sieht das bestimmt genauso.« Sie stützte sich nun auf ihrem Ellbogen ab und sah mich an.

Ich lächelte gequält. Ihre Worte fühlten sich an wie Messerstiche. Wenn sie wüsste ...

»Ja, sie ist die tollste Mutter auf der Welt. Aber wenn man vom eigenen Vater so abgelehnt wird, dann hinterlässt das Narben, die niemand heilen kann. Und jedes Mal, wenn ich in den Spiegel blicke, sehe ich ihn. Ich bin ihm wie aus dem Gesicht geschnitten. Manchmal habe ich Angst, wie er zu werden.« So, nun war es raus.

»Wie meinst du das?« Ihre Stimme klang alarmiert.

»Ich habe Angst, dass ich auch mal den Schwanz einziehe, wenn's ernst wird. Dass ich als Vater mal genauso ein Versager sein werde«, flüsterte ich. Obwohl ich Angst vor ihrer Reaktion hatte, drehte ich mein

Gesicht zu ihr. Sie lächelte milde im Schein des Mondlichts.

»Da mache ich mir gar keine Sorgen. Ich kannte deinen Vater zwar nicht, aber ich halte dich für einen viel verantwortungsbewussteren Menschen als ihn.«

Sie wollte mich trösten, das war mir klar. Doch Tatsache war, dass sie mich einfach nicht so gut kannte. Diesmal stützte ich mich auf meinem Arm ab, um ihr genau ins Gesicht zu blicken. »Julia, es ist lieb, dass du das sagst. Aber es stimmt nicht! Ich habe riesige Angst davor, mich zu binden oder irgendwann eine Familie zu gründen. Ich bin sechsunddreißig Jahre alt und habe erst einmal mit einer Frau zusammengelebt. Das hat nicht besonders gut funktioniert, also habe ich es seitdem sein lassen.«

In ihren Augen spiegelte sich Bestürzung. Scheiße.

»Okay ....« Sie richtete sich nun auf und brachte etwas Abstand zwischen uns. »Willst du mir damit durch die Blume sagen, dass du es dir anders überlegt hast?«

Verdammt! Warum habe ich nicht meine Klappe gehalten? Schnell schüttelte ich den Kopf. »Nein Julia, ich will damit sagen, dass ich ziemlich verkorkst bin. Du verdienst etwas Besseres.« Ich dachte, sie würde mich gleich rausschmeißen. Stattdessen nahm sie meine Hand.

»Ja, kann sein. Aber du warst heute für mich da. Und für Leon. Du hast dich um uns gekümmert. Du hast Verantwortung übernommen, obwohl du es nicht musstest.« Ihre weiche Hand umfasste mein Gesicht. »Du bist nicht wie dein Vater.«

Gott, sie war so schön. Ich fand keine Worte dafür, wie viel mir ihr Vertrauen bedeutete, also antwortete ich ihr auf die Art, die ich am besten beherrschte. Ich küsste sie leidenschaftlich. Im ersten Moment schien sie überrascht, aber dann öffneten sich ihre weichen Lippen schnell meinem Drängen. Ihre Zunge spielte sacht mit meiner, und sie biss mir sanft in die Unterlippe und trieb mich damit fast in den Wahnsinn. Viel zu schnell löste sie sich von mir.

»Entschuldige, hab kurz die Kontrolle verloren.«

Schwer atmend betrachtete ich ihr hübsches Gesicht im Halbdunkeln. »Schon okay. Ging mir genauso.«

Wir kuschelten uns wieder eng aneinander und starrten gemeinsam an die Decke.

»Weißt du ...«, sagte sie in die Dunkelheit hinein, »... ich hab Angst, dass es zwischen Leon und Clemens auch mal so sein wird.«

»Das muss nicht sein. Immerhin kümmert er sich noch um ihn. Das hat mein Vater nie getan.« Tröstend streifte ich meine Hand an ihrem Arm entlang.

»Nein, muss es nicht. Aber Leon beschäftigt das Verhalten seines Vaters. Er lässt seine Wut sogar schon im Kindergarten an den anderen Kindern aus. Und wenn es zum Schlimmsten kommen sollte und ich verkaufen muss ...« An dieser Stelle hielt sie kurz inne. »Dann wird das mein sowieso schon angespanntes Verhältnis zu Clemens auf eine harte Probe stellen. Ich weiß nicht, ob wir dann noch vernünftig miteinander reden können. Nicht mal Leon zuliebe.«

Darauf wusste ich nichts zu erwidern. Sie kuschelte sich wieder an mich, und wir schwiegen eine Weile. Irgendwann fielen uns die Augen zu.

Die Sonne drang durch die Vorhänge und kitzelte meine Nase. Es dauerte einen Moment, bis mir bewusst wurde, wo ich war. Ich öffnete meine Augen und drehte mich zur Seite, um mich an Julia zu schmiegen. Zu meinem Bedauern war ihre Seite des Bettes leer. Ich hatte gar nicht gemerkt, dass sie schon auf den Beinen war. Aus der Küche drangen Geräusche. Eindeutig der Kaffeeautomat.

Ich seufzte einmal laut, drehte mich wieder auf den Rücken und fuhr mir einmal mit den Händen übers Gesicht. Ich hatte versagt. Mal wieder. Gestern Abend war ich so kurz davor gewesen, ihr endlich die Wahrheit zu sagen. Und dann hatte dieses verdammte Telefon geklingelt. Sie war so aufgelöst gewesen wegen Leon. *Es war wirklich nicht der richtige Moment* gewesen. Sie vertraute mir, was mir durch die letzte Nacht so richtig bewusst geworden war. Umso schlimmer würde meine Lüge sie treffen, sobald sie die Wahrheit erfuhr.

»Verdammte Scheiße.«

Und dann hatte ich gestern mitbekommen, wie dieser Vollpfosten von Ex sich davor drückte, seinen Sohn zu besuchen. Ich hätte kotzen können. Apropos, ich musste in die Kanzlei.

Mit einem Ruck setzte ich mich auf und warf einen Blick auf Julias Wecker. Es war acht Uhr. Wenn ich noch pünktlich im Büro erscheinen wollte, musste ich jetzt aufstehen. Vielleicht könnte ich ja hier duschen? Eine Zahnbürste hatte Julia mir gestern schon gegeben. Behände sprang ich aus dem Bett, riss die Schlafzimmertür auf und machte mich auf die Suche nach ihr. Zielstrebig marschierte ich Richtung Küche. Dort blieb ich wie angewurzelt stehen.

Julia war dabei, Kaffee zu machen – und an der Kücheninsel saßen Esther und eine ältere Dame, die mich amüsiert von oben bis unten musterte. Ich trug nichts außer meinen Boxershorts und T-Shirt. Alle drei starrten mich gespannt an.

»Äh … Entschuldigung, ich wollte nicht stören«, stammelte ich. Gerade als ich mich umdrehen wollte, um die Flucht zu ergreifen, stand die ältere Dame von ihrem Platz auf und kam auf mich zu. »Ich bitte Sie, Sie stören doch nicht. Im Gegenteil, mit Ihrem Erscheinen haben Sie mir vermutlich den Höhepunkt meines Tages beschert«, lachte sie ungeniert.

Na wie schön. Dann konnte ich die gute Tat für heute ja abhaken.

»Darf ich vorstellen, das ist meine Oma, Magdalena Körtens«, klärte Julia mich auf. Dann drückte sie mir einen Becher Kaffee in die Hand.

»Nennen Sie mich einfach Magda.« Herzlich schüttelte sie meine freie Hand.

»Freut mich, Sebastian Christiansen.«

Sie nickte wissend und setzte sich wieder zu Esther, die sich, wie es schien, köstlich amüsierte.

»Hallo Sebastian«, grüßte sie.

»Hallo Esther, schön, Sie wiederzusehen. Ich wollte fragen, ob ich vielleicht deine Dusche benutzen kann«, wandte ich mich an Julia.

»Natürlich, einen Moment, ich zeige dir, wo die Handtücher liegen.«

»Oh Mann, was sollen deine Oma und deine Tante jetzt nur von mir denken?«, zischte ich leise, als wir im Flur waren.

Sie kicherte nur. »Mach dir keine Sorgen, du hast auf jeden Fall einen bleibenden Eindruck hinterlassen.«

»Haha.«

Sie begleitete mich kurz ins Bad und gab mir ein Handtuch sowie Duschgel.

»Wie geht es dir?«

Sie sah erschöpft aus. »Es geht. Ich habe schon mit dem Krankenhaus telefoniert. Die OP ist gut verlaufen, ich kann Leon also heute wieder mitnehmen. Ich wollte gleich aufbrechen.« Sie kam einen Schritt auf mich zu und schaute mir mit einem so intensiven Blick in die Augen, dass ich eine Gänsehaut bekam. Doch es war Wärme, die meinen Körper durchflutete. Leider gemischt mit einer Prise schlechten Gewissens.

»Danke, dass du für mich da warst. Du hast keine Ahnung, was mir das bedeutet.«

Mit jedem ihrer Worte wuchs der Berg von Schuldgefühlen, den ich mit mir herumtrug. Ich hatte keine Ahnung, was ich darauf erwidern sollte, ohne mir noch schäbiger vorzukommen. Also lächelte ich einfach nur.

Im nächsten Moment küsste sie mich sanft, bevor sie mir einen letzten liebevollen Blick zuwarf und mich alleine ließ. Jetzt brauchte ich erst einmal eine kalte Dusche. Zum einen, um wieder einen klaren Gedanken fassen zu können, zum anderen, um meinem Schwanz eine Abkühlung zu verschaffen, der sich im Laufe des Kusses hoffnungsvoll zu seiner vollen Größe aufgerichtet hatte. Verdammt. Ich war in ernsten Schwierigkeiten.

Nachdem ich mich fertiggemacht hatte, schnappte ich meine Sachen und verabschiedete mich von allen.

Julia verließ mit mir das Haus. Gemeinsam gingen wir zu unseren Fahrzeugen.

»Okay, ich würde sagen, wir starten einen neuen Versuch«, sagte ich, als ich schon am Auto stand.

Irritiert blickte sie mich über das Dach ihres VWs hinweg an.

»Na ja, die letzte Nacht war sehr schön. Aber wir müssen noch den Hauptgang und das Dessert nachholen.«

Jetzt lächelte sie verschmitzt. »Stimmt. Vielleicht sollten wir diesmal auf Nummer sicher gehen und gemeinsam hier bei mir kochen?«

Ich hatte mir fest vorgenommen, ihr beim nächsten Mal die Wahrheit zu sagen. In Anbetracht dessen war es vermutlich gar keine schlechte Idee, wenn wir uns hier treffen würden. Dann könnte sie mich gleich ohne Umschweife rausschmeißen.

»Klingt gut.« Dann stieg ich ein und Julia brach auf in Richtung Kiel.

Der Tag im Büro zog sich wie Kaugummi. Ich merkte deutlich, wie die Arbeit in dieser Kanzlei mir die Motivation raubte. Umso mehr vergrub ich mich im Fall Lukas Weber. Zu allererst kontaktierte ich das Jugendamt. Die Großeltern des Kleinen waren hartnäckige Leute, die allerlei Behauptungen gegen meinen Mandanten in den Raum warfen. Das Gute war, dass die Arbeit etwas von meinem eigenen Dilemma ablenkte. Zumindest bis zum Feierabend. Stefan und ich waren eigentlich zum Tennis verabredet, doch heute war mir mehr nach Reden. Also trafen wir uns stattdessen in der Stadt auf ein Feierabendbier im Ratskeller. Die Sonne brannte auf den Asphalt, aber wir saßen im Schatten eines Sonnenschirms und blickten für einen Moment den Leuten hinterher, die über den Rathausplatz eilten.

»Oh Mann, echt Basti, ich kann's nicht glauben.« Kopfschüttelnd starrte er mich an. Unter Aufmunterung hatte ich mir etwas anderes vorgestellt.

»Ich weiß, ich wollte ihr ja die Wahrheit sagen, aber dann war sie so durch den Wind wegen Leon.«

Er atmete einmal geräuschvoll aus. »Okay, das ist ein Argument. Wahrscheinlich hätte ich in dem Moment auch die Klappe gehalten. Aber ich finde, du solltest sie lieber auf Abstand halten, statt ihr immer mehr Hoffnungen zu machen.«

»Ich weiß«, brummte ich genervt. »Glaub mir, ich mache mir schon genug Vorwürfe. Wir sind für morgen wieder verabredet, dieses Mal bei ihr. Dann werde ich ihr auf jeden Fall die Wahrheit sagen.« Bei dem Gedanken daran brach mir jetzt schon der Schweiß aus. Schnell kippte ich einen kräftigen Schluck des kühlen Biers herunter.

Stefan warf mir einen mitleidigen Blick zu. »Tut mir echt leid, Mann. Ich hätte es dir so sehr gegönnt.«

»Dann denkst du also auch, dass die Sache nach meinem Geständnis gelaufen ist?« Obwohl ich die Antwort ahnte, hatte doch ein letzter Funken Hoffnung in mir gelodert.

»Na ja, sieht schlecht aus, denke ich. Meike meinte, du kannst froh sein, wenn sie dir nicht eine reinhaut.«

Ja, das dachte ich auch.

»Na los, spuckt's aus.« Ich sah an Stefans zusammengekniffenem Mund, dass er noch nicht fertig war.

»Ich hab mich nur gefragt, ob es das alles wert ist. Du könntest Richard auch einfach reinen Wein einschenken. Dann hättest du das Problem mit Julia nicht länger.« Bei diesem Vorschlag fiel mir die Kinnlade herunter.

»Dann kann ich mir die Partnerschaft abschminken, schon vergessen?«, fauchte ich. Die Leute am Nebentisch sahen schon argwöhnisch zu uns herüber, also senkte ich meine Stimme etwas. »Außerdem hast du doch selbst gesagt, dass ich mir diese Chance nicht für eine Frau entgehen lassen soll, die ich kaum kenne.«

Stefan verschränkte die Hände ineinander und beugte sich etwas nach vorn auf den Tisch. »Ja, weil ich dachte, das wird wieder eine deiner belanglosen Liebschaften. Aber anscheinend bedeutet dir die Frau wirklich etwas. Ist dir deine Karriere wirklich so viel wichtiger? Willst du ewig Single bleiben?« Er atmete einmal geräuschvoll aus und wartete auf meine Antwort. Zugegeben, ich hatte selbst schon für einen kurzen Moment darüber nachgedacht. Es gab aber einige Gründe, die dagegen sprachen.

»So einfach ist das nicht. Ich habe mir den Arsch aufgerissen, um dahin zukommen, wo ich jetzt bin. Ja, Julia bedeutet mir viel, mehr als jede andere Frau zuvor. Das heißt aber nicht, dass das mit uns auch ewig funktionieren würde. Am Ende würde ich es vermasseln. Dann stehe ich ohne sie da und hab obendrein meine Karriere versaut. Mal abgesehen davon, dass Markus dann mein Vorgesetzter wäre. Der würde mich in den Wahnsinn treiben.«

Stefan blickte genervt zum Himmel, als würde er um Beistand flehen. »Mann, Basti, warum solltest du es denn versauen? Geht's hier immer noch um deinen Vater?«

Trotzig zuckte ich mit den Schultern. »Du weißt doch, wie es damals gelaufen ist. Was, wenn ich ...«

Stefan ließ mich nicht ausreden und rastete aus. »Mann, ich kann's echt nicht mehr hören! Ja, deine Jugend war nicht leicht, aber hör auf, deinen Vater ständig vors Loch zu schieben. Das ist doch nur eine billige Ausrede! Du bist allein dafür verantwortlich, was du tust!« Damit stand er auf, kramte einen Zehneuroschein aus seiner Brieftasche, den er wütend auf den Tisch knallte, und stampfte davon.

Erzürnt schaute ich ihm hinterher und schlug im nächsten Moment die Hände vors Gesicht. Jetzt hatte ich auch noch meinen besten Freund vergrault.

Leon lag endlich im Bett. Er war heute Vormittag noch etwas benommen von der Narkose gewesen. Ich war so glücklich gewesen, als ich ihn endlich wieder mit nach Hause nehmen konnte. Für seinen Gipsarm hatte er sich einen blauen Verband ausgesucht. Seitdem hatte er ihn schon stolz herumgezeigt und sich die Unterschriften von Max, Esther, Magda, Hinnerk und Malte geholt. Seufzend ließ ich mich mit dem Telefon aufs Sofa fallen. Die Anspannung der letzten Stunden fiel langsam von mir ab. Obwohl der Gedanke an Sebastian meinen Puls konstant auf Trab hielt. Es war großartig, wie er für uns da war. Er hätte mich zu Hause absetzen und dann verschwinden können. Aber er war geblieben. Vielleicht bestand für uns ja wirklich eine Chance … Ich war so froh, dass er Clemens' Verteidigung hatte abgeben können. Sonst hätte ich mich nicht auf ihn eingelassen. Trotzdem beschlich mich ein Gefühl der Unsicherheit. Wahrscheinlich weil Clemens mich so hintergangen hatte. Außerdem war meine Erfahrung mit Männern begrenzt und ich fragte mich immer noch, wieso ein Mann wie Sebastian sich ausgerechnet für mich interessierte. Ich brauchte einen Rat von jemandem, der mehr Ahnung auf diesem Gebiet hatte. Da fiel mir nur Sarah ein. Ihr Bild erschien auf meinem Display, als ich ihre Nummer wählte.

»Hey, Schwesterherz, ich bin's. Wie geht es dir?«

»Hey, Julia, danke, ganz gut. Bin nur etwas müde. Aber gut, dass du anrufst. Dann kann ich mal 'ne kleine Pause einlegen.«

»Wie meinst du das? Bist du etwa noch auf der Arbeit?«, fragte ich stirnrunzelnd. Es war bereits fünf nach neun.

»Ja, ich hab da kurzfristig noch ein Projekt aufgedrückt bekommen. Das muss bis morgen Mittag fertig sein.«

»Mensch, Süße, das tut mir leid. Passiert ja relativ häufig in letzter Zeit.« Ich konnte es förmlich vor mir sehen, wie sie abwinkte.

»Ach was, so oft nun auch wieder nicht. Außerdem ist das nun einmal so im Agenturleben. Ist eben kein Nine-to-Five-Job. Und jetzt lass uns nicht länger von mir reden. Was gibt es bei euch Neues? Wie geht es meinem kleinen Lieblingsneffen?«

Ich hatte Sarah noch nichts von dem Unfall erzählt und machte mich innerlich auf ein Donnerwetter gefasst.

»Reg dich jetzt nicht auf, aber er hat sich gestern Abend den Arm gebrochen und ...« Weiter kam ich nicht.

»Waas? Und dann rufst du mich jetzt erst an? Wie geht's meinem Engel?« Ihre Müdigkeit schien vergessen.

»Es geht ihm gut. Der Bruch war etwas kompliziert, deshalb wurde er gestern Abend noch operiert, und heute Morgen konnte ich ihn schon wieder mitnehmen. Er hat jetzt einen schicken blauen Verband um seinen Gipsarm und ist stolz wie Bolle«, plapperte ich schnell, um Sarah zu beruhigen.

»Mein armer Hase. Wie ist das denn passiert?«

»Er ist beim Toben blöd gestürzt. Esther war bei ihm, da ich eine Verabredung hatte. Wir sind aber so schnell ...«

»Moment!«, unterbrach sie mich. »Du hattest eine Verabredung? Also ... mit einem Mann?« Ihre ungläubige Nachfrage brachte mich zum Schmunzeln.

»Ja, mit einem Mann, stell dir vor.«

»Etwa mit diesem Sebastian? Erzähl mir alles!«

Schnell berichtete ich von dem Abend, dass Sebastian mich und Leon ins Krankenhaus gefahren und bei mir übernachtet hatte und von seinem Auftritt in der Küche heute Morgen. Ich musste den Hörer etwas vom Ohr nehmen, da Sarah an dieser Stelle laut loslachte.

»Der Arme, das war sicher ein Schock für ihn. Und Omas Spruch ist so typisch für sie. Mal schauen, ob er sich noch mal zu dir traut«, kicherte sie.

»Er kommt morgen Abend vorbei, und wir kochen was zusammen.«

»Was? Schwesterherz, du legst ja ein Tempo vor. Hätte ich dir gar nicht zugetraut. Also ist die Sache mit Clemens aus der Welt?«

»Ja, Sebastian konnte den Fall an einen Kollegen abgeben. Es ist nur ...« Ich suchte nach den richtigen Worten.

»Was? Hast du Schiss?«

»Ja«, gab ich kleinlaut zu. Ich hatte meine Bedenken bisher noch niemandem anvertraut. Schließlich hatte ich auch ohne die komplizierte Geschichte mit Sebastian genug Probleme. Ich seufzte und kuschelte mich tiefer in die Sofakissen.

»Weißt du, so lange ist die Trennung von Clemens ja
noch nicht her. Da sollte ich mich nicht so schnell
schon wieder in was Neues stürzen. Abgesehen davon
trägt Sebastian selbst jede Menge emotionalen Ballast
mit sich herum. Er hat selbst gesagt, dass er Bindungs-
probleme hat.«

»Vielleicht liegt das ja daran, dass ihm bisher noch
nicht die Richtige begegnet ist«, sagte Sarah weise.
»Nichts ist perfekt, Julia, auch die Liebe nicht. Wenn
sich dir jetzt mit Sebastian eine Chance bietet, solltest
du sie ergreifen. Nimm die Dinge doch einfach mal, wie
sie kommen«, riet sie mir mit Nachdruck in der
Stimme.

»Das sagt sich so leicht. Im Moment kann ich einfach
kein Gefühlschaos gebrauchen. Ich habe mit der Sorge
um die Pension schon genug Probleme am Hals.«

Sarahs Ton wurde mitleidig. »Wie sieht es denn da
aus? Hast du noch einmal mit deiner Hausbank gesprochen?«

»Ja«, stöhnte ich. Das Gespräch war ernüchternd gewesen.

»Sie würden mir noch mal einen Kleinkredit von
25.000 Euro gewähren, allerdings nur gegen eine Sicherheit. Ich müsste also das Haus oder die Pension als
Pfand einsetzen. Außerdem wäre mir damit gar nicht
viel geholfen. Mit meinen Ersparnissen und dem Geld,
das ich mir von Papa und Oma leihe, käme ich dann gerade einmal auf 70.000 Euro. Sollte Clemens bei seiner
Forderung bleiben, wäre das nicht mal die Hälfte.« Bei
dem Gedanken daran stieg Panik in mir auf. Ich versuchte, diese Angst zu verdrängen, so gut es eben ging.

Jetzt den Kopf in den Sand zu stecken, würde mich auch nicht weiterbringen.

»Meinst du, Clemens bleibt bei der hohen Summe?«

Ich zuckte mit den Schultern, was Sarah natürlich nicht sehen konnte. »Keine Ahnung, ich hoffe es nicht. Ich werde ihm vorschlagen, komplett auf den Unterhalt für Leon zu verzichten, falls er mir entgegenkommt.«

Sarah schnaubte am anderen Ende der Leitung.

»Meinst du, er lässt sich nicht darauf ein?«

»Keine Ahnung, aber fair fände ich es nicht. Leon ist doch auch sein Kind«, fand sie.

Ich legte mir eines der Kissen auf den Bauch und spielte mit einer Ecke des Bezugs. Natürlich hatte sie recht. Doch ich würde beinahe alles tun, um mein Haus und die Pension zu behalten. Wir redeten sicher noch zehn Minuten, bevor Sarah mich bedauernd verabschiedete, da sie noch etwas Arbeit vor sich hatte.

Ich machte mich fertig fürs Bett und dachte noch einmal darüber nach, was sie über die Sache mit Sebastian gesagt hatte. Vielleicht sollte ich ausnahmsweise mal auf meine kleine Schwester hören und meine Bedenken in den Wind schießen.

»Hast du mein *Ninjago*-Schlafanzug eingepackt, Mami?«, fragte Leon aufgeregt, als er seine Spielsachen zusammensuchte.

»Ja, mein Schatz, der Schlafanzug ist in deiner Reisetasche.« An diesem Wochenende würde er bei Clemens übernachten. Hoffte ich zumindest. Er war schon eine halbe Stunde zu spät und telefonisch nicht zu erreichen. Die Angst stieg, dass er Leon mal wieder versetzen würde. Zum Glück hatte ich ihm nicht gesagt, wann genau sein Vater vorbeikommen wollte. Er packte gerade seinen kleinen Rollkoffer. Nervös warf ich einen Blick auf die Uhr. Es würde ihm das Herz brechen, falls Clemens nicht auftauchte. In Gedanken drehte ich ihm jetzt schon den Hals um. Abgesehen davon erwartete ich Sebastian um 18 Uhr. So süß er auch mit Leon umging, wäre er sicher wenig begeistert, wenn wir unser Rendezvous zu dritt hätten. Und ich ehrlich gesagt ebenso.

Wie durch ein Wunder gab es heute keine Reservierungen für das Abendmenü. Das hatten sich alle Gäste für morgen aufgespart, weshalb Esther einen freien Abend hatte. Ob Magda zur Not einspringen würde?

»Warte, mein Schatz. Ich helfe dir.« Schnell zog ich den Reißverschluss des kleinen Trolleys zu, da es Leon mit nur einem Arm etwas schwerfiel.

»Bis Papa kommt, höre ich noch ein bisschen *Ninjago*«, informierte er mich. Er ging in sein Zimmer, stellte seinen CD-Spieler an und lauschte dem Hörspiel.

Perfekt. Ich nutzte die Zeit, um Magda anzurufen. Geduldig wartete ich darauf, dass sie abnahm. Nichts passierte. Merkwürdig. Vielleicht war sie mal wieder im Garten?

Schnell steckte ich meinen Kopf in Leons Zimmer. »Hör mal, Schatz, ich muss mal kurz zu Oma Magda. Ich bin gleich wieder da, okay?«

»Hhmm.« Er lag auf seinem Bett und starrte die Decke an. Sein kleines Gesicht sah ernst aus. Mein Herz zog sich bei diesem Anblick zusammen. Es war, als ahnte er bereits, dass sein Vater ihn mal wieder vergessen würde.

Schnell machte ich mich auf den Weg zu Magda. Die Tür war wie immer nicht verschlossen. Leise betrat ich das Haus, für den Fall, dass sie ein Nickerchen machte. Als ich ins Wohnzimmer kam, blieb ich wie vom Donner gerührt stehen. Magda lag auf ihrem Sofa – knutschend mit Hinnerk! Es war ein bisschen wie ein Unfall. Ich wollte nicht hinsehen, aber wegschauen ging auch nicht.

Schnell schlug ich mir die Hände vors Gesicht. »Oh Gott, es tut mir leid. Lasst euch von mir nicht stören, einfach weitermachen.« Mit geschlossenen Augen tastete ich mich wieder aus dem Zimmer, wobei ich versehentlich eine Vase umlief, die auf dem Boden stand. »Mist. Tut mir leid, Omi.«

Hinnerk war wie ein aufgeschrecktes Huhn hochgefahren und stieß mit einer Hand versehentlich die Kaffeetassen um, die auf dem Couchtisch standen. Sofort breitete sich die Flüssigkeit auf dem altmodischen Kacheltisch aus. Genau wie das Rot in Hinnerks Gesicht. Magda bekam ebenfalls mehr Farbe. Allerdings nicht vor Scham, wie mir gleich klar werden sollte. Es wirkte eher so, als versuchte sie mit aller Macht, einen Lachanfall zu unterdrücken. Ich hastete in die Küche, um einen Lappen und Küchenpapier zu besorgen und das Desaster zu beseitigen. Verlegen tupfte ich erst den Tisch trocken und stellte dann die Vase wieder hin, in der zum Glück nur Trockenblumen steckten.

»Ähm ... es tut mir leid, Oma, ich wusste nicht, dass du Besuch hast«, stotterte ich. »Du bist vorhin nicht ans Telefon gegangen, und da wollte ich mal nach dem Rechten sehen. Tut mir wirklich leid, dass ich euch gestört habe.«

»Nein, nein, Lütte. Ich muss dann sowieso mal wieder.«

Hinnerk ergriff die Flucht und schritt Richtung Tür, sehr darauf bedacht, den Blick immer auf dem Fußboden zu behalten. So schüchtern hatte ich ihn noch nie erlebt.

Magda erhob sich mit bebenden Schultern. »Ich begleite dich, Hinnerk.«

Ich blieb wie angewurzelt im Wohnzimmer stehen. Und als ob es nicht genug wäre, dass sich das Bild meiner knutschenden Oma für immer in mein Gedächtnis brennen würde, musste ich mir folgenden Dialog anhören:

»Ach meine Honigbiene, es tut mir leid. Ich wollte dich vor deiner Enkelin nicht in Verlegenheit bringen.«

Magda schnaubte nur. »Das hast du nicht, du alter Brummbär. Ich glaube, für Julia war es ein viel größerer Schock.« Nun kicherte sie ordentlich. »Also mach dir bitte keine Gedanken. Wir sehen uns morgen.« Es folgte ein Schmatzgeräusch. Einen Moment später kehrte sie ins Wohnzimmer zurück, wo sie in aller Ruhe ihr etwas zerzaustes Haar richtete.

»Kind, jetzt schau nicht so. Ich habe zwar schon ein paar Jahre auf dem Buckel. Das heißt aber nicht, dass Menschen in meinem Alter nicht auch noch Bedürfnisse hätten.«

Oh mein Gott, Kopfkino! Ich kniff meine Augen zusammen und versuchte, mich auf etwas anderes zu konzentrieren.

»Ähm … du hast recht, Oma. Entschuldige bitte, ich wollte dir den Nachmittag nicht verderben. Ich bin eigentlich nur hier, weil ich fragen wollte, ob du eventuell heute Abend Leon zu dir nehmen könntest?«

In der Zwischenzeit waren meine Beine wieder erwacht und ich folgte Magda in die Küche, wo sie uns zwei Gläser mit Wasser füllte. Stirnrunzelnd sah sie mich an. »Wieso? Hat Clemens schon wieder abgesagt?«

Stöhnend ließ ich mich auf einem Stuhl am Küchentisch nieder.

»Nein, aber er ist schon spät dran und reagiert nicht auf meine Anrufe.«

Missbilligend schnalzte sie mit der Zunge. »Was für ein lausiger Vater! Natürlich kann Leon gerne jederzeit bei mir übernachten. Ich möchte ja auch, dass du einen netten, ungestörten Abend hast.« Dabei zwinkerte sie mir frech zu, woraufhin meine Wangen abermals zu glühen anfingen. Hastig wechselte ich das Thema.

»Also du und Hinnerk, hm? Wie lange geht das denn schon zwischen euch beiden? Warum hast du nie was gesagt?«

Nun lachte sie wieder. »Ach Schatz, ich dachte, es wäre ein zu großer Schock für euch junge Küken, dass eure Omi sich auch noch ein bisschen amüsieren möchte. Dein Gesicht vorhin war wirklich unbezahlbar!«, prustete sie.

Irgendwann rang sie nach Atem und beruhigte sich langsam. »Um deine Frage zu beantworten: Unsere kleine Romanze geht schon seit etwa drei Monaten. Unglaublich, dass wir das so lange geheim halten konnten. Und das in Appenkuhl!«

Ja, das war in der Tat erstaunlich.

Ich schmunzelte. »Du alte Geheimniskrämerin. Ich freue mich ehrlich für dich, Omi. Hinnerk ist schon schwer in Ordnung.«

Sie seufzte träumerisch. »Ja, das ist er. Ich hatte schon in meiner Jugend eine Schwäche für ihn. Diese braunen Augen, das tiefschwarze Haar. Das war sehr exotisch hier im Norden. Deswegen nannten die Leute hier im Ort ihn früher auch nur den Italiener. Und weil Malte ihm wie aus dem Gesicht geschnitten ist, war er nur der kleine Italiener.«

»Ehrlich? Das wusste ich gar nicht. Da ist Ole aber ganz schön aus der Art geschlagen, mit seinen rötlichen Haaren und dem eher blassen Teint.«

»Ja, er kommt nach seiner Mutter und sieht mehr aus wie ein kleiner Schotte«, lachte sie.

»War Opa da nicht eifersüchtig?«

»Nein, Heiner war meine unangefochtene Nummer eins. Das wusste er auch. Übrigens stand er Hinnerk in nichts nach, was Charme und gutes Aussehen anging. Verliebt habe ich mich aber vor allem, weil dein Opa ein unglaublich großes Herz hatte. Er gehörte einfach zu den Guten.« Versonnen blickte sie aus dem Fenster.

Bei ihren Worten drängte sich Sebastian in meine Gedanken. Mein Gefühl sagte mir, dass er auch zu den Guten gehörte. Nach einem Blick auf die Uhr kam ich aufs eigentliche Thema zurück. »Also Oma, vielen Dank, dass du Leon nehmen würdest. Ich lasse Clemens noch Zeit bis halb sechs. Wenn er bis dahin nicht auftaucht, bringe ich dir Leon vorbei.«

Ich hoffte jedoch, dass meinem Sohn diese Enttäuschung erspart blieb.

»Wo verdammt noch mal warst du so lange?«, zischte ich leise, als Clemens um kurz vor halb sechs endlich an der Tür stand. Doch bevor er antwortete, kam Leon schon auf ihn zugestürmt.

»Hey, Papa, endlich bist du da!« Er strahlte über das ganze Gesicht und sprang seinem Vater sofort in den Arm.

»Hey, mein Großer, was machst du denn für Sachen, hm?« Vorsichtig setzte er Leon wieder vor sich ab.

»Ich hab mir den Arm gebrochen. Das tat ganz schön weh, aber dafür habe ich jetzt diesen coolen Gips, und alle haben schon drauf unterschrieben oder mir was draufgemalt. Machst du das auch, Papa?«

Clemens lächelte Leon liebevoll an, und für einen Moment sah ich wieder den Mann vor mir, in den ich mich damals verliebt hatte.

»Klar, mach ich. Hast du denn sonst schon alles gepackt? Dann können wir gleich los.«

»Seine Sachen stehen bereits seit Stunden fertig gepackt im Flur.« Vorwurfsvoll starrte ich ihn an.

»Ja, Julia, tut mir leid. Janine und ich waren unterwegs, und mein Akku war leer. Hat alles etwas länger gedauert.«

»Du bist mehrere Stunden zu spät! Ich war schon kurz davor, Leon zu beichten, dass sein Vater mal wieder nicht kommen würde. Hast du vielleicht außerdem mal daran gedacht, dass ich auch etwas vorhaben könnte?«

»Meine Güte, Julia. Ich bin doch jetzt da, also lass einfach gut sein, okay? Ich gehe jetzt Leon mit seinem Gepäck helfen.« Gereizt wandte er sich von mir ab, doch Leon kam uns schon mit seinen Sachen entgegen. Die kleine Reisetasche hatte er sich über die Schulter gehängt und zog den Trolley mit seinem freien Arm mühsam hinter sich her.

»Na, schleppst du wieder dein halbes Kinderzimmer mit?«, lachte Clemens und nahm Leon den Trolley ab. Er war heute ungewöhnlich lieb. Ich hatte fast den Eindruck, er hätte ein schlechtes Gewissen.

»Hast du dein Mäh eingepackt?«, fragte er sicherheitshalber. Ohne konnte Leon nicht schlafen.

»Oh nein, vergessen. Mami, kannst du es schnell holen?«

»Na klar, mein Schatz.« Ich flitzte ins Kinderzimmer und durchwühlte das Bett nach dem Plüschtier.

In dem Moment klingelte es an der Tür. Kaum hatte ich das Schaf in der Hand, brüllte Clemens durch ganze Haus. »Julia, was hat *der* hier zu suchen?«

Scheiße! Ich stand auf Julias Türschwelle und blickte direkt in das wütende Gesicht von Clemens Reimann.

»Hallo, Sebastian«, sagte Leon fröhlich, völlig unbeeindruckt von der dicken Luft, die zwischen seinem Vater und mir herrschte. Dann tauchte Julia hinter den beiden auf. Sie wirkte nervös.

»Hallo Sebastian?«, echote Clemens. Verwirrt drehte er sich zu Julia um. »Kann mir mal bitte jemand erklären, was hier gespielt wird?«

Sie kam zu uns an die Tür und reichte Leon sein Kuscheltier. »Hier, mein Schatz. Bist du so lieb und gehst schon mal zu Papa ins Auto? Wir haben noch etwas zu besprechen.« Sie beugte sich einmal zu ihm hinunter, nahm ihn fest in die Arme und gab ihm einen Kuss.

»Okay, Tschüss Mami. Bis Sonntag. Mach's gut, Sebastian.«

»Tschüss, Leon.« Wie gerne hätte ich jetzt mit ihm getauscht. Ich spürte, wie mir der kalte Schweiß auf der Stirn ausbrach. Panik machte sich in mir breit. Ich war fest entschlossen gewesen, Julia heute die Wahrheit zu sagen. Doch wenn dieser Reimann mir zuvorkam, würde sie mir das nie glauben.

»Komm erst mal rein«, bat sie mich. Ich tat wie geheißen, und sie schloss die Haustür hinter uns.

»Also, ich höre! Herr Christiansen, was machen Sie hier?«

Doch bevor ich nur meinen Mund öffnen konnte, ergriff Julia wieder das Wort. »Jetzt beruhige dich, Clemens. Es tut mir leid, dass du es so erfährst, aber Sebastian und ich gehen seit einiger Zeit miteinander aus. Aus diesem Grund vertritt er dich auch nicht länger.«

Verdammt! Mein Hirn arbeitete auf Hochtouren, doch mir fiel kein Ausweg aus dieser Nummer ein.

Clemens' Augen funkelten mich ungläubig an. »Ich wusste es! Ihr kennt euch also doch! Wahrscheinlich steckt ihr beiden unter einer Decke. Es kam mir gleich komisch vor, dass Sie sich offenbar mehr für ihre Belange interessierten als für meine. Auf eines können Sie sich verlassen: Sie sind die längste Zeit mein Anwalt gewesen!«

Ich hörte seinem Wutausbruch nur mit halbem Ohr zu. Stattdessen schaute ich zu Julia. Der Blick, den sie mir zuwarf, ging durch Mark und Bein. Ich konnte es in ihren Augen sehen. Sie war irritiert, enttäuscht – und verletzt.

»Was soll das heißen, Sebastian? Du hast zu mir gesagt, dass du den Fall abgegeben hast. War das etwa gelogen?«

»Julia, bitte ... lass mich das erklären ...«, flehte ich.

»Ich glaub's einfach nicht!« Aufgebracht schlug Clemens seine Hände vors Gesicht. »Das wird ein Nachspiel haben, Herr Christiansen! Ich werde Herrn Hölter darüber informieren, darauf können Sie Gift nehmen! Unglaublich!« Wütend schüttelte er den Kopf.

Ich glaube, am liebsten hätte er mir eine reingehauen. Kurz blitzte der Gedanke in mir auf, dass es jetzt aus ist mit meiner Karriere in der Kanzlei. Beunruhigenderweise war mir das in diesem Moment egal. Alles, was zählte, war Julia.

Clemens atmete einmal laut aus. »Ich muss jetzt los. Am Sonntag bringe ich Leon wieder vorbei.« Er schaute kurz zwischen Julia und mir hin und her. »Anscheinend habt ihr noch genug zu klären. Tschüss, Julia.« Und damit verließ er das Haus und fuhr mit Leon davon.

Julia winkte ihrem Sohn noch hinterher, bevor sie sich zu mir umdrehte. Ich hatte erwartet, dass sie mich anschreien, mir eine Szene machen würde. Stattdessen blieb sie ganz ruhig. Das machte die Sache irgendwie noch schlimmer.

»Du hast mich also die ganze Zeit belogen. Warum, Sebastian? Was hast du dir davon versprochen?«

Ich blieb in sicherem Abstand zu ihr stehen. Meine Arme kamen mir in diesem Moment wie zwei völlig überflüssige Anhängsel vor, also verschränkte ich sie vor meiner Brust.

»Ich wollte Richard fragen, ob ich den Fall abgeben kann, aber er ließ mich gar nicht erst ausreden. Es war ihm wichtig, dass ich Clemens vertrete, weil dessen Vater ein hohes Tier bei der Maritim Bank ist, die Richard unbedingt als Mandanten gewinnen will. Als Gegenleistung hat er mir die Partnerschaft in der Kanzlei angeboten. Ich stand mit dem Rücken zur Wand, Julia!« Verzweifelt gestikulierte ich mit meinen Händen.

In Julias Augen glitzerte es verdächtig. Sie war den Tränen nahe. »Schön, das erklärt aber noch nicht, warum du mich angelogen hast. Hätte ich das gewusst, hätte ich mich niemals auf dich eingelassen, Sebastian!«

Obwohl ihr Ton immer noch ruhig war, atmete sie schwer. Ich hatte sie noch nie so aufgewühlt erlebt. Nicht einmal an dem Abend, als Leon sich den Arm gebrochen hatte.

»An dem Tag, als Esther den Unfall hatte, wollte ich dir die Wahrheit sagen. Aber die Zeit mit dir war so schön, dass ich es nicht über mich gebracht habe.«

Sie schnaubte nur. »Ich fasse es nicht! Ich hätte nie gedacht, dass du so ein egoistisches und feiges Arschloch bist!« Sie brüllte mich an und ließ ihrer Wut nun freien Lauf.

»Ja, du hast recht. Es war egoistisch und feige von mir.« Hilflos zuckte ich mit den Schultern. »Ich habe keine Entschuldigung für mein Verhalten, Julia. Außer dass ich dich nicht verlieren wollte. Ich wollte, dass wir beide uns näher kennenlernen, auch wenn es falsch war. Und irgendwie hat sich nie der richtige Zeitpunkt ergeben, dir die Wahrheit zu sagen.«

»Nie der richtige Zeitpunkt? Das heißt, wenn es nach dir gegangen wäre, hätte ich es erst beim nächsten offiziellen Termin erfahren? Wolltest du mich wirklich so bloßstellen?«

»Nein, ich wollte es dir heute sagen, wirklich, ich ...«

»Ja sicher.« Ihre Stimme triefte vor Sarkasmus. »Weißt du was, Sebastian? Ich glaube, du hattest recht. Vielleicht ähnelst du deinem Vater doch mehr als gedacht.«

Das saß. Genauso gut hätte sie mir eine Ohrfeige verpassen können.

»Du weißt nichts über meinen Vater, Julia!«, brüllte ich zurück.

Erschrocken zuckte sie zusammen. Verdammt! Sie hatte wirklich meinen wunden Punkt getroffen. Ich fuhr mir durchs Haar und atmete einmal tief ein und aus, um mich zu beruhigen.

»Ich weiß selbst, dass ich Mist gebaut habe, okay? Es tut mir unendlich leid. Meine einzige Entschuldigung ist, dass ich mich in deiner Gegenwart so wohl fühle wie noch nie. Ich wollte das nicht sofort aufgeben. Es war egoistisch und feige, aber du musst mir glauben, ich wollte dir nie wehtun.« Ich machte einen Schritt auf sie zu, doch sie hob abwehrend ihre Hände.

»Wage es nicht, hau einfach ab! Verschwinde endlich!« Sie wandte sich zur Haustür und hielt sie demonstrativ auf.

Es hatte keinen Sinn mehr, länger zu bleiben. Ich warf einen letzten verzweifelten Blick auf sie und ging.

Verdammt! Warum hatte dieser blöde Idiot ausgerechnet jetzt hier aufkreuzen müssen? Ich setzte mich ins Auto, war aber nicht in der Lage, den Motor zu starten. Noch nie in meinem Leben hatte ich eine derartige Scheiße gebaut. Erst jetzt wurde mir so richtig klar, dass ich Hals über Kopf in Julia verliebt war. Ihre Stärke, ihre Verletzlichkeit, ihre grünen Augen, an denen ich mich nicht sattsehen konnte, hatten mich von Anfang an fasziniert. Und jetzt hatte ich es versaut. Weil meine Karriere mir wichtiger war.

Wütend schlug ich aufs Lenkrad. Ich hatte ihr das Herz gebrochen und es vollkommen vergeigt. Sie hatte recht: Ich war egoistisch und feige. Ich hatte sie belogen, weil ich ihre Nähe zu sehr genoss. Ich war genau wie mein Vater! Die Erkenntnis überrollte mich wie eine Dampfwalze. Dabei war es genau das, wovor ich immer Angst gehabt hatte, weshalb ich Beziehungen mied wie der Teufel das Weihwasser.

Den Rest des Wochenendes verbrachte ich schlecht gelaunt und in Selbstmitleid versunken in meiner Wohnung. Immer wieder nahm ich das Telefon in die Hand, begann damit, Nachrichten an Julia zu verfassen und wieder zu löschen. Alle Worte fühlten sich wie billige Ausreden an. Es gab keine Entschuldigung für das, was ich getan hatte.

Sonntagabend kam Stefan vorbei, nachdem ich ihn per WhatsApp kurz über meine Situation in Kenntnis gesetzt hatte. Ich hatte gar nicht mit ihm gerechnet. Schließlich hatte ich mich ihm gegenüber auch wie der letzte Arsch aufgeführt.

»Gott, wann hast du hier das letzte Mal gelüftet? Und wie viel Whisky hast du getrunken?« Sein Blick glitt über meinen Couchtisch, wo eine halb leere Flasche Glenfiddich stand.

»Nur ein, zwei Gläser, Mami«, antwortete ich genervt.

Mit zwei Schritten war Stefan bei der Balkontür und öffnete sie. Erst wollte ich protestieren, aber tatsächlich tat die frische Luft gut.

»Sebastian, ich will echt nicht wie deine Mutter klingen, aber so geht das nicht. Pass auf, du gehst jetzt mal unter die Dusche und ziehst dir was Frisches an, und ich bestelle uns in der Zwischenzeit Pizza, okay?«

»Mann, Stefan, lass mich einfach in Ruhe. Was willst du überhaupt hier? Ich dachte, du hast keinen Bock mehr auf mein Gejammer. Kümmere dich lieber um deine eigene Familie«, ranzte ich ihn an.

Er setzte sich mir gegenüber aufs Sofa. »Ob du's glaubst oder nicht, aber für mich gehörst du zu meiner Familie. Ich bin auch nicht hier, um dir Vorwürfe zu machen. Du weißt selbst am besten, welchen Mist du gebaut hast. Das ist aber kein Grund, jetzt den Kopf in den Sand zu stecken.«

»Ach nein? Julia will absolut nichts mehr von mir wissen, und Richard macht mich morgen wahrscheinlich fertig, wenn er mich nicht gleich feuert. Wundern würde es mich nicht. Ich habe also jeden Grund, den Kopf in den Sand zu stecken.«

»Hör auf, dich selbst zu bemitleiden! Ja, die Situation ist, gelinde gesagt, verzwickt. Was deinen Job angeht: Du bist Richards Liebling! Kann sein, dass Markus jetzt Partner wird und nicht du, aber du wirst es überleben.

Bezüglich Julia: Gib ihr Zeit. Ich kann mir vorstellen, wie verletzt und wütend sie ist. Wäre ich auch. Aber wenn sie dich wirklich mag, wird sie dir mit Sicherheit verzeihen. Irgendwann.« Ein großes *Vielleicht* hing unausgesprochen in der Luft.

Ich hatte einen Wahnsinnsbrummschädel. Eine Dusche und Pizza schienen doch ganz verlockend. »Na schön, ich nehme Salami mit extra viel Käse.«

Stefan grinste mich an.

Der Abend mit meinem besten Kumpel tat mir gut. Ich war froh, dass er mir trotz meiner Gegenwehr den Kopf gewaschen hatte. Auf der anderen Seite wäre ich mit ein paar Restpromille etwas entspannter in das Gespräch mit Richard gegangen. Kaum hatte ich am Montagmorgen die Kanzlei betreten, blickte Frau Brinkmann mich mitleidig an.

»Guten Morgen, Herr Christiansen. Herr Höltner wünscht Sie sofort in seinem Büro zu sprechen.«

Ich schluckte einmal schwer und nickte ihr dankend zu. Nachdem ich meinen Mantel aufgehängt hatte, klopfte ich einmal an die Mahagonitür.

»Komm rein und schließ die Tür hinter dir«, knurrte er.

Ich machte mich auf das Schlimmste gefasst. Wie immer saß er hinter seinem Schreibtisch. Er wirkte müde und abgekämpft. Mit einer Handbewegung wies er mich an, Platz zu nehmen. Ich tat wie geheißen. Meine feuchten Hände klammerten sich um die Armlehnen. Richard nahm seine Brille ab und fuhr mit seinen Fingern einmal an seiner Nasenwurzel entlang.

»Clemens Reimann rief mich an, außer sich vor Wut, und erzählte mir, dass du offenbar näher mit seiner Ex-Partnerin bekannt bist.« Er klang ruhig und gefasst. Aber die Enttäuschung über mich strahlte aus jeder Pore seines Gesichts.

»Also, ich höre.«

Seufzend legte ich meine Hände in den Schoß. »Ich habe Julia vor ein paar Monaten zufällig in einer Bar kennengelernt. Wir haben einen netten Abend zusammen verbracht und uns danach aus den Augen verloren. Bis ich sie dann in der Kanzlei Harms wiedertraf.«

Richard nickte unmerklich. »Deswegen wolltest du also den Fall abgeben. Ich verstehe.«

Die ganze Zeit über hatte er einen Punkt an der Wand hinter mir fixiert. Erst jetzt blickte er mir direkt in die Augen. Es kostete mich einiges an Anstrengung, seinem Blick standzuhalten. Aber da musste ich durch. Ich hatte mir den Schlamassel eingebrockt, also löffelte ich ihn auch aus.

»Ja, das wollte ich. Ich hatte bis zu unserem Gespräch keine Ahnung, wie wichtig Clemens Reimann für die Kanzlei ist. Und ...«

»Und ich habe dich mit der Partnerschaft unter Druck gesetzt und dich nicht ausreden lassen«, unterbrach er mich und lehnte sich stöhnend in seinem Sessel zurück. »Ich bin sicher nicht ganz unschuldig an der Misere. Was ich allerdings nicht verstehe, ist, wieso du den Kontakt zu dieser Frau Sommerfeld nicht abgebrochen hast. Wenn ich dich richtig verstehe, war das doch nur ...«, stirnrunzelnd suchte er nach den richtigen Worten,»... war es doch nur eine kurze Liebelei.« Das war eine berechtigte Frage.

»Das ist kompliziert, Richard.« Hilflos blickte ich im Büro umher. Wie sollte ich ihm erklären, dass ich mich in eine Frau verliebt hatte, die mir eigentlich völlig fremd war? Und mit der es sich gleichzeitig so anfühlte, als würden wir uns schon immer kennen?

Richard verlor anscheinend langsam die Beherrschung und zeigte drohend mit dem Finger auf mich. »Oh nein, mein Freund, so einfach kommst du mir nicht davon! Du hast nicht nur deiner eigenen Karriere großen Schaden zugefügt, sondern auch dem Ruf *meiner* Kanzlei! Das Gespräch mit Reimann war nicht schön, das kannst du mir glauben. Denkst du, es gefällt mir, vor diesem verwöhnten Bengel zu Kreuze zu kriechen? Nein!« An dieser Stelle schlug er einmal mit der Faust auf seinen Schreibtisch und stand auf. »Trotzdem habe ich versucht, dich in Schutz zu nehmen. Ich denke, das Mindeste, das du mir schuldest, ist eine vernünftige Erklärung!« Nach dieser Ansprache setzte er sich wieder und trank einen Schluck Wasser, ohne mich dabei aus den Augen zu lassen.

Erst jetzt wurde mir so richtig bewusst, dass mein Handeln nicht nur für mich Konsequenzen haben würde. Auch der Deal mit der Maritim Bank hatte sich jetzt sicherlich erledigt. Dass Richard mich nicht kurzerhand feuerte, rechnete ich ihm hoch an.

»Du hast recht, Richard. Die Wahrheit ist: Ich habe mich in sie verliebt. Wir hatten zwar nur einen Abend miteinander verbracht, aber sie ging mir danach nicht mehr aus dem Kopf. So ging es mir noch nie. Als ich sie dann unverhofft wiedergesehen habe, konnte ich sie nicht einfach so wieder aus meinem Leben gehen lassen.«

Richard atmete einmal geräuschvoll aus. »Na schön, danke für deine Ehrlichkeit, Sebastian. Jetzt ist Schadensbegrenzung angesagt.«

»Okay, was kann ich tun?« Ich richtete mich in meinem Stuhl auf, begierig darauf, die Sache wieder geradezubiegen. Zumindest beruflich.

»Nichts, du bist für die nächsten vier Wochen freigestellt. Markus übernimmt deine Mandanten vorerst, inklusive Clemens Reimann.«

»Was?« Stöhnend stützte ich mich mit den Ellbogen auf meine Knie und vergrub das Gesicht in den Händen. So eine Scheiße! Ich wusste, dass ich es nicht anders verdient hatte. Trotzdem fühlte es sich verdammt beschissen an.

»Also gut.« Ich nahm das Gesicht wieder aus den Händen und sah Richard an. »Wie geht es nach den vier Wochen weiter?«

»Danach machst du deinen Job wie zuvor, und wir hoffen, dass schnell Gras über die Sache wächst. Was die Partnerschaft angeht ...« Er starrte mich über den Tisch hinweg finster an. Angespannt setze ich mich aufrecht hin und hielt die Luft an. »Offensichtlich hast du dich ernsthaft verliebt, da denkt man nicht immer rational. Trotzdem, Sebastian: Das war ein enormer Vertrauensbruch. Du verstehst sicher, dass ich dir die Partnerschaft unter diesen Umständen nicht anbieten kann.«

Geräuschvoll atmete ich aus. Es war keine Überraschung. Wahrscheinlich hätte ich an Richards Stelle genauso entschieden. Ein Schlag war es dennoch.

»Heißt das, Markus wird der neue Partner in der Kanzlei?« Die bloße Vorstellung ließ mich den Mund verziehen, als hätte ich in eine besonders saure Zitrone gebissen.

»Nein«, antwortete Richard kurz und knapp.

Erstaunt sah ich ihn an.

»Markus ist ein guter Anwalt. Aber er ist auch ein Arschkriecher, der gerne nach unten tritt. So jemand sollte keine Führungsposition innehaben.«

Ich hatte gerade einen Anpfiff meines Chefs bekommen, meine Karriere ruiniert und war für die kommenden vier Wochen freigestellt. Zum Lachen hatte ich also absolut keinen Grund. Trotzdem huschte bei diesen Worten ein Lächeln über meine Lippen, was Richard nicht entging. Er zwinkerte mir kurz zu.

»Gut, Sebastian. Fürs Erste hätten wir alles geklärt. Deine Freistellung gilt ab sofort, also mach dich auf nach Hause und überleg dir, wie es in Zukunft für dich weitergehen soll.«

Ich nickte und trottete wieder zu meinem Büro. Bedauerlicherweise begegnete ich Markus im Flur, der seiner Schadenfreude natürlich freien Lauf ließ.

»Na, Christiansen, da hast du dich ja ganz schön in die Scheiße geritten, was? Wird bestimmt nicht einfach, eine neue Anstellung zu finden. Jetzt bist du nicht mehr Richards Liebling. Falls du Hilfe beim Packen brauchst, sag Bescheid.«

»Das ist nett von dir, Markus, aber nicht nötig. Richard und ich sind uns einig, dass ich erst einmal ein paar Wochen Urlaub nehme und danach geht's weiter in alter Frische. Du wirst es also noch eine Weile mit mir aushalten müssen.«

Das wischte ihm das süffisante Grinsen aus dem Gesicht.

Ohne ein weiteres Wort ging ich an ihm vorbei, schnappte mir meinen Trenchcoat und meine Tasche, informierte Frau Brinkhaus und verließ die Kanzlei.

Draußen strömten die Leute an mir vorbei, manche warfen mir befremdete Blicke zu, weil ich einfach nur so dastand. Schnell ging ich die Fakten in meinem Kopf durch: Die Partnerschaft konnte ich abhaken, zumindest vorerst. Aber es hätte weitaus schlimmer kommen können. Jeder andere hätte mich vermutlich gefeuert. Und es freute mich diebisch, dass Markus den Posten nicht bekommen würde. Denn dann müsste ich mich definitiv nach etwas Neuem umsehen. Wichtig war jetzt nur eins: Wie brachte ich die Sache mit Julia wieder in Ordnung? So gesehen hatte die Freistellung auch etwas Gutes. Jetzt hatte ich vier Wochen Zeit, mir eine Lösung einfallen zu lassen. Denn eines war mir klar: Ich wollte Julia auf keinen Fall verlieren.

Julia

»Bist du soweit?« Frederike klopfte sachte an die Tür des kleinen Gäste-WCs der Anwaltskanzlei.

Mit trüber Miene sah ich in den Spiegel und fragte mich, wer diese Frau war, die mir mit leblosen Augen entgegenstarrte. Mit all den Tränen, die ich in den vergangenen Tagen geweint hatte, konnte man vermutlich eine ganze Badewanne füllen. Schon wieder hatte man mir das Herz gebrochen. Dabei hatte ich wirklich gedacht, Sebastian wäre anders. Offenbar hatte ich mich getäuscht. Gott sei Dank waren Sarah und Frederike am Wochenende bei mir gewesen. Mit meinen Gedanken allein zu sein, wäre schwer zu ertragen gewesen.

Am Sonntag hatte Clemens Leon wieder vorbeigebracht. Es hatte mich alle Kraft gekostet, meinen Seelenzustand vor ihm zu verbergen. Clemens hatte kein Wort mit mir gewechselt und sich nach gefühlten zwei Minuten verabschiedet.

»Ja, ich bin gleich soweit«, antwortete ich Frederike endlich mit brüchiger Stimme. Sicher erwarteten sie uns schon. Ich atmete einmal tief durch und trat wieder in den Flur.

»Alles okay?« Prüfend musterten ihre Augen mein Gesicht.

»Ja, schon gut. Komm, ich würde es gerne hinter mich bringen.« Frederike begleitete mich bis zum Konferenzraum.

»Ich bleibe im Wartezimmer, okay?« Sie drückte mir noch einen Kuss auf die Wange und ließ mich dann allein. Ich straffte meine Schultern, trat in den Raum und schloss die Tür hinter mir.

Wie erwartet waren Frau Wölmer sowie Clemens und sein neuer Anwalt, Herr Möller, bereits anwesend. Zum Glück übernahm meine Anwältin das Reden.

»So, da nun alle vollständig sind, können wir beginnen. Herr Reimann, haben Sie noch einmal über die Höhe Ihrer Forderung nachgedacht?«

Clemens wollte gerade antworten, da funkte sein neuer Anwalt dazwischen. »Herr Reimann ist bereit, seine Forderung auf 130.000 Euro zu senken, wenn Sie, Frau Sommerfeld, bereit sind, uns mit der Höhe des Kindesunterhalts entgegenzukommen.« Ich hörte Frau Wölmer nach Luft schnappen. Ich war zwar froh, dass ich Sebastian heute nicht gegenübertreten musste, aber Clemens' neuer Anwalt war der größte Unsympath, der mir je begegnet war. Er trug einen perfekt sitzenden Anzug, sein Haar war gestriegelt und hatte einen akkuraten Seitenscheitel, seine Fingernägel, mit denen er gerade auf einer Lederaktenmappe trommelte, waren sauber gestutzt. Seine kalten grauen Augen schauten ohne jede Regung zu uns über den Tisch. Er war der Inbegriff des aalglatten Anwalts.

»Meine Mandantin ist Ihnen mit dem Unterhalt bereits mehr als entgegengekommen!« Frau Wölmers Stimme klang noch ruhig, doch ich konnte den drohenden Unterton heraushören. »Laut Düsseldorfer Tabelle steht Leon ein Unterhalt von 433 Euro zu, ab seinem sechsten Lebensjahr 497 Euro. Frau Sommerfeld begnügt sich mit 200 Euro im Monat, was angesichts des Gehalts Ihres Mandanten mehr als großzügig ist.« Jetzt wandte sie sich direkt an Clemens, der auf seinem Stuhl immer kleiner wurde. »Damit sparen Sie, Herr Reimann, allein schon während der nächsten sechs Jahre rund 24.000 Euro. Ab Leons zwölftem Lebensjahr wären sogar 581 Euro fällig.«

Natürlich hatte Frau Wölmer vollkommen recht. Trotzdem war ich kurz davor, komplett auf den Unterhalt zu verzichten, wenn Clemens mir dafür noch ein paar tausend Euro erließ.

»Das mag ja sein, liebe Frau Kollegin, aber vergessen Sie nicht, dass die Ausgangsforderung von 150.000 Euro bereits sehr niedrig angesetzt war, bedenkt man, welchen Wert die Immobilie heute besitzt.« Die Stimme dieses Schnösels triefte vor Arroganz.

Beinahe hatte ich den Eindruck, dass selbst Clemens nicht so glücklich mit Sebastians Nachfolger war. Mit verkniffenem Mund verfolgte er den verbalen Schlagabtausch zwischen unseren Anwälten, bis er dem Ganzen schließlich ein Ende setzte.

»Na schön, Julia, ich bin bereit, dir noch einmal entgegenzukommen.«

Überrascht zuckte ich zusammen. Herr Möller sah Clemens mit großen Augen an. »Herr Reimann, lassen Sie mich das machen«, nuschelte er ihm ins Ohr, doch ich konnte ihn deutlich verstehen.

Als ob er eine lästige Fliege verscheuchen wollte, wies Clemens ihn mit der Hand wieder auf seinen Platz.

»110.000 Euro, aber noch weiter runter gehe ich wirklich nicht. Einverstanden?« Perplex starrte ich Clemens an und überschlug im Kopf schnell die Summe. So waren es *nur* noch 40.000 Euro, die ich auftreiben musste. Ich hatte zwar keine Ahnung, woher ich dieses Geld noch herbekommen sollte, aber mit diesem Angebot kam Clemens mir einen großen Schritt entgegen. Ich versuchte mich an einem dankbaren Lächeln. »In Ordnung. Danke, Clemens.«

Herr Möller schüttelte missbilligend den Kopf, verkniff sich aber jeglichen Kommentar.

»Wie schön, dass wir eine Einigung erzielen konnten. Dann vielen Dank für Ihr Kommen, meine Herren.« Frau Wölmer klatschte energisch die Hände zusammen und geleitete uns alle zum Ausgang.

»Und?« Frederike legte sofort die Klatschzeitung im Wartebereich beiseite und sprang von ihrem Stuhl hoch, als wir aus dem Besprechungszimmer kamen.

»Später«, raunte ich ihr zu.

Trotz aller Zugeständnisse von Clemens war meine Verzweiflung nur minimal kleiner geworden. Fast jeder aus meiner Familie würde mir im Rahmen seiner Möglichkeiten Geld leihen, deshalb hatte ich keine Idee mehr, wie ich den restlichen Batzen organisieren sollte. Auf dem Weg nach draußen reichte Clemens mir eine Visitenkarte.

»Was soll ich damit?«

»Das sind die Kontaktdaten einer Maklerin, die ein Kollege mir empfohlen hat. Also ... falls du das Haus verkaufen musst, um das Geld aufzutreiben ...« Er sagte das in einem so locker-leichten Ton, als sei es eine Kleinigkeit, unser Zuhause zu verkaufen, in das ich so viel

Arbeit und Liebe gesteckt hatte. Der Gedanke, mich von all dem zu trennen und in eine kleine Wohnung zu ziehen, ohne Garten, in dem Leon herumtollen konnte, bescherte mir Atemnot.

»Gott, Clemens, ich habe wirklich noch nie so ein eiskaltes Arschloch wie dich getroffen.« Abschätzig musterte Frederike meinen Ex-Freund, den ich unglaublicherweise einmal für den tollsten Mann der Welt gehalten hatte.

»Kümmere dich doch bitte um deinen eigenen Kram«, giftete er zurück. Wieder an mich gerichtet, fuhr er fort: »Überleg es dir. Sie würde wirklich einen guten Preis rausschlagen.« Und dann lief er beschwingt die Treppen hinunter.

Die Visitenkarte noch in der Hand, stieß ich unten angekommen die Tür auf und holte einmal tief Luft. »Was mache ich jetzt nur, Fredi?« Meine und Leons Zukunft hing an ein paar zehntausend Euro.

Frederike warf mir einen mitfühlenden Blick zu. Doch eine Antwort hatte sie nicht parat. »Lass den Kopf nicht hängen, Süße, es wird schon irgendwie weitergehen. Weißt du was? Wir gehen jetzt erst mal etwas essen. Sonst fällst du mir noch vom Fleisch.«

Ich schnaufte nur. Wobei sie nicht unrecht hatte. Seit Tagen war mir der Appetit vergangen, abgesehen von etwas Obst hatte ich nichts mehr herunterbekommen. Mein Körper beschwerte sich langsam über diese nachlässige Behandlung. Ich kämpfte mit gelegentlichen Schwindelattacken und Kopfschmerzen. Wahrscheinlich war mein Blutdruck im Keller.

»Na gut, dann lass uns irgendwo etwas essen.«

Wir suchten uns ein nettes kleines Café in der Holtenauer Straße. Sofort blitzten Erinnerungen an den Abend mit Sebastian auf. Oh Gott, was, wenn ich ihm hier zur Mittagszeit begegnete? Die Leute strömten aus den umliegenden Büros, um sich einen Happen zu essen zu besorgen und sich die Beine zu vertreten.

»Ich nehme eine Ofenkartoffel mit Salat und Champignons und dazu ein Glas Cranberryschorle. Was möchtest du?«

Ich hatte die Speisekarte zwar genau vor der Nase, konnte mich aber nicht darauf konzentrieren, also nahm ich das Gleiche. Nachdem die nette Kellnerin unsere Bestellung aufgenommen hatte, nutzte ich die Zeit und schrieb Sarah eine Nachricht. Sie wollte umgehend informiert werden, wie sie mir beim letzten Telefonat eingeschärft hatte. Kaum zwei Minuten später erhielt ich eine Antwort:

Hey Julia, Kopf hoch, wir lassen uns schon was einfallen! Melde mich später noch mal bei dir, ersticke mal wieder in Arbeit. Hab dich lieb!

Ich schob das Handy zurück in meine Tasche und nippte lustlos an der Schorle, die uns soeben serviert wurde.

»Julia, ich wünschte, ich könnte dir irgendwie helfen«, brach es unvermittelt aus Frederike heraus.

Schnell nahm ich ihre Hand. »Fredi, du hilfst mir doch schon. Ich bin dir unendlich dankbar, dass du mich heute begleitet hast und dass du immer für mich da bist. Ich habe zwar noch keine Ahnung, was ich machen soll ...«, an dieser Stelle seufzte ich einmal schwer, »... aber es wird schon irgendwie weitergehen.«

Das sagte ich nicht nur, um Fredi zu beruhigen, sondern auch mich selbst. Und ich war unendlich dankbar für die Unterstützung meiner Familie und Freunde. Dennoch war das hier einer der Momente, in denen mir wieder schmerzlich bewusst wurde, was für ein großes Loch der Tod meiner Mutter hinterlassen hatte. Sie hatte es früher immer geschafft, mich aufzubauen. Ich beschloss, sie nachher auf dem Friedhof zu besuchen. Mein Magen durchbrach die Stille zwischen uns und beschwerte sich lauthals, dass er immer noch leer war.

»Tut mir leid.« Verlegen hielt ich mir eine Hand auf den Bauch.

»Kein Problem«, lachte Frederike. »Die Rettung naht.«

Erst nachdem die Kellnerin uns das Essen serviert hatte und der Duft der gebratenen Pilze in meine Nase stieg, merkte ich, wie hungrig ich war.

»Na dann – guten Appetit.«

Schweigend aßen wir vor uns hin. Bis mein Handy sich meldete, weil eine Nachricht eingetrudelt war.

»Oh nein!« Stöhnend legte ich meine Gabel auf dem Tellerrand ab.

Erschrocken sah Frederike mich an. »Was ist?«

»Heute Abend treffen sich die Mitglieder des Gewerbevereins Appenkuhl!«

»Hä? Was ist das?«

»Habe ich dir nie davon erzählt? Alle paar Monate treffen sich Unternehmer aus Appenkuhl, um über künftige Pläne, Synergien und Vernetzungen zu sprechen. Da werde ich wohl heute bekanntgeben müssen, dass ich die Pension eventuell aufgeben muss.« Bei dem

Gedanken zog sich mein Magen schmerzvoll zusammen. Es war verrückt, dabei lief es gerade so gut.

»Musst du denn dabei sein? Ich meine … ausgerechnet heute? Es haben sicherlich alle Verständnis, wenn du absagst.«

Die Vorstellung war zwar verlockend, dennoch schüttelte ich den Kopf. »Nein, ist schon gut. Dann habe ich es wenigstens hinter mir.«

Mit schweißnassen Händen betrat ich das Gemeindehaus um Punkt sieben Uhr. Es waren schon einige Leute da.

»Hallo, Herzchen«, flötete Wilma gut gelaunt und ließ sich auf einem der Stühle in der ersten Reihe vor dem Podest nieder, wobei ihre vielen Goldarmreifen ordentlich klimperten. Offenbar war sie nicht mehr eingeschnappt wegen neulich. Neben ihr saßen bereits Frau Wolter von der Bäckerei und Herr Löffler vom Souvenirladen. Ich nahm in der Reihe dahinter Platz und krallte vor Nervosität die Finger in meine Handtasche, die auf meinem Schoß lag. Ich war so in Gedanken versunken, dass ich kurz erschrak, als Malte mich ansprach.

»Hey, Julia, alles klar bei dir?« Er wartete meine Antwort gar nicht erst ab und setzte sich ächzend auf den Stuhl rechts neben mir.

»Geht so«, sagte ich wahrheitsgemäß.

»Sag mal«, begann er jetzt im Flüsterton und beugte sich etwas zu mir herüber. »Was sagst du eigentlich zu Magda und Hinnerk? Ich war ja ganz schön überrascht.«

»Oh ja, ich auch. Ich habe die beiden quasi in flagranti erwischt«, flüsterte ich zurück, froh über die kurze Ablenkung.

»Wie, in flagranti?« Geschockt starrte Malte mich an. Es dauerte einen Moment, bis ich begriff, worauf er hinauswollte.

»Oh, sie haben nur geknutscht«, sagte ich schnell, damit Malte, der offenbar die Luft angehalten hatte, weiteratmen konnte.

»Und woher weißt du Bescheid? Und seit wann?«

Malte grinste mich breit an. »Ich weiß es seit zwei Wochen. Mir ist aufgefallen, dass Hinnerk auf einmal viel Zeit vor dem Spiegel verbracht hat, sich täglich rasiert und sogar neues Aftershave besorgt hat. Das hat mich doch irgendwie gewundert, also habe ich ihn einfach mal gefragt, ob hinter dieser Wandlung vielleicht eine Frau steckt. Da ist er sofort rot geworden.« Wir kicherten beide leise, bis unser Bürgermeister, Hauke Petersen, sich schließlich hinter das Podest stellte und die Versammlung eröffnete. Er ließ einmal seinen Blick über die kleine Menge schweifen und strich sich über den Schnurrbart, bevor er mit seiner Ansprache startete.

»Es freut mich, dass ihr wieder so zahlreich erschienen seid. Unser letztes Treffen ist ja schon eine Weile her, sodass wir einiges auf der Tagesordnung haben. Das Wichtigste ...« Das laute Quietschen der Saaltür unterbrach ihn, und wir alle wandten unsere Köpfe zum Eingang.

»Tschuldigung, hab's nicht eher geschafft«, murmelte Kai unter hochrotem Kopf und stahl sich auf den Platz neben Malte. Er hatte immer noch seine Reitklamotten an, und der schwache Duft von Pferd drang in meine Nase.

»Pünktlich wie immer«, grummelte Hauke. »Nun gut, was ich sagen wollte: Es wird euch sicher freuen zu hören, dass Appenkuhl im nächsten Jahr einer der Austragungsorte des Schleswig-Holstein Musik Festivals sein wird!«

Ein Raunen ging durch die Reihen, was Hauke mit zufriedenem Gesicht zur Kenntnis nahm. »Das ist für unseren Ort und natürlich für alle Gewerbetreibenden eine große Chance, neue Kunden zu gewinnen und Appenkuhl von seiner besten Seite zu zeigen. Julia ...«, wandte er sich direkt an mich.

»Ja?« Überrascht, dass er mich persönlich ansprach, zuckte ich kurz zusammen und setzte mich sofort aufrecht hin.

»Das sind auch sehr gute Nachrichten für dich! Einige der Musiker beabsichtigen, dann hier in Appenkuhl zu übernachten. Am besten, du hältst für den Termin schon mal ein paar Zimmer frei.« Abwartend sah er mich an.

Dann war das wohl der Moment der Wahrheit. Ich schluckte schwer und stand auf. »Vielen Dank, Hauke, es ist wirklich lieb, dass du gleich an mich gedacht hast. Aber ich möchte den Moment nutzen, um euch etwas mitzuteilen.« Sofort drehten sich alle Gesichter gespannt zu mir, was meine Nervosität ins Unendliche steigerte.

»Es ist so: Wie viele von euch ja bereits wissen, haben Clemens und ich uns vor einiger Zeit getrennt. Da wir das Haus und den Hof damals gemeinsam gekauft haben, muss ich ihn nun auszahlen. Und da ich keine

Zehntausende von Euros auf der hohen Kante habe, muss ich möglicherweise verkaufen. Ich weiß also gar nicht, ob ich die Pension im nächsten Jahr noch habe.« Es fühlte sich bitter an, es vor all den anderen laut auszusprechen und die mitleidigen und entsetzten Blicke, die sie mir nun zuwarfen, machten es nicht besser.

Doch sobald alle ihre Sprache wiedergefunden hatten, brach das große Getuschel los. Es war wie in einem Bienenstock. Allerlei Fragen prasselten auf mich ein, und ich wusste gar nicht, wem ich zuerst antworten sollte.

»Wie viel musst du ihm zahlen, Herzchen?« Wilma war aufgestanden und ballte ihre Hände zu Fäusten. Wahrscheinlich erwürgte sie Clemens gerade in Gedanken.

»Wieso hast du das nicht vertraglich geregelt?«, fuhr Kai mich an, worauf er sich einen giftigen Blick von mir einfing. Als ob ich mir deswegen nicht selbst schon genug Vorwürfe gemacht hätte.

»Jetzt schnackt doch nicht alle durcheinander«, brummte Hauke, sodass sein Schnurrbart erzitterte. Dankbar lächelte ich ihm zu, und auch die anderen wandten ihre Köpfe endlich wieder nach vorn.

»Also, Julia, für mich kommt das jetzt unerwartet. Ich weiß gar nicht, was ich dazu sagen soll, tja, nun ...« Es war nicht gerade angenehm für mich, zu sehen, wie Hauke verlegen nach den richtigen Worten rang.

»Ja, Hauke, weißt du, wir hatten den finalen Termin zur Einigung erst heute, und ich wollte das Thema eigentlich auch nicht an die große Glocke hängen, zumindest vorerst nicht.«

»Dieser Nichtsnutz von Clemens will unsere Julia ausnehmen wie eine Weihnachtsgans!«, ereiferte sich Wilma.

Malte nickte bekräftigend. »Ja, der Kerl kam mir gleich komisch vor, als Julia ihn hier mit anschleppte. Hat sich nie groß ins Gemeindeleben eingebracht.«

»Stimmt, konnte noch nicht mal Bitte und Danke sagen, wenn er sonntags bei mir die Brötchen geholt hat.«

Toll, nun gab auch noch Frau Wolter ihren Senf dazu. Ich kam mir auf einmal ziemlich überflüssig vor. Anscheinend wussten die Appenkuhler bestens über mein Leben Bescheid. Das wilde Geschnatter ging von vorne los. Wilma und Frau Wolter schimpften wüster über Clemens, als ich es je getan hatte. Wahrscheinlich wäre es sicherer für ihn, sich nie wieder hier blicken zu lassen.

Ihre ehrliche Anteilnahme rührte mich, und die Mauer, die ich mir über den Nachmittag so mühsam aufgebaut hatte, begann langsam zu bröckeln. Ich wollte nicht vor allen Anwesenden hier in Tränen ausbrechen, doch das fiel mir in diesem Augenblick verdammt schwer.

»Entschuldigt mich bitte, ich glaube, ich gehe jetzt lieber nach Hause«, murmelte ich, doch offenbar hatte mich niemand gehört. Erst als ich mich erhob, verstummte das Getratsche. Ich winkte den anderen zum Abschied kurz zu und trat dann den Rückzug an, bevor meine Schleusen doch voll aufdrehten. Die Blicke in meinem Rücken konnte ich förmlich spüren. Wahrscheinlich würde es den ganzen Abend über kein anderes Thema mehr geben. Es würde mich nicht wundern, wenn Clemens an diesem Abend heftig die Ohren klingelten.

Warum hatte ich den Kredit damals nicht alleine genommen? Dann hätte ich diese Probleme nicht. Andererseits ... wer wusste schon, ob ich das Geld dann überhaupt bekommen hätte. Und selbst wenn – jetzt war es ohnehin zu spät. Die Sache war gelaufen.

Zumindest hatte ich es hinter mich gebracht und die anderen informiert. Ihre Anteilnahme machte es noch schlimmer. Außerdem ging es ja nicht nur um mich. Auch für Esther bedeutete es eine berufliche Neuorientierung. Und das war mit Mitte fünfzig wesentlich schwieriger als in meinem Alter. Sie hatte die Nachricht mit Fassung aufgenommen. Erwartet hatten wir ja ohnehin, dass es so kommen würde.

Als ich zu Hause ankam, kuschelten sich Leon und Magda zusammen auf das Sofa und schauten Bambi. Ich wischte mir schnell mit dem Handrücken meine Augen trocken.

»Hey, ich bin wieder da.« Mühsam versuchte ich, ein Lächeln zustande zu bringen.

Dabei wandte Leon seinen Blick nicht eine Sekunde vom Bildschirm ab. »Psst, Mama, wir schauen gerade einen Film«, flüsterte er mit einem Finger am Mund, ohne mich dabei anzusehen.

Magda lächelte mich über die Sofalehne hinweg an. »Willst du dich zu uns setzen?«

Ich schüttelte den Kopf und meine Oma verstand sofort.

»Weißt du was, Leon? Ich besorge uns noch ein bisschen Popcorn. Bin gleich wieder da.«

»Ist gut, Oma Magda.«

Sie hakte sich bei mir unter, und wir gingen gemeinsam in die Küche.

»Und? War es sehr schlimm?« Behutsam streichelte sie mir über die Wange, sobald wir uns an den Küchentisch gesetzt hatten.

Ich zuckte mit den Schultern. »Na ja, ich schätze, sie werden den ganzen restlichen Abend über Clemens herziehen.«

Magda kicherte. »Geschieht ihm ganz recht, wenn du mich fragst.«

Irgendwie fühlte ich mich zu fahrig, um still zu sitzen. Kurzerhand sprang ich wieder auf und füllte den Wasserkocher, um uns Tee zuzubereiten.

»Ja. Anscheinend gab es niemanden hier in Appenkuhl, der ihn besonders mochte. Nur ich war blind vor Liebe.«

»Ach mein Schatz. Sei nicht zu hart zu dir. Mir war Clemens zwar nie so sympathisch, aber dieses Benehmen hätte ich ihm auch nicht zugetraut. Und hinterher ist man ja immer schlauer, nicht?«

»Ja, er hat sich sehr verändert. Vielleicht hat das ja mit seiner neuen Freundin zu tun. Oh Oma, ich vermisse Mama so schrecklich«, schniefte ich.

»Ich auch, mein Schatz. Du kannst dir gar nicht vorstellen, wie sehr ich mein kleines Mädchen vermisse.« In ihren Augen schimmerten die Tränen. Sofort tat es mir leid, dass ich das Thema angeschnitten hatte. Natürlich war es schlimm für mich gewesen, meine Mutter zu verlieren. Doch meine Oma hatte ihre Tochter verloren.

Aber Magda sprach schon weiter. »Weißt du, ich denke oft, wie unfair es doch ist, dass ich bald meinen achtzigsten Geburtstag feiern darf, während meine Brigitte nicht einmal ihren Enkel hat aufwachsen sehen können. Sie müsste eigentlich diejenige sein, die jetzt mit Leon einen Film schaut, nicht ich.«

Ich wusste nicht, was ich darauf antworten sollte, also setzte ich mich wieder zu ihr und zog sie in eine feste Umarmung. Einen Moment saßen wir so da, jede in ihre eigenen Gedanken vertieft. Bis Oma sich wieder straffte und mich an den Schultern nahm. »Aber ich habe deiner Mutter versprochen, mich um ihre Mädchen zu kümmern. Also holen wir Leon jetzt wie versprochen das Popcorn und machen es uns gemütlich. Die Sorgen sind morgen auch noch da.«

Lächelnd nickte ich ihr zu. Recht hatte sie. Magda war nicht nur die beste Oma der Welt. Sie war mein Fels in der Brandung.

»Mensch Marcus, nun sag schon endlich, was bei der Einigung rausgekommen ist!«, blaffte ich ungeduldig ins Telefon. Ich konnte förmlich spüren, welche Freude es ihm bereitete, mich zappeln zu lassen. Dieser Idiot! Natürlich hatte ich eine Ahnung davon, wie das Ganze ausgegangen war. Schließlich kannte ich die in meinen Augen vollkommen überzogenen Vorstellungen von Clemens Reimann.

»Na schön, dann will ich mal nicht so sein«, sagte Marcus gönnerhaft. Ich verdrehte die Augen. »Reimann erhält 110.000 Euro von seiner ehemaligen Lebensgefährtin. Ich hätte mehr für ihn rausschlagen können, aber leider ließ er sich von der Mitleidsmasche seiner Ex einwickeln.«

Angewidert verdrehte ich die Augen. »Danke.« Damit legte ich auf.

Scheiße. Diese Summe würde Julia ohne Kredit niemals auftreiben können. Und keine Bank der Welt würde einer alleinerziehenden Selbstständigen so viel Geld leihen. »Verdammt!« Wütend fegte ich über den Schreibtisch und pfefferte dabei die aktuellen *Kieler Nachrichten* auf den Boden. Während ich mir nervös durchs Haar fuhr, glitt mein Blick über den Fußboden und blieb an einer kleinen Schlagzeile im Lokalteil hängen. Schnell griff ich nach der Zeitung. Meine Hände wurden feucht vor Aufregung, das T-Shirt klebte am

Oberkörper. Das war die Idee! Aber ich brauchte Unterstützung, am besten jemanden aus Julias Umfeld. Fieberhaft dachte ich nach. Wer würde mir helfen?

Klar, *sie* wäre genau die Richtige! Ich schlug mir an den Kopf. Warum war mir das nicht schon eher eingefallen? Schnell fuhr ich meinen Laptop hoch und googelte ihren Namen. Ich hatte Glück: Ihre Festnetznummer war im örtlichen Telefonbuch eingetragen. Sofort griff ich zum Handy. Hoffentlich würde sie mir helfen und nicht auflegen, sobald ich meinem Namen nannte. Doch das würde ich gleich herausfinden.

Aufgeregt tigerte ich in meinem Wohnzimmer auf und ab, während das Freizeichen ertönte. Als sie dann endlich ans Telefon ging, zuckte ich zusammen.

»Magdalena Körtens.«

Tief durchatmen.

»Guten Tag, hier ist Sebastian Christiansen.«

Ich hörte sie nach Luft schnappen. »Sie haben ja Schneid, junger Mann, sich bei mir zu melden. Was wollen Sie?«

Ich hatte damit gerechnet, dass sie mich beschimpfen würde. Stattdessen hörte ich so etwas wie Respekt aus Ihrer Stimme. Ihre Reaktion hatte mich so überrumpelt, dass es mir für einen Moment die Sprache verschlug.

»Sind Sie noch da?«, ertönte es aus dem Hörer.

»Ja«. Ich räusperte mich kurz. »Entschuldigen Sie bitte, dass ich Sie störe. Ich brauche Ihre Hilfe.«

»Meine Hilfe? Wieso sollte ich Ihnen helfen, nachdem Sie meiner Enkeltochter das Herz gebrochen haben?«

Okay, jetzt klang sie schon um einiges grantiger. Diese Klatsche hatte ich wohl verdient.

»Ich habe vielleicht eine Idee, wie wir Julia helfen können, die Pension zu retten.«

»Ah, ich bin ganz Ohr.«

Innerlich reckte ich schon meine Siegerfaust. Wenn ich Magda auf meiner Seite hätte, würden die anderen Appenkuhler bestimmt auch mit an Bord kommen. Immerhin ging es hier um Julia. Und so schrullig ich diese Dorfgemeinde auch fand, sie liebten Julia. Kurz und bündig weihte ich sie in meinen Plan ein. Magda hörte aufmerksam zu und unterbrach mich nur hin und wieder, um ein paar Fragen zu stellen.

»Was sagen Sie dazu?«, fragte ich atemlos, als ich endlich am Ende war.

»Tja, ich weiß nicht. Für mich sind das böhmische Dörfer, wie man so schön sagt. Aber wir sollten nichts unversucht lassen ... also meine Unterstützung haben Sie.«

»Das wäre großartig, danke. Glauben Sie, die anderen aus dem Ort würden auch helfen? Je mehr Werbung wir mit der Aktion machen, desto besser.«

Sie schnaubte so laut in den Hörer, dass ich ihn mir kurz vom Ohr nehmen musste.

»Sicher, min Jung, das kriege ich schon hin. Dass die Idee von Ihnen ist, verschweigen wir aber lieber.«

Ich schluckte. Wahrscheinlich konnte ich mich nur noch mit Personenschutz dort blicken lassen. Mit den Appenkuhlern legte man sich lieber nicht an. Manchmal kamen sie mir gar nicht wie eine stinknormale Gemeinde vor, sondern eher wie eine große Familie.

»In Ordnung. Könnten Sie meine Kontaktdaten an Sarah weitergeben? Dann könnte ich mit ihr bereden, wie wir alles darstellen wollen.« So langsam war ich entspannter. Magda auf meiner Seite zu haben, war schon die halbe Miete. Gedankenversunken trank ich einen Schluck aus meiner Kaffeetasse.

»Wird gemacht. Hach, ich wusste, dass Sie nicht so ein Bagalut sind.«

»Ein bitte was?«, keuchte ich und rang nach Luft. Verdammt, jetzt hatte ich mich auch noch verschluckt.

»Ach, ihr jungen Leut' könnt auch alle kein Platt mehr. Bagalut bedeutet so etwas wie Rüpel oder Schuft.«

»Oh, sehr schmeichelhaft.«

Magda lachte in den Hörer. »Wilmas Worte, nicht meine. So, ich muss jetzt los. Sarah wird sich bestimmt bei Ihnen melden.« Und damit legte sie auf.

Ich lehnte mich in meinem Stuhl zurück und starrte aus dem Fenster. Auf dem Exerzierplatz war heute Wochenmarkt, und die Menschen drängelten sich von Stand zu Stand. So langsam stieg die Hoffnung in mir, dass ich die Sache mit Julia wieder geradebiegen konnte. Wenn mein Plan gelingen sollte, hätte ich vielleicht noch eine Chance bei ihr.

Julia

»Ach, das sieht aber wirklich wieder fantastisch aus«, schwärmte Frau Rückert beim Anblick des Buffets. Ich war gerade dabei, frisches Rührei in die Rechauds zu füllen.

»Danke, es freut mich, wenn es Ihnen schmeckt. Wie war denn die Hochzeit gestern? Ich hoffe, Sie haben sich gut amüsiert.« Die Rückerts kamen aus Stuttgart, hatten aber Verwandtschaft hier im Norden. Ihr Neffe war gestern unter die Haube gekommen, wie die redselige, aber liebenswerte Dame mir gleich bei der Ankunft verraten hatte.

»Oh ja, danke. Es ist schon verrückt, wie schnell die Kinder groß werden. Die Feier war sehr schön, ich hätte nicht gedacht, dass mein Mann und ich in unserem Leben noch mal eine Nacht durchmachen.« Sie lachte, dass ihre Perlenkette bebte. Mit größter Mühe rang ich mir ein Lächeln ab. Mir wäre eher nach Weinen zumute gewesen. Frau Rückert bemerkte zum Glück nichts davon.

»Wir waren erst um drei Uhr morgens im Bett!«, sagte sie, offenbar erstaunt über sich selbst. Und dann setzte sie sich mit ihrem voll beladenen Teller wieder zu ihrem Mann an den Tisch. Alle übrigen Gäste waren bereits fertig mit dem Frühstück und unterwegs. Leise seufzend überprüfte ich noch einmal, ob es den Rückerts beim Frühstück an nichts fehlte, bevor ich mich mit einem Nicken verabschiedete und wieder ins Haus ging. In der Küche stellte ich die leere Rühreischüssel in die Spüle, setzte mich an den Tisch und ließ meinen Kopf auf die Platte sinken.

Der Termin mit Clemens war mittlerweile drei Wochen her. Drei Wochen, in denen ich unzählige schlaflose Nächte durchlebt und mich auf der Suche nach einer Lösung hin und her gewälzt hatte. Doch mir fiel keine ein. Es war zum Verzweifeln. Mir fehlten lediglich noch 35.000 Euro. Aber es hätten ebenso eine Million sein können. Meine Hausbank wollte nicht über die Summe von 30.000 Euro hinausgehen, und keines der übrigen Kreditinstitute, die ich angerufen hatte, war bereit, mir zu helfen. Anscheinend ging bei denen bei den Worten *alleinerziehend* und *selbstständig* sofort irgendein Alarm los. Alle meine anderen Möglichkeiten waren bereits ausgeschöpft. Und immerhin musste ich die Gelder, die ich mir privat lieh, ja auch irgendwann zurückzahlen.

Zu allem Überfluss geisterte Sebastian mir nach wie vor durch den Kopf. Ich hatte nichts mehr von ihm gehört, seit ich ihn rausgeworfen hatte. Darüber war ich einerseits froh, andererseits aber auch enttäuscht. Nie hätte ich ihm zugetraut, mich so zu hintergehen. Vielleicht war es naiv von mir gewesen, doch ich hatte ihm vertraut, trotz der kurzen Zeit, die wir uns kannten. Ich vermisste ihn, obwohl er mich so belogen hatte. Und auch wenn es auf der Welt vermutlich nichts gab, was er tun oder sagen konnte, um mein Vertrauen zurückzugewinnen, hoffte ich dennoch auf eine Nachricht von ihm. Einfach nur, um zu wissen, dass ich ihm nicht völlig egal war. Da ich aber seit Wochen nichts von ihm gehört hatte, war ich für ihn sicher abgehakt. Eine Erkenntnis, die unglaublich schmerzte. Für ihn war es wahrscheinlich ohnehin besser, hier nicht mehr aufzutauchen. Natürlich blieb die Geschichte nicht lange geheim, ich lebe schließlich in Appenkuhl. Ich konnte mich vor tröstenden Worten und gut gemeinten Ratschlägen kaum retten. Hinnerk war fest entschlossen, an Sebastian sein altes Boxtalent zu testen, und Wilma hatte die grandiose Idee, Fiffi gegen Sebastians Auto pinkeln zu lassen. Bei dem Gedanken daran musste ich lächeln. Natürlich hatte ich mich für ihren Eifer bedankt, die geplanten Aktionen aber abgelehnt. Wir waren ja nicht mehr im Kindergarten. Trotzdem war es schön, zu wissen, dass es so viele Menschen gab, die für mich einstanden.

Die Situation ging ja auch an ihnen nicht spurlos vorbei. Seit ein paar Wochen benahmen sich alle um mich herum ziemlich merkwürdig. Magda war, entgegen ihrer sonstigen Art, unheimlich still, und Esther schien andauernd unruhig und angespannt zu sein. Kein Wunder, wenn ich die Pension verkaufen müsste, wäre sie erst einmal arbeitslos, was in ihrem Alter – sie war Anfang fünfzig – gleich doppelt problematisch war. Trotzdem – manchmal hatte ich das Gefühl, sie verheimlichten etwas vor mir. Magda und Esther steckten in letzter Zeit oft die Köpfe zusammen, und jedes Mal, wenn ich in den Raum trat, verstummten sie plötzlich. Auf meine Frage, was denn los sei, antworteten sie immer nur: »Ach, wir haben uns nur über das Wetter unterhalten« oder »Wir schnacken nur über Kai und seine Frauengeschichten« oder Ähnliches.

Neulich waren Wilma, Magda und Hinnerk über den Hof spaziert und hatten ständig ein Handy vor der Nase. Es sah beinahe so aus, als würden sie ein Video drehen. Ich hatte sie vom Fenster aus beobachtet. Bei der Erinnerung daran hob ich unwillkürlich eine Augenbraue. Vor lauter Neugier (ich bin schließlich Appenkuhlerin), hatte ich mich rausgeschlichen und war von hinten auf sie zugegangen. Auf meine Frage, was sie da trieben, waren alle drei heftig zusammengeschrocken. Wilma hatte ihr Handy fallengelassen und sich in einer melodramatischen Geste an ihre Brust gefasst. »Himmel, Herzchen, willst du uns ins Grab bringen?«, hatte sie geschimpft.

»Also wirklich, Julia, du kannst uns doch nicht so erschrecken!« Magda hatte wütend ihre Arme verschränkt und mich aus zusammengekniffenen Augen angesehen, während Hinnerk hochkonzentriert auf den Boden sah und einen kleinen Kieselstein mit dem Fuß hin und her kickte.

»Tut mir leid, Oma. Aber jetzt erzählt doch, was soll das hier werden?« Alle drei hatten sich verschwörerische Blicke zugeworfen, ehe Wilma geantwortet hatte.

»Wir wollten nur mal ein Bild von uns machen. Du weißt schon, diese neumodischen Seifies.«

»Was? Meinst du Selfies?« Hier vor meinem Haus?

Eifrig nickten sie mir zu. Offenbar hielten sie mich für ziemlich bescheuert. Als ob ich ihnen das abnehmen würde! Magda konnte ja noch nicht mal SMS schreiben. Irgendwie hatte ich die Lust verspürt, noch ein bisschen weiter zu bohren. Nur um zu schauen, welche Ausreden sie sich noch einfallen ließen.

»Verstehe. Wozu braucht ihr das denn?«

In Wilmas Augen war leichte Panik aufgeflackert. Sie und Magda hatten zur selben Zeit losgeplappert.

»Nur so – als Erinnerung.«

»Für ein Gemeindeprojekt.« Daraufhin hatten sie sich verärgerte Blicke zugeworfen. Das roch ganz eindeutig nach einer Verschwörung! Ich hatte mir das Lachen verkneifen müssen.

»Na schön, dann will ich euch mal nicht weiter stören.« Damit hatte ich auf dem Absatz kehrtgemacht und war wieder im Haus verschwunden. Ich hatte bis heute nicht herausgefunden, was die drei im Schilde führten.

»Na, Schatz, grübelst du wieder?« Esther kam in die Küche spaziert und strich mir einmal über den Rücken, ehe sie sich daran machte, unter großem Geklapper den Geschirrspüler auszuräumen.

Seufzend setzte ich mich wieder aufrecht hin. »Hm.« Mein Blick fiel auf die Visitenkarte der Maklerin, die mit einem Magneten am Kühlschrank befestigt war. Ich hatte in den letzten Tagen immer wieder darüber nachgedacht, sie anzurufen. Doch schon die Vorstellung ließ meine Unterlippe beben. Wie in Trance ging ich auf den Kühlschrank zu, nahm den Magneten in Form eines Clownfisches ab, den ich Leon einmal beim Besuch im Aquarium gekauft hatte, zog die Karte hervor und ließ den Magneten an das Metall des Kühlschranks zurückschnappen.

Maklerbüro Weißhaupt, Cassandra Schöller

stand in schlichter blauer Schrift auf blütenweißem Hintergrund. Darunter die Kontaktdaten und der in meinen Augen ziemlich blöde Slogan

Wir bringen Ihre Immobilie unter die Haube

Ich starrte auf die Karte, als ob ich darauf warten würde, dass sie anfing zu reden, um mir zu sagen, was ich tun sollte.

»Was willst du denn damit?«

Mein Kopf schnellte zu Esther, die mich vom Küchenblock her düster anstarrte. Als ob ich eine Waffe statt einer Visitenkarte in den Händen hielt!

»Ich überlege, diese Maklerin anzurufen.«

Esthers Augen wurden so groß, dass ich Angst bekam, sie könnten ihr aus dem Kopf fallen. Energisch schritt sie um den Küchenblock und riss mir die Karte aus der Hand. »Nichts da, Julia! Es fehlen doch nur noch 35.000 Euro! Die treiben wir schon noch irgendwie auf.«

»*Nur* noch 35.000 Euro? Du tust ja gerade so, als wäre das eine Kleinigkeit! Das ist eine Stange Geld, und ich weiß nicht, woher ich das nehmen soll. Es sei denn, ich überfalle eine Bank«, maulte ich sie an. Mist! »Bitte entschuldige, Esther, ich wollte dich nicht anschreien. Ich weiß nur einfach nicht mehr weiter.«

Eine einzelne Träne lief mir die Wange herunter. Ich atmete einmal tief ein und aus, um die drohende Sintflut wegzublinzeln. »Ich fürchte, ich habe keine andere Wahl.« Meine Stimme brach, und als Esther mich in ihre Arme schloss, war es ganz um meine Selbstbeherrschung geschehen.

»Schsch«, machte sie. So, wie sie es auch mit Leon tat, wenn sie ihn tröstete. »Ich verstehe dich, mein Schatz, wirklich. Aber tu mir bitte einen Gefallen, ja?« Sie ließ von mir ab und hielt nur noch meine Schultern gepackt. Ihre schwarzen Locken standen in alle Richtungen ab.

»Okay ...«, schniefte ich.

»Warte noch ein paar Tage, in Ordnung?«

»Warum?« Ich kramte ein Taschentuch aus meiner Hosentasche und schnäuzte mich einmal ordentlich. »Was sollte das denn bringen? Damit zögere ich diesen Schritt doch nur hinaus.« Niedergeschlagen wischte ich mir einmal über die Augen und schob meine Hände in die Gesäßtaschen meiner Jeans. »Na gut, die Rückerts sind jetzt bestimmt fertig mit dem Frühstück. Ich werde dann mal das Buffet abräumen.«

»Nein, lass nur, das mache ich schnell. Du setzt dich jetzt mal aufs Sofa und legst die Füße hoch.«

Noch bevor ich wusste, wie mir geschah, drängelte Esther mich regelrecht ins Wohnzimmer. Wie ich bereits festgestellt hatte – in letzter Zeit verhielten die Leute sich um mich herum einfach seltsam. Was ging denn nur hier vor?

»Nein, Esther, ich kann doch nicht hier rumsitzen und dich die ganze Arbeit machen lassen«, protestierte ich. Wir waren inzwischen im Wohnzimmer angekommen, und ich wurde mit sanfter Gewalt in die Kissen gedrückt.

»Natürlich kannst du das. Du brauchst mal ein bisschen Ruhe, und damit ist es ja vorbei, sobald Leon aus der Kita kommt, oder?« Ihr Lachen klang irgendwie künstlich. Irgendetwas stimmte hier nicht. »Also nutze die Zeit jetzt noch ein bisschen.«

Ich erhob mich wieder. Schließlich führte die Pension sich nicht von allein. »Wenn du das Buffet unbedingt alleine abräumen möchtest, bitte. Ich nutze dann aber lieber die Zeit, um ein bisschen Papierkram zu erledigen.«

Esther öffnete den Mund, um ihn gleich darauf wieder zu schließen. »Na schön, wie du willst. Ich mache mich dann mal an die Arbeit.« Damit rauschte sie hinaus.

Argwöhnisch folgte ich ihr in den Flur und blickte ihr hinterher, bis sie aus der Haustür verschwunden war. Beinahe hatte ich den Eindruck, sie wollte mich von der Pension fernhalten. Unsinn, das bildete ich mir bestimmt nur ein. Vor Sorge und Liebeskummer hatte ich so einige schlaflose Nächte hinter mir, da konnten einem die Nerven sicherlich schon einmal einen Streich spielen.

Kopfschüttelnd lief ich die Treppe hinauf und in mein kleines Arbeitszimmer. Stöhnend ließ ich mich in meinen Stuhl sinken, fuhr meinen Laptop hoch und überprüfte meine E-Mails. Ich hatte elf neue Buchungen für die nächsten Wochen. Normalerweise machte ich innerlich bei jeder Buchung Luftsprünge. Heute war das anders. Die Leute hatten ihre Anfrage sehr frühzeitig geschickt, die Buchungen waren für den Herbst bis in den Dezember hinein. Wer wusste schon, ob es die Pension bis dahin noch geben würde? Vor Nervosität trommelte ich mit meinen Fingern auf die Schreibtischplatte. Sollte ich die Buchungen bestätigen oder nicht? Ich könnte schreiben, dass für die gewünschten Zeiträume leider keine Zimmer mehr frei waren. Ich hasste es zwar, lügen zu müssen, aber die Vorstellung, den Gästen kurzfristig wieder absagen zu müssen, war mir noch unangenehmer. Verzweifelt schlug ich die Hände vors Gesicht.

In diesem Moment riss eine Autohupe mich aus meinen Gedanken. Zum Glück. Ich lugte einmal aus dem Fenster und erspähte Sarah, wie sie gerade aus ihrem Auto stieg und ihren Pferdeschwanz dabei einmal lässig von einer Seite auf die andere schwang. Sofort stahl sich ein Lächeln auf mein Gesicht. Der Stuhl rollte nach hinten und knallte gegen das Bücherregal, als ich mit Schwung aufsprang und ihr entgegenrannte. Inzwischen stand sie vor der Tür und klingelte.

»Was machst du denn hier? Ich dachte, dein Schreibtisch wäre bis oben hin voll mit Arbeit.«

Grinsend drückte sie mir einen Kuss auf die Wange und schlängelte ihren zierlichen Körper an mir vorbei ins Haus.

»Ach weißt du, ich dachte, ein Tag in der Pension *Küstentraum* täte mir ganz gut. Außerdem habe ich Leon schon viel zu lange nicht gesehen. Ist er noch in der Kita?«

»Ja, ich wollte ihn in etwa einer Stunde abholen. Er würde sich bestimmt freuen, wenn du mitkommst.«

Wir gingen gemeinsam in die Küche, wo ich uns sofort einen Kaffee zubereitete. Ich holte zwei meiner Lieblingstassen aus dem Regal – eine rot-weiß-gepunktete und eine in Hellrosa – und lächelte Sarah zu. Es tat unheimlich gut, sie zu sehen. Es war schwer, sich ihrer lebensfrohen Art zu entziehen, mit der sie einen Raum erhellen konnte wie die aufgehende Sonne. »Erzähl, was gibt es Neues aus Hamburg?« Ich stellte den dampfenden Kaffee vor ihrer Nase ab, die sie sofort mit ihren Fingern umschloss.

»Nicht viel. Eigentlich arbeite ich nur noch. Aber nächstes Wochenende habe ich endlich mal wieder eine Verabredung.«

»Oh, das freut mich für dich. Woher kennst du ihn?«

Ich bezweifelte, den Mann jemals zu Gesicht zu bekommen. Meistens schafften es Sarahs Bekanntschaften nicht über ein erstes Treffen hinaus. Sie war einfach zu wählerisch.

»Aus dem Internet. Er heißt Hanno und ist Anfang vierzig.«

Überrascht hob ich eine Augenbraue. »Oh, ich wusste gar nicht, dass du auf ältere Männer stehst.«

»Na ja, mit Männern in meinem Alter konnte ich bisher nicht viel anfangen«, sagte sie schulterzuckend.

Genießerisch schloss sie die Augen, als sie die Tasse an ihren Mund setzte. Erst jetzt bemerkte ich, wie blass sie war. Ihr T-Shirt schlabberte an ihrem Oberkörper, und die Jeans hätte sich ohne Gürtel sicher auf und davon gemacht.

»Sag mal, Sarah ... geht es dir gut? Du siehst irgendwie erschöpft aus.« Darüber täuschte auch ihre gespielt gute Laune nicht hinweg.

Sie stellte ihren Becher auf den Tisch und winkte ab. »Ach was, mir geht es bestens«, behauptete sie. »Ich brauche nur mal ein paar Tage Urlaub und ein bisschen Sonnenlicht. Apropos: Hast du Lust auf einen kleinen Strandspaziergang?« Sie stellte ihre Tasse ab und blickte mich auffordernd an. Nervös warf ich einen Blick auf meine Armbanduhr. Neue Gäste hatten sich für heute eigentlich nicht angekündigt, und falls jemand spontan vorbeikäme, wäre Esther ja da. Vielleicht würde die frische Brise am Strand ja tatsächlich meine innere Nervosität davonpusten.

»Gute Idee, ich hole mir nur schnell eine Strickjacke.« Ich fröstelte leicht und wusste aus Erfahrung, dass der Wind am Strand mir eine Gänsehaut bescheren würde. Ich lief noch einmal ins Schlafzimmer, um meine Jacke zu holen, als ich in meinem Augenwinkel eine Bewegung wahrnahm. Sofort ging ich zum Fenster und schaute auf den Hof. Was wollten denn Hauke und Inga Petersen hier? Ich nahm die Jacke vom Stuhl und warf sie mir auf dem Weg nach unten über.

»Sarah, ich muss noch mal kurz raus, Hauke und Inga sind hier.« Doch bevor ich die Hand auf die Klinke der Haustür legen konnte, kam Sarah aus der Küche geschossen und zog an meinem Arm wie ein quengelndes Kind.

»Ach nö, lass uns endlich gehen. Ich habe mich schon so aufs Meer gefreut, und wir müssen doch auch bald Leon holen. Esther ist doch da, falls die was wollen.«

»Was soll das denn, Sarah, lass mich los!« Mit einiger Mühe entwand ich ihr meinen Arm und starrte sie einen Moment finster an. Jetzt benahm sogar sie sich schon so verrückt wie der Rest von Appenkuhl!

»Was ist denn los mit dir?« Kopfschüttelnd öffnete ich die Tür, aber es war niemand mehr zu sehen. Merkwürdig. »Komisch, wo sind sie denn geblieben?«

Sarah trat an meine Seite und spähte einmal nach links und rechts. »Keine Ahnung, vielleicht sind sie ja schon wieder weg. Lass uns jetzt endlich gehen, ich brauche unbedingt etwas frische Luft.«

Besorgt ließ ich meinen Blick über ihr blasses Gesicht schweifen. »Geht es dir nicht gut, sag mir die Wahrheit!«

Sie winkte ab, hakte sich bei mir unter, und wir gingen gemeinsam Richtung Strand.

»Doch, ich habe nur wirklich viel Stress in letzter Zeit. Das schlägt mir manchmal ein bisschen auf den Kreislauf, weißt du.«

Wir schlugen den Weg nach rechts ein, der an unserem Garten vorbeiführte. Ich warf den wunderschönen Apfel- und Kirschbäumen, die vielleicht bald nicht mehr mir gehören würden, einen bedauernden Blick hinterher. Die leichten Absätze von Sarahs Ballerinas klackerten leise auf den alten Pflastersteinen.

»Hast du mal darüber nachgedacht, dir etwas anderes zu suchen, Sarah?«

Sie schnaubte nur. »Nein. Denn egal, in welcher Agentur ich arbeite, als Mediengestalterin hast du keinen Nine-to-Five Job. So ist das nun einmal in der Branche. Das macht mir im Prinzip auch nichts aus.«

»Das klingt nach einem großen Aber.« Ich kannte meine Schwester wirklich gut genug, um zu wissen, dass die Arbeit in dieser Agentur sie nicht glücklich machte. Mit der Pension hatte ich etwas gefunden, womit ich meine Leidenschaften verwirklichen konnte: für andere da zu sein und mich um sie zu kümmern. Ich war Innenarchitektin, Geschäftsfrau, Köchin und Bäckerin. Manchmal kam ich mir sogar vor wie eine Seelsorgerin, denn oftmals vertrauten mir Gäste ihre Ängste und Sorgen an, wenn man mal etwas länger ins Gespräch kam. Offenbar besaß ich eine sehr vertrauenswürdige Aura.

»Aber es bringt mich irgendwie nicht weiter. Es klingt bestimmt unreif, aber manchmal wünschte ich mir ein bisschen mehr Anerkennung von meiner Chefin. Findest du das kindisch?« Ihre blauen Augen huschten zweifelnd zu mir herüber.

»Nein, überhaupt nicht. Es tut gut, hin und wieder gelobt zu werden. Wenn meine Gäste sich bei mir für den schönen Aufenthalt bedanken oder mir nette Nachrichten ins Gästebuch schreiben, ist das für mich die größte Motivation, immer wieder mein Bestes zu geben, damit sich auch jeder wohlfühlt.«

Wir erreichten das Ende des Gehweges und bogen auf den kleinen Sandweg zum Strand ein, der an den Seiten von hohen Gräsern gesäumt war. Einem inneren Impuls folgend streckte ich meine rechte Hand danach aus, sodass die hohen Halme mir beim Vorübergehen durch die Finger glitten und mich kitzelten. Das hatte ich schon als Kind immer getan, wenn wir mit unseren Eltern zum Wasser gegangen waren.

»Ich vermisse Mama«, sagte ich unvermittelt.

»Ich auch«, flüsterte Sarah und drückte meinen Arm. Wir warfen uns ein trauriges Lächeln zu und spazierten weiter.

»Alles okay?«

Sarah hatte ihr Handy aus der Hosentasche genommen und tippte hastig eine Nachricht, bevor sie es wieder verschwinden ließ. »Ja ja, alles bestens. War nur die Arbeit.«

»Die nerven dich sogar auf deinem privaten Handy? Kein Wunder, dass du keine Zeit mehr zum Durchatmen hast.«

Endlich waren wir am Strand angekommen. Das Kreischen der Möwen, der leichte Wind und die Wellen, die sanft auf den Strand zu glitten, waren Balsam für meine Seele. Ich hatte schon an einigen wundervollen Orten auf dieser Welt gelebt. Aber nirgends fühlte ich mich so zu Hause wie hier. Sofort zog ich mir die Schuhe aus und bohrte meine Füße in den feinen Sand.

Sarah tat es mir gleich. »Es gibt einfach kein besseres Peeling«, grinste sie.

Wir setzten uns und schoben unsere Füße dabei immer weiter in die angenehme Kühle. Für eine Weile saßen wir einfach nur da und sahen den Möwen dabei zu, wie sie am Strand nach etwas Essbarem suchten.

»Willst du die Pension wirklich verkaufen?«, fragte Sarah, ohne dabei den Blick vom Wasser zu lassen.

»Natürlich nicht. Aber was habe ich denn für eine Wahl? Ich muss Clemens nun einmal ausbezahlen, und er wird mir mit dem Preis nicht noch mehr entgegenkommen.«

»Vielleicht findet sich ja noch eine andere Lösung.« Aufmunternd schaute sie mich an.

Ich schnaubte nur. »Welche denn? Glaubst du, ich hätte nicht alle Möglichkeiten in meinem Kopf durchgespielt?«, fuhr ich sie an, was mir sofort leidtat. »Entschuldige, ich weiß, du möchtest mir nur helfen.«

Tröstend legte sie ihren Arm um mich und bettete ihren Kopf auf meine Schulter. Sofort kuschelte ich mich näher an sie.

»Kopf hoch, Schwesterherz. Irgendwie habe ich das Gefühl, dass doch noch alles gut wird. Wirst schon sehen.«

»Du warst schon immer die Optimistin von uns beiden.« Lachend nahm ich meine kleine Schwester in den Arm und drückte ihr einen Kuss auf die Wange. Wobei, von klein konnte mit ihren neunundzwanzig Jahren ja keine Rede mehr sein. Trotzdem, als fünf Jahre Ältere würde sie für mich wahrscheinlich immer die Kleine sein.

»Wenigstens eine von uns muss doch positiv denken.« Frech grinste sie mich mit ihren strahlend blauen Augen an.

Was wäre ich nur ohne Sarah? Als unsere Mutter starb, hatte ich mich für sie verantwortlich gefühlt, obwohl sie damals selbst schon Anfang zwanzig war. Ich hatte die Lücke füllen wollen, die der Tod unserer Mutter hinterlassen hatte. Ihr eine Stütze sein wollen. In diesem Moment wurde mir klar, dass Sarah neben Magda der Mensch war, der mir am meisten Halt gab.

»Ich hab dich lieb«, flüsterte ich.

»Ich dich auch, Julia.«

Leider wurde dieser innige Moment von Sarahs Handy unterbrochen, das mit einem kecken Pfeifen das Eintreffen einer Nachricht ankündigte. Schnell krallte sie sich ihr Smartphone aus der hinteren Jeanstasche und warf einen Blick auf das Display.

»Ist alles in Ordnung?« Alarmiert starrte ich sie an, denn ihre Augen hatten sich beim Lesen der Nachricht leicht geweitet und einen eigenartigen Glanz erhalten.

»Ja, ja, alles bestens. Lass uns langsam wieder umkehren.« Ächzend erhob sie sich, klopfte den Sand von ihrer Jeans und schlüpfte wieder in ihre Schuhe.

Irritiert zog ich die Stirn kraus. »Bist du sicher? Du wirkst auf einmal so ... aufgeregt.«

»Nein, ich bin nicht aufgeregt. Aber wir müssen Leon doch bald abholen.«

»Stimmt, na dann los.«

Sie reichte mir ihre Hand und zog mich zu sich hoch. Auf dem Rückweg legte sie ein erstaunliches Tempo vor.

»Wieso hast du es denn plötzlich so eilig? Ich komme ja kaum hinterher. Wir haben doch noch ein bisschen Zeit, bis wir bei der Kita sein müssen.« Keuchend und mit großen Schritten blieb ich ihr auf den Fersen, als es auf dem Sandweg bergauf ging. Es rächte sich eben, dass ich kaum noch Zeit für Sport hatte. Im Laufschritt zog ich mir meine Strickjacke aus und knotete sie mir um die Hüfte.

»'Tschuldige, ich mach schon langsamer.«

Als wir endlich wieder zu Hause ankamen, klebte mein Shirt mir vor Anstrengung am Rücken.

»Ich glaube, ich zieh mich mal um«, murmelte ich und wühlte schon mit einer Hand in der Hosentasche nach meinem Hausschlüssel.

»Das kann warten.« Energisch packte Sarah mich am Arm und zog mich zur Pension.

»Was ist denn jetzt wieder los?«

Waren nun alle verrückt geworden?

»Lass uns erst mal nach Esther schauen. Ihr habe ich noch gar nicht Hallo gesagt.«

Genervt zupfte ich mit einer Hand an der Rückseite meines Shirts, um mich ein bisschen abzukühlen, während Sarah mich regelrecht zur Pension schliff.

»Vielleicht ist Esther eh schon wieder im Haus. So lange dauert es nun auch wieder nicht, das Frühstücksbuffet abzuräumen.«

»Ja, aber sie bringt bestimmt noch das Zimmer der Gäste wieder in Ordnung.«

Endlich ließ sie mich los, um die Tür zu öffnen. »Nach dir, Schwesterherz«, sagte sie grinsend.

Kopfschüttelnd ging ich an ihr vorbei und trat in den Frühstücksraum. Kaum hatte ich den Fuß über die Schwelle gesetzt, schleuderte mir ein lautes »Überraschung« entgegen.

Mir blieb die Luft weg. Meine Kinnlade fiel mir in Zeitlupe herunter. Schnell schlug ich die Hände vor den Mund.

»Was macht ihr denn hier?«

Halb Appenkuhl hatte sich in der Pension *Küstentraum* versammelt: Hinnerk und Magda, Malte mit seiner Frau Britta, Wilma, Dörte, Florentine, Frau Wolter von der Bäckerei, Esther, Hauke und Inga Petersen, außerdem Frederike und Kai vom Reiterhof. Auf einem der Tische stand sogar ein Tablet, auf dem ich Ute und Konrad erkannte, die mir vom Bildschirm her aufgeregt zulächelten. Ich verstand nur Bahnhof.

»Was geht hier vor?« Perplex schaute ich die kleine Versammlung an und blickte dann zu meiner Schwester, die inzwischen neben mir stand und mir einen Arm um die Schultern legte.

»Tut mir leid, Schwesterherz, aber dass du den *Küstentraum* verkaufst, können wir unmöglich zulassen.«

»Aber ... was ...« Ich konnte keinen klaren Gedanken fassen.

In diesem Moment traten Bürgermeister Petersen und seine Frau Inga einen Schritt vor. Erst jetzt registrierte ich, dass Hauke eine Art Plakat in den Händen hielt. Er drehte es so um, dass die bedruckte Seite zu mir zeigte.

Die Zahl Siebenunddreißigtausend prangte in großen blauen Ziffern darauf, darunter stand in etwas kleinerer Schriftgröße *Spende für die Pension Küstentraum*.

»Liebe Julia, du fragst dich sicher gerade, was hier los ist. Als Bürgermeister kläre ich dich gerne auf. Als du uns vor Kurzem erzählt hast, dass du die Pension möglicherweise verkaufen musst, war das für die meisten von uns ein großer Schreck. Ich glaube, fast jeder hier im Raum hat vor vier Jahren mit angepackt, dich unterstützt und dir für die Eröffnung die Daumen gedrückt. Der *Küstentraum* ist also gewissermaßen auch unser Baby, wie man so schön sagt.«

Hauke und Inga lächelten mir aufmunternd zu.

Ich schluckte, unfähig etwas zu sagen. Meine Rührung und Dankbarkeit waren ohnehin nicht in Worte zu fassen. Dafür liefen mir die Tränen vor Glück. Nickend lächelte Hauke mich an und überreichte mir den symbolischen Spendenschein. Ehrfürchtig hielt ich ihn in den Händen.

»Wie habt ihr das geschafft?«, brachte ich schließlich unter Schluchzen hervor.

»Wir haben eine Krautfunding-Kampagne gestartet, Herzchen.«

»Das heißt Crowdfunding, Wilma«, zischte Kai ihr leise zu.

»Ihr habt … was?« Ich schluckte. Sarah strich mir beruhigend über den Rücken.

»Eine Crowdfunding-Kampagne in den sozialen Medien, der Beitrag wurde tausendfach geteilt. Magda, Wilma und Hinnerk haben sogar heimlich ein Video über die Pension gedreht und online gestellt, um zu zeigen, wie schön es hier ist und wie viel sie den Menschen bedeutet.«

Ah! Das hatten die drei also neulich draußen getrieben. Ich warf ihnen ein verstohlenes Grinsen zu, das sie sofort erwiderten.

»Außerdem hat Esther die meisten deiner ehemaligen Gäste direkt über Facebook angeschrieben. Wie du auf dem Scheck siehst, sind 37.000 Euro zusammengekommen! Das heißt, du kannst Clemens in aller Ruhe auszahlen und die Pension behalten.« Sarah lächelte mich breit an und hüpfte dabei aufgeregt auf und ab, sodass ihr Pferdeschwanz die ganze Zeit hin und her hüpfte.

Es dauerte eine Weile, bis ihre Aussage zu mir durchdrang. »Ihr habt ... das heißt, ich muss nicht verkaufen? Oh mein Gott!« Ich war nicht fähig, weiterzusprechen. Meine Emotionen überrollten mich. Schnell legte ich den Scheck auf einem der Tische ab, schlug mir die Hände vors Gesicht und schluchzte wie ein Wasserfall. Ein wilder Strudel aus Glück, Erleichterung und Rührung durchströmte mich. Es war mir egal, dass alle Augen auf mich gerichtet waren. Die ganze Zeit über hatte ich mich gefühlt, als läge ein riesiger Stein auf meiner Brust, der mir die Luft abschnürte. Jetzt konnte ich endlich wieder frei durchatmen.

Okay, reiß dich zusammen, Julia.

»Danke«, war alles, was ich herausbringen konnte. Ich drückte jeden Einzelnen in diesem Raum einmal überschwänglich, angefangen bei Hauke und Inga über Wilma, Hinnerk, Dörte, Florentine, Kai und zum Schluss schließlich Sarah, Magda, Frederike und Esther. Es war eine tränenreiche Angelegenheit.

»Euch auch vielen Dank!« Den Blick aufs Tablet gerichtet, warf ich Ute und Konrad, die beide sichtlich gerührt waren, eine Million Kusshände zu.

»Gerne doch, mein Schatz.« Ute schnäuzte sich einmal. »Wir möchten schließlich nicht auf unsere Lieblingspension verzichten.«

»Genieße diesen Moment, Julia. Wir verabschieden uns jetzt und lassen euch in Ruhe feiern.« Wir winkten uns noch einmal zu, ehe sie auflegten und der Bildschirm schwarz wurde.

Schnaufend wandte ich mich wieder den anderen zu und stellte mich auf einen Stuhl, damit alle mich hören und sehen konnten.

»Ich kann nicht in Worte fassen, was mir eure Hilfe bedeutet. Ich glaube, in diesem Moment bin ich wahrscheinlich einer der glücklichsten Menschen der Welt. Ich bin unendlich dankbar, dass ich so viele tolle Menschen an meiner Seite habe. Angefangen bei meiner Familie ...«, liebevoll schaute ich zu Esther, Sarah und Magda, »... bis hin zu Freunden und der wohl großartigsten Dorfgemeinschaft, die man sich vorstellen kann. Ich bin sehr stolz darauf, eine Appenkuhlerin zu sein. Es gibt bestimmt nirgends einen Ort, wo Hilfsbereitschaft, Zusammengehörigkeit und Gemeinschaft größer geschrieben werden als hier. Und ich hab euch alle unheimlich lieb«, krächzte ich, bevor ich wieder schluchzte. Ich wischte mir einmal über die Augen und atmete tief aus. »Du hast recht, Hauke. Der *Küstentraum* ist genauso auch euer Baby. Deshalb feiern wir heute eine Grillparty bei mir im Garten. Ihr seid alle eingeladen. Achtzehn Uhr geht's los.« Mit meiner Einladung erntete ich eine Menge Applaus.

»Das war gerade noch rechtzeitig, Herzchen. Und das, wo ich doch keine wasserfeste Schminke trage.« Vorsichtig tupfte Wilma sich mit dem Ärmel ihrer bunten Tunika die Augen.

»Schön, Julia, min Deern. Dann lassen wir dich erst einmal in Ruhe. Wir sehen uns nachher.« Verschwörerisch senkte Hauke noch die Stimme. »Könntest du auch diesen köstlichen Dip machen?«

»Knobi-Dattel-Dip? Na klar.«

Zwinkernd nahm er Inga an den Arm und verließ den Frühstücksraum.

»Ich freue mich für dich, Julia.« Kai gab mir einen flüchtigen Kuss auf die Wange, bevor er Wilma und Hinnerk nach draußen folgte. Nun waren es nur noch Esther, Sarah, Magda, Fredi und ich.

»Jetzt erzählt erst einmal ganz in Ruhe. Wie seid ihr überhaupt auf diese tolle Idee gekommen?«

»Also ... um ehrlich zu sein, war es nicht unsere Idee. Sondern Sebastians«, sagte Magda.

»Was?« Es war, als wäre ich von einem Vorschlaghammer getroffen worden. Immerhin sorgte diese Überraschung dafür, dass ich nicht mehr heulen musste.

Esther, Sarah und Frederike wirkten nach dieser Enthüllung mindestens genauso angespannt wie ich. Nur Magda blieb gelassen und fasste mich an den Schultern.

»Der Junge hat vor ein paar Wochen bei mir angerufen und mich um meine Hilfe gebeten. Ich habe dann Sarah und alle anderen mit ins Boot geholt.« Sie zwinkerte verschmitzt.

»Er hat dich angerufen? Du steckst mit ihm unter einer Decke?« Ich wusste nicht, ob ich empört oder begeistert sein sollte. Immerhin hatten sie mir mit dieser Aktion den Hintern gerettet. Außerdem war es ein Beweis dafür, dass Sebastian noch an mich dachte. Dass ich ihm nicht egal war. Es änderte aber auch nichts an der Tatsache, dass er mich belogen hatte. Ich seufzte. Eigentlich hatte ich ja auf eine Reaktion von ihm gehofft. Und mit dieser Aktion hatte er all meine Erwartungen übertroffen.

Meine Oma las mir meine Gedanken im Gesicht ab. Wie üblich. »Jetzt hör mal zu, der Junge hat unglaublichen Schneid bewiesen. Du bedeutest ihm unheimlich viel. Ich verstehe, dass du wütend auf ihn bist. Trotzdem möchte dir als deine Oma folgenden Rat geben ...«, Eindringlich sah sie mich an, bevor sie fortfuhr, »... vergib ihm. Du weißt, ich habe eine gute Menschenkenntnis. Ich habe das Gefühl, dass Sebastian dich sehr glücklich machen könnte. Wenn du ihn lässt.«

Sarah und Frederike nickten zustimmend.

»Er hat sich echt Mühe gegeben, Julia. Gib dir einen Ruck. Wenn er sich noch *einmal* danebenbenimmt, kriegt er es mit mir zu tun.« Grinsend ballte Sarah ihre Hand zur Faust.

In meinem Bauch kribbelte es. Sebastian. Ohne dass ich irgendetwas dagegen tun konnte, verzogen sich meine Lippen zu einem breiten Lächeln. »Ihr habt recht. Sarah, könntest du Leon vielleicht vom Kindergarten abholen? Ich rufe gleich Sebastian an.«

»Das ist nicht nötig, mein Schatz. Er wartet draußen.« Meine Augen folgten Magdas Blick durch das Fenster. Und dann sah ich ihn. Er stand gegen seinen BMW gelehnt auf dem Parkplatz und drehte nervös etwas in den Händen.

»Na dann wünscht mir Glück!«

»Hach, ist das romantisch.« Esther seufzte und schnappte sich eine der Servietten aus dem Bauernbuffet.

»Wir gehen dann mal ins Haus, damit ihr ein bisschen Privatsphäre habt. Los, Mädchen.«

Ich konnte das Lachen nicht unterdrücken, als Esther, Fredi und Sarah meiner Oma wie im Gänsemarsch zum Haus folgten.

»Hallo, Sebastian! Schön, Sie zu sehen!«

Ich beobachtete das Ganze, bevor ich mich rauswagte. Ich wollte sichergehen, dass wir keine Zuschauer haben würden. Zumindest nicht direkt auf dem Parkplatz. Ich war mir ziemlich sicher, dass die anderen sich gleich die Nasen am Fenster plattdrücken würden. Sobald Fredi die Haustür hinter sich geschlossen hatte, straffte ich noch einmal meine Schultern und trat hinaus auf den Parkplatz. Jetzt hätte ich gut einen Schluck von Omas selbstgemachtem Holunderlikör gebrauchen können.

Als Sebastian mich sah, schrak er kurz zusammen. Dann fuhr er sich einmal durch die Haare und kam auf mich zu. Mit langsamen Schritten ging ich ihm entgegen.

»Sieht so aus, als müsste ich mich bei dir bedanken.«

»Sieht so aus, als müsste ich mich bei dir entschuldigen.« Wortlos überreichte er mir einen kleinen quadratischen Geschenkkarton. Neugierig nahm ich den Deckel ab und lachte sofort. Es war eine *Ohne dich ist alles doof*-Tasse.

»Für deine Sammlung.« Ein zaghaftes Lächeln umspielte seine vollen Lippen.

Ich nahm die Tasse aus dem Karton und hielt sie ihm entgegen. »Geht mir auch so.«

Er zögerte nicht länger, zog mich an sich, presste seine Lippen auf meine und ließ meine Knie zu Grütze werden. Gierig erwiderte ich den Kuss. Ja, er hatte mich verletzt. Meinem Herz konnte ich aber nichts vormachen: Ich hatte ihn so schrecklich vermisst. In diesem Moment wurde mir klar, dass ich ihn liebte. Schmetterlinge schmissen in meinem Bauch eine Party, trotz der Temperaturen verursachten seine Berührungen bei mir eine Gänsehaut. Der Kuss endete viel zu früh. Sebastian sah mich an und nahm mein Gesicht in beide Hände. »Julia, es tut mir alles schrecklich leid, ich wollte dir nie wehtun. Ich war einfach ein egoistischer Idiot.«

Schnell legte ich einen Finger auf seine Lippen. »Ja, das warst du«, hauchte ich. »Aber dafür hast du auch dafür gesorgt, dass ich meine Pension behalten kann. Und dafür werde ich dir immer dankbar sein. Außerdem hat meine Oma gesagt, dass ich dir verzeihen soll, weil sie glaubt, dass du mich ziemlich glücklich machen könntest.«

Sein Lächeln ließ die Sonne in meinem Herzen aufgehen. »Deine Oma ist eben eine kluge Frau. Ich finde, du solltest auf sie hören.«

Ich strahlte und schaute ihm tief in seine wunderschönen Augen, die die Farbe flüssiger Schokolade hatten. Wieder versanken wir in einem tiefen Kuss. Mein ganzer Körper war wie elektrisiert, und in meinem Bauch wütete ein Feuerwerk. Sebastian entfachte Gefühle in mir, wie ich sie noch bei keinem Mann verspürt hatte. Nach einer Weile schnappten wir nach Luft.

»Heute steigt bei mir eine Party als Dankeschön, zu der natürlich alle meine lieben Appenkuhler und Freunde dabei sind. Kommst du auch?«

Sanft strich er mir eine Strähne hinters Ohr und grinste mich an. »Natürlich. Ich habe nicht vor, dich je wieder loszulassen.«

Bei diesen Worten durchströmte pures Glück meinen Körper. Oma hatte recht: Sebastian machte mich glücklich. Sehr sogar.

Epilog

»Hey, Sebastian, spielst du Fußball mit mir?«

»Klar, Großer.«

Fröhlich hüpfte Leon voraus in den Garten und brachte sich in Position. Wir hatten zwischen Apfel- und Kirschbaum ein kleines Tor aufgestellt, vor dem er sich breitbeinig und mit entschlossener Miene aufbaute. Ich verkniff mir ein Grinsen. Sein blonder Strubbelkopf leuchtete in der Sonne.

»Bereit?«

»Na klar, es kann losgehen.«

Für die nächste halbe Stunde kickten wir wie die Weltmeister. Hätte mir jemand vor einem Jahr gesagt, dass ich mein Junggesellenleben aufgeben, meine schicke Bude vermieten und mit einer Frau, noch dazu einer alleinerziehenden Mutter, zusammenziehen würde, hätte ich demjenigen einen Vogel gezeigt. Heute könnte ich mir ein Leben ohne Julia und Leon gar nicht mehr vorstellen. Nur mit der Partnerschaft hatte es leider nicht geklappt, was ich Richard nicht übel nahm. Nach dem Desaster, das ich durch mein unprofessionelles Verhalten verursacht hatte, war ich froh, dass er mich nicht hochkant rausgeworfen hatte.

Markus, der alte Kotzbrocken, hatte wahrscheinlich schon die Korken knallen lassen. Aber dann hatte Richard einen neuen Kollegen an Bord geholt, Tristan Stein. Für mich war das in Ordnung. Er war ein korrekter Kerl. Trotzdem hatte Richard mich gefragt, ob ich nicht mein eigener Chef werden wollte. Seitdem dachte ich darüber nach. Vielleicht irgendwann. Für mich gab es im Moment Wichtigeres.

Meine weise Mutter hatte mir ja immer prophezeit: »Irgendwann triffst du auf die Eine.« Dafür hatte sie von mir stets ein müdes Lächeln geerntet. Heute wusste ich es besser.

Am Wochenende würde Leon bei Magda übernachten. Die Gelegenheit wollte ich nutzen und mit Julia essen gehen. Ich hatte einen Tisch in einem Café am Bootshafen reserviert, wo alles mit uns angefangen hatte. Bei dem Gedanken daran bekam ich ordentlich Muffensausen. Ich war mir zwar sicher, dass Julia das Gleiche für mich empfand, aber würde sie trotzdem Ja sagen? Ich hoffte es, denn für mich stand fest: Julia war die Frau, mit der ich alt werden wollte.